Für Katja

Für Gesa

Für all diejenigen, die mutig genug sind, ihre Träume in die Hand zu nehmen und sie umzusetzen.

Prolog

Zwölf Throne. Zwölf Götter. Zwölf Schicksale.

Es begab sich zu einer Zeit, da der Rat zum letzten Mal auf Erden tagte.

Ihnen allen war klar, dass sie Gefahr liefen, im Strudel der Zeiten in Vergessenheit zu geraten. Ein neuer Gott war aufgetaucht und hatte alles an sich gerissen. Immer mehr Menschen schenkten ihm ihren Glauben, ihr Vertrauen, ihre Hingabe. Neben ihm gab es keinen Raum mehr für andere, denn er duldete sie nicht und verbat seinen Anhängern, weiterhin auch an die alten Götter zu glauben. Mit jedem einzelnen Menschen, der sich von ihnen abwandte, schwand ihre Kraft und damit auch die Macht, Göttliches zu leisten. Ohne diesen göttlichen Glanz, der ihnen durch den Glauben der Menschen verliehen wurde, würden sie immer weiter in Bedeutungslosigkeit versinken, Namen und Gestalt verlieren, bis sie nichts weiter wären als Nebel im Wind.

Lange hatten sie diskutiert und sich gestritten, nur um am Ende einsehen zu müssen, dass gerade die letzten Sandkörner durch das Stundenglas ihres irdischen Daseins fielen.

Am Ende dieses Treffens würden sie neue Wege einschlagen und die ihnen verliehenen Mächte jenseits der Erde nutzen.

Zwölf Götter. Zwölf Schicksale. Neun Welten.

Prinz Eric und Mulan

Ich tippelte von einem Bein auf das andere. Wo blieben die beiden denn bloß? Nochmals sah ich auf meine Armbanduhr. Armbanduhr, nicht Handy. Wer hatte mit dieser komischen Untugend angefangen, keine wundervolle Uhr mehr zu tragen, sondern lieber ständig auf sein Handy zu schauen? Meine Mom hatte mir meine zum 18. Geburtstag geschenkt und ich liebte sie heiß und innig, beide.

Ungeduldig sah ich die Straße hinab, in der sich Geschäfte mit Wohnhäusern und Gaststätten abwechselten. Die Läden hatten bereits geschlossen, aber die beleuchteten Fenster der Restaurants und Pubs malten warme Lichtinseln auf das Gehwegpflaster. In einem Hauseingang glomm ein orangeroter Lichtpunkt auf. Ich sah genauer hin und konnte die Silhouette eines hochgewachsenen Mannes ausmachen, der einen unförmigen langen Mantel zu tragen schien. Es fühlte sich an, als würde er mir direkt ins Gesicht starren und eine Gänsehaut kroch mir über den Rücken. Um seine

Aufmerksamkeit nicht noch mehr auf mich zu ziehen, wandte ich mich schnell in die Richtung, aus der ich meine Freunde erwartete.

Von weitem sah ich zwei Personen die South Street in St. Andrews in meine Richtung stapfen. Ja, stapfen war das richtige Wort, denn Molly war schwanger und Clint versuchte, seinen sonst forschen und schnellen Schritt dem seiner Verlobten anzupassen. Ich musste grinsen – die beiden waren so ein bezauberndes Paar und meine besten Freunde.

»Ihr seid zu spät«, rief ich ihnen zu, was Clint mit einem wilden Hand-vor-Kehle-Zeichen quittierte. Nach einigen Momenten kamen die beiden vor mir zum Stehen.

Molly schnaubte laut, ließ sich sonst aber keine ihrer Strapazen anmerken, die man mit so einem beachtlichen Bauch haben musste. Obwohl der Stichtag noch ein paar Wochen in der Zukunft lag, hatte sie schon eine bemerkenswerte Kugel. »Minerva Sterling, wenn du mich noch einmal so hetzt, dann kannst du was erleben.« Sie funkelte mich gespielt zornig an und Clint warf mir einen Hab-ich-dir-doch-gesagt-Blick zu.

»Aber das Pub-Quiz fängt gleich an und das Criterion ist schon brechend voll. Meint ihr, Ed konnte uns unseren Tisch freihalten?«

»Wehe, wenn nicht!«, sagte Molly. «Ich stehe bestimmt nicht zwei Stunden mit dickem Bauch in der Menschenmenge. Zur Not regele ich das selbst.«

Ja, das glaubte ich ihr sofort. Niemand wollte Molly in die Quere kommen, jedenfalls niemand mit gesundem Menschenverstand.

Wir drehten uns zum Criterion um. Einem guten alten, schottischen Pub, wie aus einem Bilderbuch entsprungen. Von außen hatte er eine bordeauxrote Front mit goldener Schrift und einer verschnörkelten Tür, die einladend geöffnet war. Fröhliches Stimmengewirr, Gelächter, klirrende Gläser und typische, schottische Folk Musik strömten heraus, schwängerten die Luft und vermischten sich zu einem verlockenden Versprechen. Das Criterion war das Schmuckstück der South Street.

Bevor wir eintraten, warf ich noch einen Blick zurück, doch der Hauseingang war nun leer. Stickige Luft und laute Stimmen empfingen uns im Inneren und wie immer genoss ich den Anblick, der sich mir bot. Dunkelrote Ledermöbel, die um Mahagoniholztische gestellt waren, versetzten mich in eine alte Zeit. Ich liebte diesen Pub, sein Essen und vor allem sein PubQuiz. Seitdem ich nach St. Andrews gezogen war, hatten Clint, Molly und ich kein einziges davon verpasst. Wir waren sozusagen die Lokalhelden des Criterion und hatten nicht vor, uns den Titel nehmen zu lassen. Heute Abend war zudem »Disney«-Themenabend. Gleich an der Eingangstür bekamen wir Klebeschilder und mussten uns einen Namen von der Liste aussuchen.

»Ist ›Mulan‹ noch frei?«, fragte ich. Der Mann mit den Klebezetteln sah kurz auf seine Liste und nickte mir grinsend zu. Sehr gut. Ich liebte die Kriegerprinzessin, die für ihren Vater in den Kampf gezogen war und das Abenteuer ihres Lebens erlebt hatte. Clint und Molly hießen für heute Abend Donald und Minnie.

Von der Bar aus begrüßte uns Ed, ein alteingesessener Schotte mit roten Haaren, rotem Vollbart und bezaubernden Lachfältchen. »Feasgar math«, schrie er uns entgegen, was im schottisch-gälischen so viel wie »Guten Abend« hieß. Ein Urgestein durch und durch. Er stand vor diversen Gin-, Whisky- und Ciderflaschen, die fein säuberlich hinter ihm in dem alten Glastresen angerichtet waren und zapfte gerade ein Ale. Schnell versuchten wir, zu unserem Stammtisch zu gelangen, doch leider war dieser schon besetzt. Da ich vorgegangen war, drehte ich mich entschuldigend zu Molly um, die mich aber einfach zur Seite schob und an mir vorbeiging, um mit dem Mann auf unserem Platz zu sprechen.

»Guten Abend, mein Name ist Molly. Es tut mir leid, aber das ist unser Stammtisch. Wir sind heute zu spät, weil ich schwanger und sehr gereizt bin. Ich denke, Sie können verstehen, dass ich nicht zwei Stunden lang hier in der Menge stehen werde. Ich danke Ihnen für Ihr Verständnis.« Dann saß sie bereits neben einem perplex dreinschauenden Mann mittleren Alters auf der lederüberzogenen Bank am Ende des Raumes.

»Aber wir … Sie, wir … waren zuerst hier und …«

»Ja, ich verstehe Ihren Unmut wirklich. Aber es macht keinen Unterschied. Wir werden heute Abend hier sitzen. Wir können das Ganze also abkürzen oder Sie lassen sich auf ein langes Wortgefecht ein, das Sie am Ende dennoch verlieren werden. Ersparen Sie sich und uns einfach den Aufstand. Das ist auch nicht böse gemeint, aber mit mir ist im Moment nicht gut Kirschen essen.« Sie zeigte auf ihren Bauch. »Wenn Sie verstehen, was ich meine.«

Der Mann blickte uns verzweifelt an. Clint und ich hoben synchron die Schultern und unsere Hände. Daraufhin verdrehte er die Augen, fluchte leise und zog gemeinsam mit seiner Begleitung, die uns giftig anfunkelte, von dannen. Zufrieden lächelnd klopfte Molly auf den nun leeren Platz neben sich.

Clint ließ sich seufzend nieder. »Molly, musste das sein?«

Etwas zerknirscht schaute Molly zu ihm hoch. »Zu doll?«, fragte sie. Clint nickte schmunzelnd. Dann nahm er sie in den Arm und flüsterte ihr etwas ins Ohr, woraufhin sie kicherte wie ein kleines Mädchen.

Ich nahm ihnen gegenüber Platz und tat genervt. »Hallo, ich bin noch anwesend. Können wir uns jetzt bitte auf das Quiz konzentrieren? Heute wird unser Abend, denn ich weiß so ziemlich alles über ›Disney‹.« Überzeugt von mir selbst ließ ich den Blick durch den Pub schweifen. Gott sei Dank hatten der Mann und seine Begleitung noch einen anderen kleinen Tisch gefunden –

ich hätte sonst schon ein schlechtes Gewissen gehabt. Heute war wirklich überdurchschnittlich viel los. Alles große Disneyfans, wie ich annahm.

Das Pub-Quiz bestand aus zehn Runden. Ed würde gleich anfangen, die heutigen Teams vorzustellen und wir würden unsere Antworten pro Tischgruppe verdeckt auf einen Zettel schreiben, der zum Schluss von Ed und seiner Frau Mary ausgewertet werden würde. Und wie bereits erwähnt: Wir waren gut darin.

Ed räusperte sich und sofort war die Aufmerksamkeit aller bei ihm. »Ay, jetzt werden erst mal die vorerst letzten Bestellungen entgegengenommen und solange stelle ich unsere heutigen Kontrahenten vor. Zu meiner Rechten haben wir Donald, Minnie und Mulan, sie verteidigen den Titel der letzten acht Quizrunden.« Gegröle setzte ein und es wurde auf Tische geklopft; ich strahlte übers ganze Gesicht. Er stellte noch zwei weitere Tischgruppen vor, bis er zur letzten Gruppe unserer Herausforderer kam.

»Last but not least, unsere letzte Anmeldung für den heutigen Tag. Sebastian, die Strandkrabbe«, Gelächter machte sich im Pub breit, »und Han Solo und Prinz Eric.« Auch hier wurde laut geklatscht.

Mein Blick flog zur Dreiergruppe junger Männer, die auf der anderen Seite nahe der Fenster saßen. Der junge Mann mit den flammend roten Wangen war wohl heute Abend unsere Strandkrabbe. Neben ihm saß noch ein blonder Mann im Surfer-Look, aber mein Blick blieb an dem großen dunkelhaarigen Typen hängen, der hundertprozentig Prinz Eric sein musste. Jedenfalls entsprach er dem Bild von Prinz Eric, nur in noch viel, viel heißer. Mir klappte leicht der Mund auf. Welliges, blauschwarzes Haar fiel ihm ins Gesicht und dann trafen mich seine Augen, die leicht auseinander standen, und ließen mich vollends die Luft anhalten. Auch auf diese Distanz konnte ich das klare Blau darin erkennen.

Es glich einer Meereslagune: Eine Farbe, die mich an Strand, Sonne und Sehnsucht erinnerte. Ich wollte in sie eintauchen und mich in ihnen verlieren.

Ich war komplett im Augenblick versunken, bis sich Clint neben mir vernehmlich räusperte. »Ähm, Mina, können wir jetzt anfangen oder sollen wir dir eins unserer Sabberlätzchen borgen, die wir schon für das Baby gekauft haben?«

»Was? Ha, ha. Sehr witzig.« Mit einem aufgesetzt grimmigen Blick sah ich wieder zu Ed und hob meine Faust. »Lasst sie uns vernichten!«

»Okay Leute, lasst uns anfangen. Die ersten fünf Runden spielen wir verdeckt und danach gewinnt dasjenige Team die Punkte, das am schnellsten ist. Dafür habt ihr farbige Schilder vor euch auf den Tischen liegen. Mary wird mir dann sagen, wer zuerst das Schild hochgehalten hat. Alles klar? Dann kommt hier die erste Frage: Wie heißt der Schneemann aus dem Film ›Die Eiskönigin‹?«

Wie einfach! Molly verdrehte die Augen und Clint hatte schon längst die Antwort ›Olaf‹ aufgeschrieben. Das würde ein Homerun werden. Die nächsten Fragen waren ähnlich simpel. Nach den ersten fünf Runden wurden unsere Zettel dann eingesammelt, kurz ausgewertet und Ed verkündete schließlich: »Wir haben noch zwei Teams, die im Rennen sind, mit jeweils fünf richtigen Antworten: Team Mulan und Team Eric.« Wieder setzte eine ordentliche Kneipenstimmung ein und die Leute prosteten uns und dem anderen Team zu. Mein Blick fand sofort wieder Prinz Eric und er erwiderte ihn. Wir lieferten uns ein wahres Blickduell.“ Er setzte ein schiefes Lächeln auf und zwinkerte mir zu. Ich lächelte siegessicher zurück. Okay, Mina. Er sah wirklich verdammt gut aus, aber du wirst es ihm trotzdem zeigen. Der Disneythron gehörte mir. Ich nahm einen tiefen Schluck von meinem Whiskey on the rocks und spürte sofort, wie sich das angenehme Brennen des Getränks in mir ausbreitete.

»Okay, wir beginnen gleich mit etwas Kniffligem. Wie heißen die beiden Stiefschwestern von Cinderella?«

Sofort riss ich unser Schild hoch.

»Team Mulan?«

»Anastasia und Drizella!« Triumphierend lächelnd blickte ich hinüber zu Arielles Prinzen. Der nickte anerkennend und zeigte mir seine umwerfenden Grübchen.

»Korrekt«, sagte Ed. »Frage Nummer 7: Wofür steht ›Hakuna Matata‹?«

Oh … Ich schaute schnell zu Clint und Molly und wir steckten die Köpfe zusammen. »Für irgendwas mit ›Sorgen, ohne Sorgen … du brauchst keine Sorgen‹ …«

In dem Moment rief Ed auch schon: »Team Eric?«

Ich hob den Kopf. Nein, nein, nein. Es war Han Solo, der antwortete: »›Es gibt keine Schwierigkeiten‹, oder ist damit die Disney-Übersetzung gemeint? Dann würde es laut Pumba ›Die Sorgen bleiben dir immer fern.‹ heißen.«

Was für ein Klugscheißer.

Prinz Eric hatte sich zurückgelehnt und seine Arme links und rechts über die mit rotem Leder überzogene Couch gelegt. Dabei grinste er mich jetzt verboten gutaussehend und süffisant an. Mistkerl. Mir wurde heiß. Ich musste unbedingt meine Jacke loswerden. War es sein Grinsen oder die dichtgedrängten Körper, die mich zum Schwitzen brachten? Ganz bestimmt war es die Menschenmenge.

»Korrekt, in jeder Hinsicht. Ein Punkt für Team Eric! Damit haben wir einen Gleichstand, denn es steht 6 zu 6 und es gibt nur noch drei Fragen. Es bleibt also spannend!«

Ich kniff die Augen zusammen und drehte mich zu Molly und Clint um. Molly fasste sich gerade an den Bauch; anscheinend gefiel es dem Baby auch nicht, dass wir den Punkt hatten abgeben müssen.

Der nächste Punkt ging wieder an uns, aber die 9. Frage leider an Team Eric. Somit waren wir bei der alles entscheidenden Frage angekommen. Ed holte tief Luft: »Die letzte Frage ist eine Schätzfrage. Ihr habt pro Gruppe 30 Sekunden zum Beraten. Diejenigen, die näher am richtigen Ergebnis liegen, gewinnen.«

Mit Schalk in den Augen und einem verschmitzten Lächeln zwinkerte mir mein Lieblingskontrahent verschwörerisch zu. Flirtete er etwa mit mir? Ob er wohl ein guter Küsser wäre? Also, bei diesen Lippen … Versonnen lächelte ich. Stopp. Konzentration. Ich schüttelte leicht den Kopf.

Im Pub herrschte absolute Ruhe, die Gäste warteten gespannt auf Eds letzte Frage. Er holte tief Luft: »Wie viele Flecken haben die Zeichner der ›101 Dalmatiner‹ im gesamten Film behauptet, auf ihre Hunde gemalt zu haben?»

Boah, woher sollte man das denn wissen? Ich drehte mich zu Clint und Molly. »Okay, das weiß niemand. 101 Dalmatiner mal ... keine Ahnung … 50 Flecken pro Hund, kommt das hin?«

Clint schaute mich an. »Ich weiß es«, sagte er nüchtern.

Ich riss die Augen auf und blickte ihn ungläubig an. »Was? Spinnst du? Das kann niemand wissen!«

Er schmunzelte und Molly strahlte ihn an. »Doch, ich habe bereits die Disneyzeitschrift für den Kleinen abonniert, und gestern selbst schon ein bisschen darin gelesen. Was soll ich sagen, es sind 6.469.952 Flecken. Denn es geht um die Flecken, die im gesamten Film auf die Hunde gezeichnet wurden. Irgendjemand hat sich wohl mal die Mühe gemacht, die zu zählen.«

»Noch 7 Sekunden.« Ich wurde ganz kribbelig.

»Das ist genial, Clint! Du bist echt der Beste!«

Er grinste: »Ich weiß.«

»Jetzt schreibt bitte eure Zahl deutlich auf den Zettel, der vor euch liegt und auf drei halten beide Gruppen ihr Blatt hoch.« Ed wartete kurz. »Eins, zwei … drei.« Er sah sich beide Ergebnisse an und grinste. »Unsere Champions gewinnen wieder unser Pub-Quiz! Einen tosenden Applaus, bitte. Eure Schätzung ist bis auf die letzte Zahl korrekt.«

Der Pub tobte. Alle grölten uns lautstark zu. Die aufgeheizte Menge begann zum Höhepunkt ihres Jubels mit ihren Gläsern auf den Tischen zu klopfen. Von der ausgelassenen Stimmung aufgeheizt erhob ich mich und deutete eine leichte Verbeugung in Richtung von Prinz Eric an.

Team Eric schienen faire Verlierer zu sein. Die drei bahnten sich ihren Weg durch die Menge auf uns zu. Han Solo war als Erster bei uns und grinste. »Eine gekonnte Antwort. Woher wusstet ihr das?«

Ich zeigte schulterzuckend auf Clint und die beiden begannen eine rege Diskussion. Durch den Lärm der Menschen um uns herum drangen lediglich Wortfetzen bis zu mir. Etwas über Gedächtnis und glückliche Zufälle.

Als ich mich wieder umdrehte blickte ich in zwei azurblaue Augen, die meinen Atem stocken ließen. Zu diesem intensiven Blick gesellte sich ein verschmitztes Lächeln. Meine Wangen begannen zu brennen. Prinz Eric sah an mir nach unten und sein Blick blieb an meinem Namensschild hängen. Jetzt wurde sein Lächeln zu einem breiten Grinsen und verflucht anbetungswürdige Grübchen zeigten sich in seinem Gesicht. Er beugte sich zu mir herunter, bis sein Atem sanft über mein Ohr strich und mir einen Schauer über den Rücken jagte. »So, so, Mulan also. Gut gekämpft,

Luv.« Sein Akzent kam mir nicht schottisch vor, auch wenn er die gängige Verniedlichung des britischen ›Love‹ gut draufhatte.

Ich blickte ihn an. Warum machte er mich so nervös? Vielleicht könnte es etwas mit seinem Duft zu tun haben. Er roch nach einer Mischung aus sonnengebräunter Haut, Seeluft und einer Nuance Abenteuer … in das ich mich nur zu gerne stürzen würde. Aber … was waren denn das bitte für Gedanken? Mir stiegen wohl die zwei Whiskys und die drei Innis & Gunns, das schottische Nationalbier, zu Kopf. Rasch sagte ich: »Gewonnen, ähm, ich meine … also, wir haben nicht nur gut gekämpft, sondern auch gewonnen.«

Sein Blick hielt meinen gefangen. »Ja, ich weiß«, erwiderte er und stupste mir mit seinem Zeigefinger auf die Nase.

Oh nein, ein Nasenstupser. Ich hasste sie! Wie alt war ich, drei Jahre? Er musste meine Gedanken wohl meinem Gesicht abgelesen haben, denn er zog schnell seine Hand zurück.

Hinter mir meldete sich Molly zu Wort: »Wärst du sauer, wenn wir schon gehen? Die Menge an Leuten und die stickige Luft machen mir zu schaffen.«

»Nein, kein Problem. Ich geh auch gleich. Ich trink nur noch mein Innis aus und dann bin ich auch auf dem Weg nach Hause.«

»Alles klar.« Clint und Molly musterten Prinz Eric genau. »Mina, der sieht ja unfassbar gut aus. Tu nichts, was ich nicht vor Clint auch getan hätte«, flüsterte Molly zum Abschied und gab mir kichernd ein Küsschen auf die Wange. Ich schüttelte nur den Kopf. Molly, echt! Clint umarmte mich noch und danach waren die beiden auch schon in der Menge verschwunden.

Als ich mich wieder umdrehte, unterhielt sich Prinz Eric gerade mit einer drallen Blondine mit angeklebten Wimpern. Ich verdrehte die Augen und steuerte unseren Tisch wieder an, um zu meinem Getränk zu kommen. Zum Glück war nicht mehr viel drin, denn ich merkte, wie mir schon etwas schwummerig wurde. Die Luft war wirklich nicht die beste.

Nachdem ich ausgetrunken hatte, zog ich mir schnell meine Jacke über und ging zum Tresen. »Ed? Was bekommst du?«

Ed kam hinter der Bar auf mich zu. »Hey Luv, heute geht bei euch alles aufs Haus. Ihr habt doch gewonnen.«

Ich strahlte ihn an. »Das höre ich gerne. So einen Mottoabend musst du noch mal machen, das war super witzig!«

Ed grinste und erwiderte: »Ja, das fand ich auch.« Er blickte auf einmal hinter mich, zwinkerte mir zu und ging.

Was sollte das denn? Der Gedanke war kaum in meinem Kopf angekommen, da spürte ich eine Hand an meiner Taille. Mein Nacken begann zu kribbeln, als mir ein Geruch nach Strand und Meer in die Nase stieg und mich erschaudern ließ.

»Mulan, du willst doch nicht etwa schon gehen?«, raunte mir eine tiefe Stimme ins Ohr.

Ich drehte mich um. Da war er wieder. Prinz Eric. Ich zögerte. Gehen war genau das, was ich jetzt tun sollte, aber sein Blick hielt mich gefangen. »Ich …«, räusperte ich mich, »… wollte frische Luft schnappen. Begleitest du mich?« Seit wann war ich so unverfroren? Das musste der Alkohol sein.

Eric nahm meine Hand und bahnte sich mit mir einen Weg zum Ausgang. Kaum waren wir an der frischen Luft angekommen, bekam mein Kopf wie von einem Vorschlaghammer getroffen die volle Wirkung des Alkohols ab. Reflexartig hielt ich mich an meiner Begleitung fest.

Er legte sofort einen Arm um meine Schultern. »Komm, wir gehen ein Stück.«

Das schien mir eine ausgezeichnete Idee zu sein. Das alles hier fühlte sich so gut an. Die frische Nachtluft mit der leichten Frühlingsbrise, die Wärme, die meine Begleitung mir spendete und nicht zuletzt meine tollkühne Art, die ich nicht jedem zeigte. Ich wollte den Abend noch nicht enden lassen. Lächelnd blinzelte ich zu ihm hoch und fragte: »Sag mal, kommst du von hier? Dein Akzent klingt nicht schottisch.«

Er versteifte sich kaum merklich, sah mich an und entgegnete: »Nein, ich komme von weiter weg. Ist ein kleines Dorf, das kennt man nicht.«

»Ach so«, gab ich mich mit seiner Antwort zufrieden.

»Aber du, Mulan, kannst mir sagen, wie du heißt.« Er musterte mich aufmerksam.

Ich zögerte. So heiß er auch war: Das, weswegen ich nach St. Andrews gekommen war, wollte ich auf keinen Fall aufs Spiel setzen.

»Können wir nicht für heute Abend einfach nur Eric und Mulan sein?«, fragte ich vorsichtig.

Seine Augen verdunkelten sich zu einem tiefen Meeresblau. »Sehr gerne, meine kleine Kämpferin.«

Ich musste kichern. Oh mein Gott, ich klang wie diese doofen Teenies, wenn ein süßer Junge sie ansprach. Okay Mina, reiß dich zusammen, du bist eine erwachsene, selbstbestimmte Frau.

Wir waren inzwischen bis zum Hafen spaziert. Immer noch hatte er einen Arm locker um meine Schultern gelegt, zog mich aber sofort noch enger an sich, als wir anhielten.

»Auch, wenn wir uns sonst nie begegnet wären, da Mulan und Eric immerhin aus verschiedenen Welten stammen, freue ich mich, dass wir es dennoch getan haben.« Er lächelte mich an und beugte sich leicht zu mir herunter. Wollte er mich jetzt küssen? Oh ja, bitte! Er nahm mein Gesicht in seine Hände und stoppte kurz vor meinen Lippen. »Heute Abend sind wir also nur Mulan und Eric, ja?«

»Ja«, hauchte ich und in meinem Bauch zog sich etwas vor freudiger Erwartung zusammen. Ich atmete flach und wollte so sehr, dass er mich küsste. Jetzt. Und er tat mir diesen Gefallen. Unsere Lippen berührten sich, zuerst leicht, dann immer drängender. Alles um mich herum geriet in Vergessenheit. Ich war gefangen in einem Nebel aus Lust, dem Geruch nach Sommerwind und Meeresbrise; ich spürte unsere Zungen, die sich miteinander verschlangen, Hände, die kundschafteten und Berührungen, die meinen Körper erschauern ließen.

Der Nebel vermischte sich mit meinem Rauschzustand und ließ mich alle Hemmungen und Bedenken vergessen. Prinz Eric, oder wie er auch immer hieß, war ein völlig Unbekannter, aber gerade das hatte seinen Reiz. Nach heute Abend würde ich ihn wahrscheinlich nicht wiedersehen. Dieser Gedanke versetzte mir kurz einen Stich, aber dann wurde ich gegen eine Mauer gepresst und meine Instinkte übernahmen. Wohlige Schauer bahnten sich ihren Weg in meinen Schoß. Mein Körper stand unter Strom.

»Hey, Kleines«, er keuchte erregt an meinem Mund, »wenn wir jetzt nicht aufhören, kann ich für nichts mehr garantieren.«

Aufhören? Ich hatte mich wohl verhört! Verdattert sah ich ihn an. »Aufhören?«, fragte ich vollkommen außer Atem. »Auf keinen Fall.«

»Ich hatte gehofft, dass du das sagst.« Er gab mir noch einen feurigen Kuss und sagte: »Komm, ich wohne hier gleich um die Ecke.« Wieder küsste er mich und nahm mich dann an die Hand. Ich ließ mich nicht zweimal bitten. Man musste auch mal etwas Verrücktes tun und das tat ich gar nicht oft genug. Heute würde ich einfach mal leben. Ab morgen konnte ich wieder die vernünftige Mina sein, aber dieser Abend würde mir gehören.

***

Kurz nach drei Uhr wurde ich wach und sah mich um. Wo war ich? Ich war definitiv nicht zu Hause. Shit. Warum lagen meine Sachen wie wild um das Bett herum verstreut? Ich blinzelte, einmal, zweimal … Nein, nein, nein. Ich drehte mich langsam um. Da lag jemand. Ein Mann. Ein wirklich toller Mann. Prinz Eric. Ich … er … Oh. Mein. Gott. Okay Mina, Ruhe bewahren. Ich musste so schnell wie möglich hier weg. Ich hatte keine wirklich greifbaren Erinnerungen mehr an vorhin, aber dass ich nackt unter einer fremden Bettdecke lag, sagte ja wohl alles. Sofort kroch mir die Hitze ins Gesicht. Okay, Mina. Denk nach. Als Erstes musst du dich anziehen. Ganz leise.

Ich schälte mich langsam und vorsichtig aus der Bettdecke, krabbelte über den Fußboden und sammelte meine Sachen zusammen. Wo war mein Schlüpfer? Mist, Mist, Mist. Ich kroch weiter ums Bett herum und hob den Kopf. Mein schönster Baumwollschlüpfer in zartrosa hing über der Nachtischlampe auf Prinz Erics Seite. Na toll. Warum hatte ich den bitte angezogen? Sehr sexy. Innerlich schlug ich mir laut klatschend eine Hand vor die Stirn und krabbelte weiter zu meiner Unterwäsche. Dann stand ich leise und langsam auf und verzog mich ins Bad, das direkt neben der kleinen Einbauküche war. Ich hatte beim Hereinkommen nicht auf die Räume geachtet, aber jetzt schaute ich mich kurz um.

Es war eine Ein-Zimmer-Wohnung mit Bad. Neben dem großen Bett gab es noch einen kleinen Wohn- und Essbereich. Es war gar nicht mal so spartanisch eingerichtet; hier hatte wohl jemand Geschmack. Egal, ich sollte sowas gar nicht wissen wollen.

Schnell zog ich mich an, obwohl sich in meinem Kopf noch immer alles drehte und checkte, ob ich alles beisammenhatte: Handy, Haustürschlüssel, meine Fassung und die ganzen anderen nebensächlichen Gedanken. Dann warf ich noch mal einen Blick aufs Bett. Eric schlief seelenruhig. Die Bettdecke war ihm bis zu den Lenden runtergerutscht. Seine wohldefinierte Brust hob und senkte sich. Dieser Oberkörper machte mich fertig. Der Mond schien durch eines der Fenster und ließ sein Gesicht in einem sanften Licht erstrahlen. Seine geschwungenen Lippen, die starken Wangenknochen, das markante Kinn, seine Wimpern, die für einen Mann wundervoll dicht und lang waren und … was war das? Dunkle Linien wanden sich um seinen Oberarm – ein Tattoo. Ich konnte nicht genau sehen, was es war, aber vielleicht wenn ich …

Mein Gott, Mina. Jetzt reichte es! Leise schnaubend verweilte mein Blick noch eine Sekunde auf diesem Bild von einem Mann.

Ich biss mir auf die Lippe.

Was für ein Abenteuer.

Was für ein Mann.

Das konnte ich nun auch von meiner Liste streichen, die nicht existierte: ein One-Night-Stand. Nie im Leben hätte ich gedacht, dass ich das je machen würde. Zu dumm, dass ich mich nur schemenhaft an alles erinnern konnte. Aber beim Gedanken an die wenigen Bruchstücke wurde mir schlagartig wieder warm. Diese Lippen, wirklich anbetungswürdig.

Allerdings würde ich in zwei Tagen meine neue Stelle antreten und da konnte ich mir keine Ablenkung leisten. Mein Traum schien in greifbarer Nähe, endlich. Und damit wischte ich den letzten Gedanken an azurblaue Augen, sanfte Berührungen und meine Libido weg, öffnete die Haustür und ging.

Aller Anfang ist schwer

Ich lag wach. Das leise Rufen eines Käuzchens drang durch mein offenes Fenster. Meine Sinne schienen gespannt zu sein. Es war kurz nach Mitternacht. Jede Nacht wurde ich wach. Mein Herz schlug dann schnell, ich musste tief Luft holen und mich aufsetzen. Kalter Schweiß stand auf meiner Stirn und rann mir die Schläfen hinab. Seufzend legte ich mich wieder hin. Seit ich denken konnte, gab es diese Aufwachattacken, wenn auch nur einmal in der Nacht. Danach schlief ich weiter wie ein Baby, aber erst, wenn ich in den Sternenhimmel geschaut hatte. Jede Nacht zog es meinen Blick dorthin.

Wenn Wolken die Sterne verdeckten, war es sehr schwer in einen ruhigen Schlaf zu verfallen, aber heute nicht, denn mein Blick fiel sofort auf das Sternbild der Fische. Ein seliges Lächeln trat auf meine Lippen und ich schlief wieder ein.

»Hey, Schlafmütze. Aufwachen. Du kommst zu spät, hast du heute nicht diesen wahnsinnig wichtigen Vortrag über …?«

Vortrag? Heute?

Sofort war ich wach. Wie von der Tarantel gestochen sprang ich aus dem Bett, drehte mich im Kreis, suchte meine Sachen zusammen und stürmte ins Bad.

»Gern geschehen«, flötete Csilla ins Bad. Meine ungarische Mitbewohnerin und beste Freundin war eine unverbesserliche Frühaufsteherin und hatte es sich zum Hobby gemacht, mich rechtzeitig zu wecken oder besser gesagt, mir immer wieder den Allerwertesten zu retten. Ich war nämlich eine chronische Langschläferin und überhörte ständig meinen Wecker. Nach einer schnellen, kalten Dusche war ich ein neuer Mensch und schlüpfte hastig in meine Kleidung.

Auf dem Weg nach draußen umarmte ich Csilla, schnappte mir ihr Croissant mit Marmelade, meine Umhängetasche und warf ihr einen Luftkuss zu. »Was wäre ich nur ohne dich?«

»Hey, das war meins. Mina, schmier‘ dir gefälligst deine Croissants selbst.« Grummelnd und kopfschüttelnd stemmte sie ihre Arme in die Hüfte.

»Du weißt, daff ich dich liefe, ja?«, nuschelte ich an dem Croissant zwischen meinen Zähnen vorbei. Eine Antwort wartete ich allerdings nicht ab, sondern stürmte aus der Tür.

Heute war mein erster Tag als Dozentin für Astronomie an der Universität St. Andrews in Schottland. Ein lang ersehnter Traum sollte in Erfüllung gehen: Ich konnte meine Leidenschaft mit anderen Interessierten teilen. Ich durfte über Sterne, ihre Entstehung, ihre Bahnen, ihre …

Jemand rempelte mich an, so dass ich ins Stolpern kam und wie ein Rohrspatz schimpfte.

»Passen Sie doch auf!«, kam es von einer älteren Dame mit lilafarbenem Hut. Ihre trüben Augen sahen zu mir hoch. »Junge

Dame, diese Worte, die da aus Ihrem Mund kommen, schicken sich nicht.«

Verlegen blickte ich mich um. Auch wenn mir diese Zurechtweisung gerade noch gefehlt hatte, so war sie doch berechtigt. Gedankenversunken war ich in diese arme Dame hineingerannt. Mein leises »Entschuldigung, aber ich bin spät dran«, quittierte sie mit einem strafenden Blick und einem Kopfschütteln. Entschuldigend hob ich die Hände. Ein Funkeln trat in die Augen der alten Dame, ihr trüber Blick klärte sich etwas, so als ob sich Wolken an einem blauen Himmel verzogen hätten. Irritiert zwinkerte ich und versuchte nochmals in ihre Augen zu schauen, aber sie hatte sich bereits abgewandt und ging davon.

So schnell mich meine Beine trugen rannte ich über den Campus. Na toll, der erste Tag meines neuen Lebens und ich war zerzaust und wahrscheinlich klebte mir noch die Hälfte des Marmeladencroissants an der Wange – jedenfalls, wenn man dem Grüppchen an Studenten Glauben schenkte, die kichernd ihre Köpfe zusammensteckten und mit halb verstohlenen Blicken in meine Richtung schauten. Innerlich aufstöhnend zupfte ich meine Kleidung zurecht und holte mein Handy hervor. Mit der Frontkamera checkte ich unauffällig mein Gesicht. Gott sei Dank, keine Marmelade und keine Croissantkrümel. Die Sterne hatten mich doch lieb.

Während ich mich dem Gebäude, in dem ich meine Vorlesung halten sollte, langsam näherte, versuchte ich meinen Atem zu beruhigen und atmete ein paar Mal tief ein und aus, so wie mein Martial Arts Lehrer, Meister Hoshi, es mir beigebracht hatte. Neben der Sternenkunde gehörte meine zweite Leidenschaft der Kampfkunst. Sich in Katas, den japanischen Übungsformen, die aus stilisierten Kampfabfolgen ohne Gegner bestehen, zu verlieren, gehörte zu meinem Leben wie der mitternächtliche Blick in den Sternenhimmel. Ohne fühlte ich mich unvollständig.

Im Laufen kramte ich die Notizen für meinen Vortrag über die Verschmelzung von Astronomie und Astrologie im Mittelalter hervor, um sie noch einmal durchzugehen. Für diese Arbeit wurde ich bereits bei meiner Promotion in Edinburgh mit viel Lob überschüttet. Der Vortrag war meine Eintrittskarte, um endlich in St. Andrews habilitieren zu dürfen. Wenn alles glatt lief, wäre ich in drei bis fünf Jahren Professor Dr. Minerva Sterling. Ein versonnenes Lächeln machte sich auf meinen Lippen breit.

Ich hob den Blick von meinen Notizen und genoss, wie schon bei meinem ersten Tag hier in St. Andrews, die malerische Kulisse, die diese Universität bot. Man konnte das altehrwürdige Gebäude schon von weitem aufragen sehen. Die Steine der dicken Mauern changierten je nach Wetter und Lichteinfall von rötlich-gelb zu grau und schienen Wissen aus jeder ihrer Fugen zu verströmen. Die Menschen, die dieses Gebäude vor mehr als 600 Jahren errichtet hatten, hatten ganz offenbar viel Wert auf Details gelegt, denn alle Fenster des dreiflügeligen Baus wiesen liebevolle Verzierungen auf. Mit ein Grund, warum es mich hier her verschlagen hatte.

Auf meinem Weg ins Universitätsgebäude steuerte ich die große, sattgrüne Rasenfläche an, die wie bei einer Umarmung von den drei Flügeln des Gebäudes eingerahmt wurde.

Ich erblickte schon von weitem Clint, den ich seit dem Studium nicht mehr missen wollte. Er hatte hier eine Promotionsstelle für Archäologie angenommen. Wild fuchtelnd schwenkte er seine Arme, als könnte ich ihn übersehen. Lachend steuerte ich auf ihn zu.

»Clint, ich habe leider keine Zeit, aber guten Morgen.«

»Mina, du bist doch immer auf dem Sprung. Musste Csilla dich wieder wecken? Du siehst noch etwas durch den Wind aus. Habt ihr keinen Fön?«

Erschrocken griff ich in mein zugegebenermaßen noch nasses Haar. Mist. Schnell holte ich mein Zopfgummi heraus und band die schwarzen, welligen Strähnen zu einem hohen Knoten. Fragend lächelte ich Clint an.

»Schon besser, jetzt könntest du fast als Mensch durchgehen.«

»Ha, ha. Clint, ich muss jetzt wirklich. Mein Vortrag. Er muss sitzen. Professor Montgomery wird auch dabei sein. Du weißt, wie streng sie ist.« Gequält verzog ich das Gesicht. Clint war mit seinem verstrubbelten blonden Haaren, dem Drei-Tage-Bart und der »Ich sehe fast so aus wie Indianer-Jones«-Hose ein kleines Highlight hier auf dem Campus.

»Erde an Mina, deshalb bin ich doch hier. Ich habe auf dich gewartet. Mrs. Montgomery möchte dich vor dem Vortrag noch kurz in ihrem Büro sprechen.«

»Was? Wieso das denn? Der Vortrag ist in 20 Minuten. Ich muss doch noch kontrollieren, ob alles angeschlossen ist, ob der Beamer funktioniert, die Kabel …«

»Stopp, Mina. Das hab ich schon alles gemacht. Ich hab dir doch versprochen, dass ich an deinem großen Tag alles mit der Technik regele.«

»Du bist echt ein Schatz.« So schusselig Clint auch sein konnte, wenn man ihn brauchte, war er immer für einen da. Schnell umarmte ich ihn, drückte ihm einen Schmatzer auf die Wange und rannte weiter Richtung Büro von Mrs. Montgomery. Heute brauchte ich nun wirklich keinen Sport mehr zu machen. Spätes Aufstehen reichte, um genügend Bewegung am Tag zu haben. Wenn das Meister Hoshi hören würde … Ich dürfte bestimmt drei Katas extra ausführen. Langsam stieß ich die Luft zwischen meinen Lippen aus, bevor ich an die Tür des Büros klopfte.

»Herein.« Ich öffnete die Tür.

Mrs. Montgomery saß hinter ihrem Schreibtisch. Sie war bekannt für ihr strenges, aber herzliches Wesen. Davon zeugten vor allem die zahlreichen Lachfältchen, die ihre Augen zierten.

»Dr. Sterling, ich freue mich, Sie noch kurz sprechen zu dürfen.«

»Guten Morgen, Mrs. Montgomery, wie kann ich Ihnen behilflich sein?«

»Setzen Sie sich kurz, bitte.«

Ich folgte ihrer Aufforderung, auch wenn ich einen kurzen Blick auf die Uhr nicht vermeiden konnte. Mrs. Montgomery quittierte dies mit einem Lächeln. »Es ist wirklich nur eine kurze Angelegenheit. Ich möchte Sie noch einmal daran erinnern, dass dies ein wichtiger Tag für Sie ist. Viele vom Lehrkörper werden anwesend sein, um die neue Doktorandin zu begrüßen.« Verwundert runzelte ich die Stirn. Auch dies ließ sie lächeln. »Ich erzähle Ihnen das, weil ich an meiner Uni keine Schwäche dulde. Ich bin etwas irritiert, dass Sie an einem so wichtigen Tag so spät erscheinen.«

Oh, oh, das war ja ein brillanter Start, Mina. »Mrs. Montgomery, Sie haben absolut recht und glauben Sie mir, es wird nicht wieder vorkommen.«

»Ja, das hoffe ich. Sie sind noch sehr jung, die jüngste angehende Professorin, die wir hier jemals angestellt haben. Ihre Arbeiten sind hervorragend, ich habe nur Bedenken, dass Ihre Jugend Ihnen vielleicht in die Quere kommen könnte, wenn es um das stringente Arbeiten geht.«

»Mrs. Montgomery, ich wäre nicht so weit gekommen, wenn ich nicht professionell arbeiten würde. Ja, ich bin erst 24, aber ich liebe es zu lehren und zu forschen und daran werde ich keinen Zweifel aufkommen lassen. Sie können sich auf mich verlassen.«

Sie schenkte mir ein Lächeln und nickte. »Dann ist alles gesagt, ich bin sehr gespannt auf Ihre Vorlesung und wünsche Ihnen alles Gute.«

»Herzlichen Dank, wir sehen uns dann gleich.« Ohne ein weiteres Wort verabschiedete ich mich und ging schnellen Fußes zum Vorlesungssaal.

Im großen Hörsaal hatten sich bereits viele Studenten und Vertreter des Lehrkörpers versammelt. Ein nervöses Kribbeln machte sich in meiner Bauchgegend breit. Es war soweit. Mein Puls beschleunigte sich. Ich stoppte an der ersten Stufe und ließ meinen Blick über die Ränge schweifen. Mrs. Montgomery war selbstverständlich noch nicht da, dafür hätte sie sich beamen müssen, aber Clint war Gott sei Dank da und winkte mir vom Pult aus zu.

Nun war der Moment gekommen. Ich ging die Stufen herunter, legte meine Tasche auf dem Holztisch ab, holte meine Unterlagen hervor und breitete sie vor mir aus. Clint zwinkerte mir zu, als er den Laptop und den Beamer anschaltete. Von hier aus konnte ich die erste Reihe gut sehen und stockte.

Nein, oh bitte nicht! Ungläubig starrte ich auf schwarze, wellige Haare, Lippen zum Dahinschmelzen, gebräunte Haut und in azurblaue Augen, die mich belustigt musterten. Prinz Eric war hier – in meiner Antrittsvorlesung. Bitte, lieber Gott, bitte lass mich nicht mit einem Studenten geschlafen haben. Bitte, bitte, bitte. Prinz Eric schien das allerdings nicht im Geringsten zu stören; zwar hatten sich seine Augen beim Erkennen auch geweitet, aber inzwischen hatte er ein wölfisches Grinsen auf den Lippen. Allerdings strahlten seine Augen eine gewisse Schärfe aus, ein unheilvolles Glitzern. Ich schaute schnell weg. Das durfte nicht wahr sein!

Jetzt bloß nicht durchdrehen, Mina. Du kannst das. Wer vor dir sitzt, ist egal. Du hältst jetzt diesen verdammten Vortrag! Ein Blick auf meine Armbanduhr verriet mir, dass ich noch drei Minuten Zeit hatte. Ich versuchte mich wieder auf meinen eigentlichen Grund zu konzentrieren, warum ich hier war. Tief atmete ich in meinen Bauch, verschränkte die Finger und sah Clint kurz fragend an, der mir mit erhobenem Daumen signalisierte, dass alles funktionierte. Es war Zeit anzufangen. Ich nahm meinen USB-Stick und startete meine Präsentation über die Verschmelzung von Astronomie und Astrologie im Mittelalter.

Nach den ersten Sätzen verlor ich meine Nervosität. Das war immer so bei mir. Vorher würde ich lieber sterben, aber nachdem die ersten Worte gesprochen waren, war ich die Ruhe selbst. Ich begann meinen leidenschaftlichen Vortrag über die Sterne, die Mythologie, die Geschichte der Astronomie als Wissenschaft und die Sternbilder. Je mehr ich sprach, desto berauschender war das Gefühl in meinem Element zu sein. Die Folien der PowerPoint-Präsentation flogen nur so dahin, Bilder verschmolzen mit Wörtern und ich blickte die ganze Zeit in gebannte und faszinierte Gesichter. Mir wurde warm ums Herz, denn ich merkte, dass mein Vortrag nicht nur die Studenten, sondern auch den Lehrkörper begeisterte. Die erste Reihe ignorierte ich geflissentlich. Auf meiner letzten Folie war mein Lieblingssternbild, das der Fische, zu sehen. Neben dem Hauptsternbild war auch der Mars zu sehen, der in diesem Bild besonders deutlich hervorstach. Mit seinem rötlichen Schimmer schien es fast so, als umgäbe ihn ein Lichtkranz.

Strahlend wie eben dieser Lichtkranz schloss ich meine Vorlesung. Frenetisches Klopfen auf den Tischen ließen mich ehrlich und aus vollem Herzen lächeln. Mit einer leichten Verbeugung und zum Dank gefalteten Händen überflutete mich eine tiefe Ruhe.

Mrs. Montgomery kam die Treppen herab. Sie schien während des Vortrags in der oberen Reihe gesessen zu haben. Sie stellte sich hinter das Rednerpult und sagte: »Dr. Sterling, wir danken Ihnen von Herzen für diesen mitreißenden Vortrag über die Astronomie. Ich glaube, ich spreche hier für jede Person im Raum, wenn ich sage, dass Astronomie noch nie so lebendig war.« Lächelnd schaute sie mich und dann das Auditorium an. Die Studierenden begannen wieder zu klopfen.

Mein Blick huschte zu Eric, aber sein Platz war leer.

Lachs oder Ziegenkäse?

Clint kam auf mich zugestürmt und umarmte mich begeistert. Hinter mir räusperte sich jemand und ich drehte mich um. Mrs. Montgomery stand dort und lächelte uns beide an.

»Dr. Sterling, Sie haben mich nicht enttäuscht. Ich gratuliere Ihnen.«

Hinter ihrem Rücken schnellten Clints Daumen in die Höhe und er machte einen Freudentanz. Um nicht in einen Lachanfall auszubrechen, sah ich schnell Mrs. Montgomery in die Augen. »Einige Studenten haben sich nur wegen Ihnen hier eingeschrieben, wussten Sie das?«

»Nein, das wusste ich nicht. Das ist wirklich eine Ehre. Ich werde sie alle nicht enttäuschen.« Jetzt fing ich auch schon mit diesem Enttäuschungs-Blabla an. Halleluja.

Mrs. Montgomery begann zufrieden zu lächeln. »Dr. Sterling, wir sind so stolz, Sie bei uns zu haben. Auf eine lange und erfolgreiche Zusammenarbeit!«

» Ich danke Ihnen von Herzen.«

»So, nun genug des Geredes. Es wartet eine Initiationsfeier auf uns. Lassen Sie die Gäste und mich nicht warten. Aber vorher müssen Sie unbedingt zu ihrem Freund, der gerade den x-ten Freudentanz hinter meinem Rücken vollführt. Ich wusste nicht, dass Archäologen so schwingende Hüften haben können.« Zwinkernd verabschiedete sie sich von mir. Ich drückte mir beide Hände auf den Mund, um nicht lauthals loszulachen. Clint hörte sofort auf, als Mrs. Montgomery sich zu ihm umdrehte und in der Menge verschwand.

Ich fiel ihm um den Hals. »Ich hab's geschafft … Ich kann es kaum glauben. Das ist so unwirklich, Wahnsinn.«

Clint legte seine Arme um meine Taille und hob mich kurz in die Luft. »Was habe ich dir gesagt? Heute Abend gehen wir feiern, keine Widerrede. Molly bringt mich um, wenn ich dich nicht dazu kriege, mitzukommen.« Natürlich hatte Molly die Hosen an, was kein Wunder bei Clints herrlich zerstreuter und chaotischer Art war. Auch Molly kannte ich seit dem Studium – sie war ebenfalls Archäologin, wie Clint. Das arme Kind; wahrscheinlich würde es von Ausgrabung zu Ausgrabung geschleppt werden. Innerlich kicherte ich bei der Vorstellung, wie ihr Nachwuchs einen Dinosaurierknochen annagen würde.

Clint schaute mich mit zusammengekniffen Augen an. »Du hattest doch gerade wieder deine Fantasie von unserem Baby und den Saurierknochen, oder? Lass das bloß nicht Molly hören, sie dreht schon genug durch, seit sie schwanger ist. Warum sagt einem das keiner vorher?«

Jetzt musste ich laut lachen und boxte ihn spielerisch auf den Oberarm. »Au!«, rief er und rieb sich die schmerzende Stelle, »Du unterschätzt wieder mal deine Kräfte, Madame. Ein kleiner Boxer von dir hinterlässt immer einen dunkelblauen Fleck.«

Lachend schaute ich ihn an und erwiderte: »Was? Ich versteh nur ›Mimimimiiiii‹.«

Nun musste Clint auch lachen.

Bester Laune verließen wir den Hörsaal und gingen in Richtung Mensa, die zu meinen Ehren und anlässlich meiner Auftaktvorlesung dezent geschmückt war. Überall gab es Häppchenplatten und Stehtische, auf denen Sekt und Orangensaft gereicht wurde. Ich zog schnell mein Handy hervor und machte Fotos, damit ich sie in unsere Familiengruppe stellen konnte. Heute war mein Tag.

Die Tische füllten sich mit Professoren und Studenten und gerade als ich mich mit Clint an einen Tisch stellen wollte, kamen zwei junge Studentinnen auf uns zu. »Dr. Sterling, das war fantastisch. Entschuldigen Sie, ich bin Jennifer Miller und das ist Stacy McCloud. Wir sind Erstsemestrige und wollen auch Astronomie studieren.«

Lächelnd blickte ich sie an. »Danke für die Lorbeeren. Ich freue mich auch sehr, hier zu sein und endlich mit meinen Vorlesungen zu starten.«

»Wir haben gerade die Bestätigung bekommen, dass wir einen Platz in Ihrem Einführungsseminar bekommen haben.«

»Das ist toll, dann werden wir uns ja nach den Ferien wöchentlich sehen.« Ich zwinkerte ihnen zu und sie verabschiedeten sich.

»Mann, Mina, du bist ja ein Popstar!«, sagte Clint und wir beide mussten kichern. Gelöst betrachtete ich meine Umgebung und die sich angeregt unterhaltenden Gäste. Ich sah Kolleginnen und Kollegen miteinander diskutieren, Studenten lachen und einen Mann, der allein an einem der Stehtische stand, welcher halb hinter einer Säule verborgen war. Irgendetwas irritierte mich an ihm. War es, dass er dort ohne Begleitung stand, sein fahles Gesicht im Kontrast zu dem schweren schwarzen Mantel oder die

Tatsache, dass er mich anstarrte? Innerlich zuckte ich mit den Schultern. Komischer Kauz.

Mein Blick fiel auf die sehr appetitlich aussehenden Häppchen. »Mein Teller ist viel zu klein«, jammerte ich beim Versuch, jede der Köstlichkeiten darauf unterzubringen. Ein Versuch, der zum Scheitern verurteilt war, aber wie sollte ich mich zwischen den beiden letzten entscheiden? Lachs oder Ziegenkäse, Ziegenkäse oder Lachs, Lachs oder … Aua! Jemand trat mir auf den Fuß und rempelte mich unsanft an, so dass einzig meine guten Reflexe ein Häppchen-Debakel verhinderten.

Ich sah auf und starrte in das Gesicht von Arielles wahrer Liebe. Eine ungewöhnliche Spannung breitete sich in meiner Körpermitte aus. Mit gerunzelter Stirn legte ich meine freie Hand auf den Bauch, und wollte mich gerade lauthals bei Prinz Eric beschweren, aber er war schon wieder fort.

Clint, der eben noch mit zwei seiner Archäologiestudenten geredet hatte, drehte sich zu mir um und sah mich fragend an. »Alles gut bei dir? Du siehst aus, als hättest du gerade einen Geist gesehen.«

»Einen Geist nicht, aber einen Idioten.« Ich drehte mich um und suchte die Menge nach vertrauten schwarzen Haaren oder azurbauen Augen ab.

»Ich sag ja, Geist.« Clint wackelte belustigt mit seinen Augenbrauen.

Ich fand das Ganze alles andere als lustig und sah ihn düster an.

»Ach, komm schon … Sag mal, darf ich dein Lachshäppchen haben?«

»Was? Nein! Finger weg, du Lachshäppchendieb. Aber jetzt mal im Ernst, dieser Typ da eben, du weißt schon, Prinz Eric vom Pub-Quiz, ist mir auf den Fuß getreten und hat mir beinahe den Teller aus der Hand geschlagen. Aber anstatt sich zu entschuldigen, ist er einfach verschwunden. Wer macht denn sowas? Das muss echt ein ganz mieser Vertreter der männlichen Spezies sein. Ich werde …«

»Gar nichts wirst du, bleib mal locker. Das hier ist deine Ehrenfeier, deine Häppchen und dein Erfolg. Lass dir doch nicht von irgendjemanden, den du kaum kennst, den Tag vermiesen.«

Wenn er wüsste! Aber wo er recht hatte …

Seufzend schob ich mir mein Lachshäppchen in den Mund und kaute genüsslich. Vergessen war der hinterhältige Anschlag auf mein Leben. Ich hatte später noch Zeit, mir über das Problem Prinz Eric Gedanken zu machen. St. Andrews war leider nicht so groß, dass ich hoffen könnte, ihm nie über den Weg zu laufen.

Sanfte Klänge und frische Brise

»Ich habe einfach nichts anzuziehen.« Fluchend fuhr ich mir mit den Händen durch meine langen Haare und zerwühlte sie noch mehr, als sie es ohnehin schon waren. Resigniert blickte ich mich in meinem gemütlichen Zimmer um. Na ja, gemütlich war es für gewöhnlich, wenn es nicht gerade aussah, als wäre meinem Kleiderschrank schlecht geworden und er hätte seinen gesamten Inhalt ausgespuckt. Die Tagesdecke meines Holzbettes mit dem Streublümchenmuster war kaum noch zu erkennen. Röcke, Hosen und Kleider lagen dort in wildem Durcheinander. Den weißen Rattansessel zierten diverse Oberteile, von sexy Tops bis zur seriösen Bluse war alles vertreten. Dem Schuhproblem wollte ich mich jetzt noch gar nicht stellen.

Die Tür wurde langsam aufgeschoben und Csillas wilder, blonder Lockenschopf streckte sich durch den Spalt hindurch. Sie ließ ihren Blick langsam durch den Raum schweifen und stellte mit einem Augenzwinkern fest: »Meine Liebe, du steckst in einer massiven Klamottenkrise.«

Csilla und ich kannten uns erst seit ein paar Monaten. Meine Stelle in St. Andrews hätte ich eigentlich erst nach den Sommersemesterferien antreten sollen, doch mein Vorgänger hatte einen Unfall gehabt und ich wurde gebeten, seine Lücke in den letzten Wochen vor den Ferien zu schließen. Alles musste ganz schnell gehen: meine Sachen in meinem Elternhaus zu packen und in St. Andrews eine Wohnung zu finden, die bezahlbar war. Das Packen war ein Leichtes, so viel besaß ich mit meinen 24 Jahren noch nicht. Eine Wohnung zu finden und meinen Eltern die Sorge zu nehmen, was alles passieren könnte, wenn ich nun zum ersten Mal allein wohnen würde, erwies sich als weitaus schwieriger. Wie oft hatte meine Mutter mir gesagt, ich sei noch zu jung und dabei ihre Hände gerungen. Der Hinweis meinerseits, dass ich doch schon immer die Jüngste bei allem gewesen war, vom Schulabschluss bis zu meiner Doktorarbeit, beruhigte sie leider nur bedingt.

Da es ein Ding der Unmöglichkeit war, eine Wohnung zu finden, die ich allein bezahlen konnte, nahm ich das Angebot der Universität dankbar an und bezog eine kleine Einliegerwohnung direkt im Universitätsgebäude und suchte mir, sehr zur Freude meiner Mutter, eine Mitbewohnerin. So trat Csilla in mein Leben und ganz schnell auch in mein Herz.

Mit dem Gesicht voran ließ ich mich auf mein Bett fallen und murmelte in den Stoffberg: »Csilla, rette mich. Wie soll ich mich für die Feier heute Abend anziehen, wenn ich noch nicht mal weiß, wo wir feiern?«

»Hat Clint dir gar nichts verraten?«

Ich sprang auf und riss verzweifelt die Arme in die Luft. »Natürlich nicht, er hat einfach nur gegrinst und mich kleine Meerjungfrau genannt, dieser Clown.«

Csilla legte den Kopf schief und dachte nach: »Mmhh, vielleicht sollte das ein Tipp sein? Wie sind Meerjungfrauen …?«

»Kalt, nass und fischig?«, riet ich.

Csilla lachte hell auf: »Nein, elegant, grün und sexy. Warte. Ich habe da genau das Richtige.« Sie sprang auf und eilte aus dem Zimmer, nur um wenige Augenblicke später mit einem Kleid über dem Arm zurückzukommen. Ich hielt den Atem an; allein der Stoff war schon überwältigend: sanft schimmernde Seide in rauchigem Grün.

»Die Farbe passt hervorragend zu deinen Augen«, sagte Csilla und hielt den Stoff neben mein Gesicht. Ich schaute auf und in den alten Spiegel mit der Goldverzierung, der gegenüber von meinem Bett hing. Passend zu meinem Äußeren sah er ein wenig aus wie der allwissende Spiegel aus ›Schneewittchen und die sieben Zwerge‹. Nur, dass in meinem Fall noch nie eine böse Stiefmutter hineingesehen hatte. Csilla hatte recht, das rauchige Grün traf wirklich exakt meine Augenfarbe und ließ die bernsteinfarbenen Sprenkel darin strahlen.

Sie nahm das Kleid an den Schultern und ließ es sich entfalten. Leise raschelte die Seide und ich konnte den schlichten, figurbetonten Schnitt erkennen, der nicht von dem exquisiten Material ablenkte.

Csilla grinste schelmisch: »Und das ist der Grund, warum die Kerle umfallen werden, wenn du es trägst.« Sie drehte das Kleid um, so dass ich den tiefen Ausschnitt sehen konnte, der fast den gesamten Rücken freiließ. So züchtig es von vorne wirken mochte, so aufreizend war es von hinten.

Sehnsuchtsvoll stöhnte ich auf: »Das Kleid ist ein wahrgewordener Traum, aber das kann ich nicht anziehen, es ist zu edel, zu teuer … zu sexy«, gestand ich nach einer kleinen Atempause und sah verlegen auf den Boden. In so einem Kleid sah ich mich einfach nicht.

»Quatsch«, sagte Csilla nachdrücklich, »Du hast deine erste Lehranstellung und dein Vortrag heute hat sie alle umgehauen – trau dich mal was.«

Ich schielte sie von unten durch die Strähnen meines Haares an und gab mir einen Ruck. »Na gut. Neue Stadt, neuer Job, neue Mina«, sagte ich mit einem etwas zittrigen Lächeln und klang überzeugter, als ich mich fühlte.

Schnell entledigte ich mich meiner Kleidung, hob die Arme und ließ die kühle, glatte Seide über meinen Körper streifen. Sanft schmiegten sich die langen Trompetenärmel an meine Haut. Das Kleid passte perfekt und schmeichelte meinen Kurven. Ich drehte mich vor dem Spiegel und stellte fest, dass es nicht nur den atemberaubenden Rückenausschnitt besaß, sondern auch einen hohen seitlichen Beinschlitz.

Csilla betrachtete mich kritisch. »Die Unterwäsche muss weg, ich kann die Abdrücke sehen.«

»Csilla, ich kann doch nicht ohne …«

»Du machst jetzt keine halben Sachen, Mina. Oder willst du, dass alle Welt weiß, welchen Schnitt deine Unterhose hat?«

»Gott, nein!«, rief ich aus. »Aber Csilla, im Ernst. Ich habe hier gerade in St. Andrews angefangen. Wenn mir heute Abend ein Student über den Weg läuft, oder schlimmer, ein Kollege – das kann ich nicht bringen. Ich muss doch wenigstens den Anschein von Seriosität wahren.«

»Viel unseriöser wäre es, wenn jeder wüsste, wie deine Unterwäsche geschnitten ist. Wenn du jetzt eine Unterhose hättest, die keinen Abdruck hinterlässt … hast du aber nicht. Also, runter mit dem Ding.«

Ich durchbohrte sie noch einige Sekunden mit meinem Blick, gab dann aber doch nach.

Auch bei der Frisur und dem Make-up stand Csilla mir hilfreich zur Seite. Sie arbeitete zügig und entschlossen und schon in kurzer Zeit hatte sie mir ein wenig Lipgloss aufgelegt und die Augen dezent betont, so dass sie nun noch mehr strahlten. Meine Haare hatte sie zu einer Hochsteckfrisur aufgetürmt, aus der sich einige Strähnen lösten und sanft meinen Nacken und die Schultern umschmeichelten.

Ich schlüpfte gerade in ein paar flache Ballerinas, als draußen auch schon lautes Hupen ertönte. Schnell griff ich mir meine kurze Lederjacke und drehte mich zu Csilla um: »Bist du dir sicher, dass du nicht mitkommen möchtest?«

»Ja, ganz sicher. Ich mache es mir hier lieber mit einem Tee und einem guten Buch gemütlich. Außerdem habe ich ja mein bestes Kleid schon verliehen«, fügte sie augenzwinkernd hinzu.

Ich schloss Csilla in eine kräftige Umarmung, die sie aufstöhnen ließ. »Du Kraftpaket bringst mich mit deiner Umarmerei noch mal um«, bemerkte sie und lachte.

»Maul nicht, weil ich dich lieb hab, Csilla.« Schon drehte ich mich um und lief die Außentreppe, die zu unserer kleinen Wohnung führte, hinunter und zu Clints altem Volvo, der auf dem Campusparkplatz wartete.

Voller Elan riss ich die Beifahrertür auf und stutzte. Der Innenraum seines Wagens versank in gewohntem Chaos. Mein Blick viel auf Ausgrabungswerkzeug, streifte leere Pappbecher und blieb schließlich auf dem Beifahrersitz hängen, auf dem noch das Einwickelpapier seines letzten Fastfoods lag. Ein schwacher Geruch von Burgern schlug mir entgegen. »Hast du gerade noch einen Hamburger gegessen, obwohl wir auf dem Weg zur Feier sind? Gibt es da nichts zu essen?«

»Ich kann immer essen, das weißt du doch.« Clint hob die Hände und ahmte einen Zombie mit verdrehten Augen nach, bevor er sagte »Wenn ich keinen Burger bekomme, fresse ich eben dein Gehirn, gggrrrr …«

Lachend schüttelte ich den Kopf und antwortete: »Du kannst nicht das Gehirn des Ehrengastes fressen.« Ich wischte das Papier in den Fußraum und betrachtete den Sitz kritisch. »Hast du eine Decke oder so etwas? Das Kleid ist nur geliehen und ich trau deinem Sitz nicht.«

Clint griff sich schwer getroffen an sein Herz, dann meinte er: »Wenn Ihr heute Abend nicht so betörend aussehen würdet, Mylady, wäre euer Kutscher zutiefst getroffen.« Grinsend griff er nach hinten, zog eine Jacke hervor und breitete sie auf dem Sitz aus. Kopfschüttelnd ließ ich mich auf das Polster fallen und Clint schoss mit dröhnender Rockmusik vom Parkplatz.

Wir rauschten die North Street entlang und bogen nach kurzer Zeit rechts ab, Richtung Ozean. Kaum hatten wir die letzten Häuser hinter uns gelassen, ließ ich das Fenster herunter und sog den einzigartigen Duft tief in meine Lungen: Salz, Tang und Freiheit. Das Meer. Schon bald sah ich den breiten, hellen Strand und konnte das Wellenrauschen hören. Dann tauchte die Küste auf und sofort hatte ich dieses gelöste Sommergefühl, das an lange, faule Tage am Strand erinnerte.

Wir folgten der Straße, die sich am Meer entlang schlängelte, noch eine Weile, doch dann wurde der Wagen langsamer und hielt vor einem Gebäude, das mit seinem gelblichen rauen Stein, seinen dreieckigen Giebeln und dem runden Türmchen an eine verspielte Burg erinnerte.

»Beeindruckend«, raunte ich Clint zu, als ich mich bei ihm einhakte. Auch er hatte sich schick gemacht und trug einen schmal geschnittenen grauen Anzug. Die Boots, die er dazu gewählt hatte, waren ganz offensichtlich eine Hommage an sein großes Idol, Indiana Jones.

Er zahlte unseren Eintritt und schritt zielstrebig durch die Eingangshalle auf eine große Treppe zu, die uns geradewegs auf eine beeindruckende Dachterrasse führte. Letzte goldene Sonnenstrahlen streiften sanft die Besucher, spielten in den üppig grünen Blättern der Pflanzen, die in großen Kübeln überall standen und ließen den Schmuck der Frauen aufblitzen. Lateinamerikanische Musik drang aus versteckten Lautsprechern und einige der Gäste tanzten schon unter dem wolkenlosen Abendhimmel.

»Wundervoll«, hauchte ich, gefangen von der Schönheit des Anblicks.

»Mina.« Stürmisch schlangen sich Arme von hinten um meine Taille und ein kugelrunder, fester Bauch presste sich an meinen Rücken. Ich drehte mich um, um die Umarmung zu erwidern. »Molly! Du siehst toll aus.« Ich strich ihr über den Schwangerschaftsbauch und fragte: »Wie geht es dem kleinen Indy?«

Molly lächelte breit und zufrieden: »Er tritt wie ein Nilpferd, also scheint es ihm mehr als gut zu gehen. Ist es nicht wunderschön hier?«

Ich nickte und die Aussicht raubte mir ein weiteres Mal den Atem. Auf der einen Seite ging gerade die Sonne über den sattgrünen Wiesen unter, auf der anderen Seite konnte man weit auf das Meer hinaussehen. »Es ist der Wahnsinn. Danke für eure Einladung.«

In diesem Augenblick kam Clint wieder und balancierte drei bunte Cocktails vor sich her, die in gefährliche Schieflage gerieten. Molly und ich sprangen gleichzeitig einen Schritt nach vorn und schnappten uns jeder eines der Gläser. »Jetzt müssen wir einmal sortieren«, meinte Clint. »Molly, du hast meinen Drink erwischt, Mina hat deinen und der Sahnige hier sollte für Mina sein.«

Schnell drückte ich Molly ihr Glas in die Hand und schnappte mir Clints Getränk. »Sahne und quitschsüß kannst du vergessen, Clint. So sehr Mädchen bin ich nicht.«

Clint warf einen zweifelnden Blick auf seinen mintfarbenen Cocktail, fuhr sich einmal durch die Haare und atmete tief durch, bevor er bemerkte: »Nun denn, wenn ich an einem Zuckerschock sterbe, trauert nicht um mich.« Mit diesen Worten hob er sein Glas und wir drei stießen an. Als ich einen kräftigen Schluck genommen hatte, spürte ich, wie sich eine behagliche Wärme in mir ausbreitete. Clints Cocktail war eindeutig von der Sorte alkoholisch mit einem Hauch von Saft.

Nachdem unsere Gläser geleert waren, hielt uns nichts mehr und Molly und ich eroberten die Tanzfläche. Clint verschwand und kam etwas später mit neuen Cocktails zurück. »Ich sollte nicht noch einen trinken, Clint. Du weißt, ich vertrage nicht so viel Alkohol«, sagte ich und schielte auf den hellgrünen Drink in seiner Hand.

»Ist klar, kleine Schnapsdrossel. Den brauchst du gar nicht so gierig anzusehen, Mina, der ist für mich. Dir habe ich einen alkoholfreien mitgebracht.« Genüsslich nippte Clint an seinem Getränk und grinste.

Die Tatsache, dass er sich das klebrig süße Ding noch einmal bestellt hatte, machte mich neugierig. »Lass mich mal probieren.« Ich schnappte mir sein Glas und nahm einen Schluck. Oh. War. Das. Lecker! In meinem Mund explodierten unterschiedliche Aromen, ich schmeckte Süße mit einem säuerlichen Unterton und die Sahne ließ alles auf der Zunge schmelzen.

Meine genüsslich verdrehten Augen quittierte Clint mit einem selbstgefälligen: »Hättest du diesem armen Cocktail eine faire Chance eingeräumt, hättest du jetzt deinen eigenen.«

Er versuchte nach dem Glas zu greifen, aber ich drehte mich weg und trank es in einem Zug leer. »Ich bin durchaus in der Lage, Fehler einzugestehen«, meinte ich belustigt und spürte, wie mir der Alkohol zu Kopf stieg.

Tanzen sollte helfen, den Nebel in meinem Kopf wieder loszuwerden. Ich wiegte mich zu feurigen Samba-Rhythmen und wollte gerade zu einer Drehung ansetzen, als ich wieder dieses Ziehen tief in meinem Bauch spürte. Die plötzliche Empfindung brachte mich aus dem Gleichgewicht und ich sah mich schon vor allen anderen auf dem Boden landen, als zwei kräftige gebräunte Hände meine Unterarme fest umschlossen und mich auffingen. Der Duft von Strand und Meer umfloss mich und als ich den Blick hob, um zu sehen, wer mich da gerade vor dem Peinlichkeitstod gerettet hatte, versank ich in Azur. Eric. Schon wieder Eric.

Da stand ich nun, sog seinen Duft genießerisch ein und war auf der anderen Seite doch immer noch stocksauer auf ihn. Er schenkte mir ein halbes Lächeln und sah mich erwartungsvoll an. Erst als er auch noch eine Augenbraue hob, wurde mir bewusst, dass ich ihn die ganze Zeit über angestarrt hatte, ohne zu atmen. Oh. Wie. Peinlich!

Ich holte tief Luft, drückte den Rücken durch und trat einen Schritt zurück, so dass er mich loslassen musste. Meine Unterarme vermissten ihn jetzt schon. Verräterisches Volk. Geh zum Angriff über, Mina, das ist die beste Verteidigung! »Und?«, fragte ich ihn mit zusammengekniffen Augen, die Hände in die Hüften gestemmt.

Sein Lächeln wurde noch breiter, nun bildeten sich auch noch diese Grübchen. Musste das denn sein? Sein Blick glitt an meinem

Körper hinab, er nahm sich Zeit und ihm schien zu gefallen, was er sah. Gleich würde ich vor Wut über seine Musterung platzen.

Er verschränkte die Arme vor seiner muskulösen Brust und blickte auf mich herab. »Und was?«, fragte er belustigt.

»Willst du dich nicht entschuldigen?«, zischte ich zurück.

»Wofür? Dafür, dass ich dich nicht habe hinfallen lassen?«

Bevor ich darauf antworten konnte, fühlte ich einen Stoß in meinem Rücken. Ein tanzendes Pärchen hatte mich angerempelt. Ich stolperte nicht sehr elegant gegen Erics Brust. Seine Hände legten sich um meine Taille und ich spürte den kühlen Druck seiner Hände. Er beugte den Kopf, so dass sein warmer Atem meine Wange streifte. »Ich war sehr überrascht, dich nicht mehr in meinem Bett vorzufinden. Normalerweise entscheide ich, wann es Zeit ist zu gehen.« Er sah mich eindringlich an. »Aber anscheinend hattest du eine Vorlesung vorzubereiten«, sagte er mit sarkastischem Unterton.

Das war eindeutig genug. Ja, okay, vielleicht war es nicht die feine englische Art gewesen, sich einfach vom Acker zu machen, aber ich wollte genau so eine Begegnung wie jetzt vermeiden. Von weitem sah ich Clint und Molly neugierig zu uns rüber sehen. Was sollte ich bloß machen? Vor mir war ein grummeliger Prinz Eric, hinter mir meine neugierigen Freunde und um uns herum tanzende Menschen, denen wir mit unserem Herumgestehe mächtig auf die Nerven gingen.

»Tanz mit mir, Dr. Sterling«, hauchte er plötzlich. Meine Knie wurden weich und bevor mein Hirn sich einschalten konnte, hörte ich meine Lippen flüstern: »Gern, Prinz …«

»Nathan. Wir waren lang genug Eric und Mulan«, antwortete er und begann, uns zu dem langsamen Lied sanft im Kreis zu drehen.

Seine Aussage versetzte mir einen Stich. Hieß das, jetzt war alles vorbei? Das war gut, oder? Warum fühlte es sich dann nicht so an?

»Ich konnte dir noch gar nicht zu deiner gelungenen Vorlesung gratulieren«, sagte er erstaunlich neutral. Keine Spur von Sarkasmus. Welche Vorlesung? Mina, konzentriere dich, das ist doch nicht normal! Ich rückte etwas von ihm ab und versuchte Abstand zu gewinnen, innerlich wie äußerlich. »Danke, wir feiern hier deswegen heute Abend.«

»Wir?«, fragte er mit hochgezogenen Augenbrauen.

»Ja«, erwiderte ich, »meine Freunde stehen auf der anderen Seite, hinter dir. Team Mulan, du weißt schon.«

Nathans Griff um meine Taille wurde fester und er drehte uns in einer schwungvollen, aber eleganten Bewegung, so dass er nun einen freien Blick auf Molly und Clint hatte. »Ah, die Schwangere und der Indiana Jones für Arme?«

Wütend funkelte ich ihn an und wollte ihn von mir schieben. Was bildete er sich ein, meinen besten Freund zu beleidigen?!

Nathan stutze kurz und zog mich wieder enger an sich, meine Hände lagen auf seinen kräftigen Schultern und ich konnte seine Brust an meiner fühlen. »Du siehst umwerfend aus«, schnurrte er mir mit dunkler Stimme ins Ohr. Seine Hände wanderten meinen Rücken hinab und strichen sanft über den Stoff meiner Jacke. Mein Herz machte einen Satz, als seine Hände immer weiter nach unten wanderten, während er mir in die Augen blickte. In ihnen loderte ein hungriges Feuer. Langsam beugte Nathan seinen Kopf und sein Blick wanderte zu meinen Lippen. Ich stockte und lehnte mich ihm instinktiv entgegen.

Er grinste: »Keine Sorge, Süße, ich wollte dich nicht küssen.«

Die Bemerkung zeigte mehr Wirkung als ein Eimer Eiswasser. Das war nicht nur unverschämt, das war auf so vielen Ebenen sowas von daneben. Wut kroch mir heiß und sengend den Rücken hoch, so wie es eben noch seine Berührung getan hatte. Sie schien mich in Brand zu setzen und auf einmal war es mir in meiner dünnen Jacke viel zu heiß.

Ich zog die Augenbrauen hoch, musterte ihn so arrogant, wie er mich zuvor und ließ langsam meine Jacke von den Schultern gleiten. Schwungvoll und ohne ein weiteres Wort an ihn zu verschwenden, drehte ich mich um und ging hüftschwingend davon. Sein heftiges Einatmen beim Anblick meiner Rückseite entging mir nicht.

Kaum war ich mir sicher, dass Nathan mich nicht mehr sehen konnte, beschleunigte ich meine Schritte, lief die Treppe hinunter, hinaus aus dem Haus und zum Strand. Ich musste dringend allein durchatmen und meinen Gefühlen wieder Herr werden. Ja, gut, ich hatte ein aufbrausendes Gemüt und ging durchaus schneller in die Luft als andere, aber dieser Kerl ging mir ein bisschen zu sehr unter die Haut.

Ich legte meine Jacke auf den Boden und setzte mich in den noch warmen Sand. Die Luft umschmeichelte mich und kühlte meine erhitzte Haut. Ich blickte über den breiten Strand auf das dunkle Meer hinaus. Wie hatte ich bloß so die Kontrolle über die Situation verlieren können? In dem einen Moment tanzte ich noch mit einem aufregenden Typen und im nächsten stand ich da, bis auf die Knochen blamiert. Wie konnte ich mir nur die Blöße geben, ihn wissen zu lassen, dass ich glaubte, er wolle mich wieder küssen? Ich wusste noch nicht mal, ob ich das wollte. Halt! Falscher Gedanke, Mina. Ich konnte es nicht wollen, denn Nathan war ein Student. Vielleicht nicht einer meiner Studenten, aber immerhin.

Ein Kribbeln fuhr mir über den Rücken und auf einmal war ich felsenfest davon überzeugt, beobachtet zu werden. Rasch drehte ich mich um und spähte in alle Richtungen, in der Annahme, dass irgendwo eine Gestalt auftauchen würde. Doch der Strand war genauso leer, wie die Wiesen rund um das imposante Gebäude. Bewegte sich da hinten unter der Treppe des Hauses etwas? Ich kniff die Augen zusammen, konnte aber niemanden erkennen. Ein sicheres Beispiel dafür, wie sehr mich die Begegnung mit Nathan aus dem Konzept gebracht hatte.

Ich straffte die Schultern und schüttelte den Kopf über mich selbst. Mina, lass einfach ein bisschen Wasser den Fluss hinabfließen und bald ist diese Peinlichkeit nur noch eine Erinnerung, die man als Anekdote erzählen kann, um andere zum Lachen zu bringen.

Das stete Wellenrauschen beruhigte mich langsam und ich umschlang meine angezogenen Knie mit beiden Armen, um mir Wärme und Halt zu geben. Mit geschlossenen Augen sog ich die frische Meeresluft tief ein, als neben mir etwas zu Boden plumpste.

Mit dem Geräusch einher ging der Geruch von schalem Bier. Eine schwere Schulter rempelte mich unkontrolliert an. »Na, meine Hübsche, wasch masch du denn hier scho allein? Bisch schu ein Engel, der vom Himmel gefallen isch?«

Wie vom Blitz getroffen sprang ich auf und brachte Abstand zwischen mich und den Kerl. Leider rappelte dieser sich erstaunlich schnell auf. Na klasse. »Wasch denn? Nu zier dich doch nicht so«, lallte er und torkelte auf mich zu, die Hände ausgestreckt, als wolle er mir an die Brüste fassen.

Ich trat einen Schritt zurück und ging in Angriffsposition. Gerade als ich mich entschieden hatte, dass ein Tritt in sein männliches Zentrum wohl passend wäre, schoss Nathan wie aus dem Nichts hervor, griff mit einer geschmeidigen Bewegung den Arm des grobschlächtigen Mannes und verdrehte ihn hinter seinem Rücken. Seine Stimme war absolut ruhig, aber kalt wie das Wasser am Grund des Ozeans. »Du verziehst dich jetzt von hier, Freundchen, und nüchterst erst mal aus.«

Der Mann fiel wie ein Ballon in sich zusammen und als Nathan ihn losließ, hob er abwehrend die Hände, drehte sich um und stolperte zurück zum Haus.

Nathan trat an mich heran und strich mit seinen Händen an meinen Armen entlang: »Gerade rechtzeitig …«

Ich schnaubte. Was dachte sich dieser eingebildete Macho eigentlich? »Wofür? Mich daran zu hindern, dem Kerl in den Arsch zu treten? Ich kann hervorragend auf mich selbst aufpassen, danke«, blaffte ich ihn an und machte auf dem Absatz kehrt, um den Strand wieder hinaufzustürmen. Es wäre der perfekte Abgang gewesen, hätte ich mich nicht in einem hinterhältigen Stück Treibholz verfangen und wäre fast gestürzt. Hinter mir hörte ich Nathan laut auflachen.

Home, Sweet Home

Es war Sonntagmorgen und ich konnte nicht sagen, was mich mehr nervte: mein tierischer Kater oder mein emotionaler Zustand. Vermutlich war es eine Mischung aus beidem. Ich versuchte mich aufzusetzen. Mein Kopf fühlte sich an, als wollte er platzen.

»Aua«, jammerte ich.

»Selbst schuld«, kam es aus der Küche.

Ja, herzlichen Dank. Genau das konnte ich gerade gebrauchen. Mit verkniffenem Gesicht tapste ich in die Küche, in der es bereits nach unfassbar gutem Kaffee roch. »Ist da noch was drin?«, fragte ich Csilla mit Blick auf die Kaffeekanne.

Diese stocherte gerade viel zu laut in ihrer Müslischüssel rum. Nein, rumstochern war untertrieben, sie hämmerte auf ihre Schüssel ein. Was hatte sie da in der Hand? Einen Löffel oder einen Presslufthammer?

»Mensch, da ist ja jemand richtig gut drauf«, flötete meine Mitbewohnerin und grinste übers ganze Gesicht.

»Ja, ich bin das blühende Leben. Danke, liebe Sterne, dass heute Sonntag ist.«

»Warum sagst du das immer? Liebe Sterne?«, fragte Csilla.

»Du weißt, dass ich die Sterne liebe und sie mich beruhigen. Mom sagt, das war schon immer so. In den Nächten, in denen ich nicht so gut wieder einschlafen kann, sind sie mein Anker. Ich fühle mich zu ihnen hingezogen. Das war schon immer so.«

Csilla verzog kaum merklich ihre hübsche kleine Stupsnase.

»Was ist? War das jetzt zu kitschig?«

Csilla lachte und erwiderte: »Ja, viel zu kitschig.«

Ich stimmte mit ein, was ich allerdings gleich bereute, weil meine Kopfschmerzen sich wie ein Tornado zurückmeldeten. »Ich glaube, ich leg mich gleich wieder hin«, sagte ich.

»Meine Liebe, das geht nicht. Heute stehen Mami und Papi auf dem Programm.«

»Shit, das habe ich total vergessen! Mom wird mich umbringen. Wie spät ist es?«

»11.34 Uhr.«

»Was? Warum hast du mich nicht geweckt?«

»Oh nein, das schiebst du mir nicht in die Schuhe. Ich habe versucht dich zu wecken, aber du warst aus dem komatösen Rauschzustand nicht wachzukriegen. Und außerdem habe ich mir gedacht, dass du langsam mal erwachsen werden musst und jetzt ist genau das richtige Alter dafür.«

Stöhnend rieb ich mir die Schläfen. Warum musste sie gerade heute ihre Lieblingsdrohung in die Tat umsetzen? »Okay, okay, ich verstehe es schon.« Ruckartig stand ich auf, bereute es allerdings sofort, als kleine Sterne vor meinen Augen tanzten. Ich hielt mich kurz am Tisch fest, bis der Schwindel nachließ.

»Sag mal«, säuselte Csilla, »wer ist denn eigentlich Nathan?«

Mein Kopf fuhr zu ihr herum und ich merkte, wie meine Wangen bereits in Flammen aufgingen. »Ich weiß nicht, von wem du redest.«

»Oh doch, das weißt du ganz genau. Der Mann mit den Lagunenaugen, der Mann, der so ein Idiot ist, der Mann, der dir ein Kribbeln in den Bauch und wahrscheinlich noch andere Regio…«

»Ja, okay. Ich hab's verstanden. O Gott, hab ich dir das gestern gesagt?« Jetzt stand mein Gesicht auf jeden Fall in Flammen. Schnell vergrub ich es in den Händen. Wie konnte das passieren? Nathan war ein arroganter Mistkerl, der viel zu sehr von sich selbst überzeugt war. Um diese Art von Männern machte ich normalerweise einen ganz weiten Bogen. Sie waren meistens unangenehm, überheblich und langweilig, weil es immer nur um sie und ihre Bedürfnisse ging. Aber Nathan war da leider anders. Neben diesem ganzen Gehabe war da etwas, das ich nicht wegdiskutieren konnte. Mein Körper reagierte extrem auf seine Nähe, seine Augen, seine Blicke, seine … stopp. Was war nur los mit mir? Ich musste wieder einen klaren Kopf bekommen. Ich hatte gerade in St. Andrews angefangen, mein Traum verwirklichte sich gerade. Das konnte ich mir durch eine flüchtige Bekanntschaft nicht kaputt machen lassen.

Ich atmete tief in meinen Bauch, versuchte meine Gedanken zu ordnen und straffte die Schultern. »Kannst du mir bitte ein Aspirin geben?«

»Sie hat ›bitte‹ gesagt. Heureka, dass ich das noch erlebe.«

»Csilla, du bist heute viel zu gut gelaunt. Außerdem sage ich fast immer ›bitte‹. Also meistens … na gut, ich könnte es öfter tun. Aber jetzt sage ich es gerne noch mal: Bitte, bitte, bitte gib mir ein Aspirin, sonst sterbe ich.«

Mit einem glockenhellen Lachen wandte Csilla sich unserem Apothekerschrank zu und reichte mir eine Tablette. Diese mit einem großen Schluck Kaffee runterzuspülen, war nicht meine beste Idee. Widerlich.

Das Aspirin begann bereits zu wirken, als ich mich wenig später in den Zug nach Edinburgh setzte. Die Strecke zu meinen Eltern legte ich gerne per Bahn zurück, da diese über die Forth Bridge führte, eine alte Eisenbahnbrücke, die ihren Bogen über die tosenden Wellen der schottischen Küste spannte.

Die Auslegerbrücke war bei ihrer Einweihung 1890 ein absolutes Novum im Brückenbau gewesen. Sie wurde von drei massiven Pfeilern getragen und bildete mit ihren seitlichen Auslegern eine rautenförmige Struktur. Betrachtete man die Brücke von der Seite, sah es aus, als ob drei große, rote Karos quer aneinandergefügt worden wären. Ich blickte zu den hohen Streben und dachte darüber nach, was Menschen bereits für großartige Dinge erschaffen hatten und welche Wunderwerke in ihrer Vorstellung noch schlummerten.

Nachdem der Zug die Forth Bridge verlassen hatte, drehte ich mich noch einmal um. Das war ein Ritual von meiner Mom und mir. So genossen wir die Ansicht noch mal im Ganzen. Warme Sonnenstrahlen kitzelten meine Nase und brachten das Wasser unter der Brücke zum Glitzern …

Bilder fluteten meine Gedanken. Eric, ich meine, Nathan und ich waren bei ihm zu Hause. Wir verschlangen uns förmlich. Mein Atem ging schneller. Seine Hände glitten über meinen Körper, als wäre er ein teures Kunstwerk. Dann fuhren sie über meinen Busen, seine Lippen folgten und begannen sanft, aber fordernd an meinen aufgerichteten Brustwarzen zu saugen. Mein Körper stand in Flammen und automatisch wurde das Ziehen in meinem

Schoß unerträglich. Seine Finger wanderten immer weiter abwärts. Mein Atem stockte …

»Die Fahrkarten, bitte.« Ertappt und entsetzt über meine wiederkehrenden Erinnerungen an die gemeinsame Nacht setzte ich mich gerade hin und holte meine Fahrkarte hervor, um sie peinlich berührt dem Schaffner entgegen zu strecken. Meine Wangen mussten glühen, jedenfalls fühlten sie sich so an. Ich musste Nathan aus dem Kopf bekommen, und zwar schnell.

Die restliche Fahrt überlebte ich ohne weitere Peinlichkeiten und kam einigermaßen erleichtert an meinem Ziel an: Edinburgh. Hier war ich aufgewachsen, zur Schule gegangen, hatte studiert und promoviert; bis ich vor ein paar Wochen den großen Schritt in die Unabhängigkeit gewagt hatte.

Meine Eltern lebten außerhalb der Stadt und so musste ich noch eine fünfzehnminütige Fahrt mit dem Bus zurücklegen. Aber dann endlich kam unser kleines Häuschen in Sicht. Efeubedeckte Fassade, grünes Dach, grobe Steine und eine wunderhübsche Eingangstür erinnerten mich an meine glückliche Kindheit. Ich hatte wirklich die besten Eltern, die sich ein Kind nur wünschen konnte.

»Mina, mein Schatz!«, rief meine Mom und kam den kleinen Gartenweg auf mich zu. Mit ihrer roten Wallemähne und dem von Sommersprossen überzogenen Gesicht glich sie ›Merida‹ aus dem gleichnamigen Film wie ein Ei dem anderen. Mit weit ausgebreiteten Armen zog ich sie an mich und drückte sie fest. »Mina«, quiekte Mom, »nicht so fest. Kind, du hast einfach zu viel Kraft, das hattest du schon immer.« Liebevoll sah ich meiner Mutter ins Gesicht, strich ihr über den Rücken und wir gingen in Richtung des Hauses. Es war schön, zu Hause zu sein.

»Höre ich da meine kleine Prinzessin?« Die Stimme meines Vaters drang aus der Küche.

Ich verdrehte die Augen und lächelte. »Ja, Dad, ich bin's. Aber bitte, nenn mich nicht Prinzessin, du weißt, ich hasse das.«

Dad erschien in der Tür zum Wohnzimmer. »Aber, aber, mein Mäusezahn, du warst, bist und wirst immer meine Prinzessin sein.«

Innerlich aufstöhnend ließ ich mich aufs Sofa plumpsen. »Dad, ich bin 24. Wenn ich euch endlich mal einen meiner vielen Lover vorstellen soll, dann muss das Kosenamen-Ausdenken endlich aufhören.« Als mein Vater von den »vielen Lovern« hörte, verschluckte er sich hörbar an seinem Getränk und bekam einen Hustenanfall.

Mom lachte laut und hell. »Das geschieht dir recht, James.«

Hustend und keuchend kam Dad wieder zu Atem. »Danke, Sue, du bist immer so unterstützend. Das hat deine Tochter definitiv von dir.« Mom und ich schauten uns an und prusteten los.

Meine Eltern hatten mich nie darüber im Unklaren gelassen, dass sie nicht meine leiblichen Eltern waren und ich wusste, dass es jetzt bestimmt gleich wieder zu Sprache kam, dass …

»Weißt du Mina, der Tag, an dem wir dich vor unserer Haustür fanden, war der glücklichste Tag unseres Lebens und natürlich alle folgenden Tage mit dir an unserer Seite.«

Gequält schaute ich meinen Vater an. »Dad, ich kenne diese Geschichte in- und auswendig …«

»Diese Geschichte kann man gar nicht oft genug erzählen. Molly und Clint hat sie auch gefallen.« Gespielt eingeschnappt verschränkte mein Vater die Arme und verzog den Mund. Lange konnte er diese Fassade allerdings nicht aufrechterhalten und verlor gegen ein breites Grinsen. »Na, komm schon her, Mina, eine Umarmung muss für deinen alten Herren doch drin sein.« Lächelnd lief ich in seine ausgestreckten Arme und kuschelte mich an seinen massigen Körper. Mein Dad liebte sein Scottish

Ale, was seinem Bauch allerdings nicht gut bekam. Er flüsterte mir ins Ohr: »Schön, dass du da bist.«

Ich flüsterte zurück: »Das finde ich auch.«

»Nur etwas zu spät, Darling«, flötete meine Mutter aus der Küche. War ja klar, dass sie es sich nicht verkneifen konnte.

»Mom, hast du eigentlich das Geschenk für Mollys Baby fertig?«

»Das fragst du ernsthaft? Natürlich.« Sie ging in ihr Nähzimmer und holte voller Stolz eine kleine Patchworkdecke hervor, die sie selbst angefertigt hatte. Liebevoll reihten sich bunte Patches aneinander. Als Grundfarbe hatte Mom ein zartes Grün gewählt. Sogar an Clint und Mollys Archäologen-Dasein hatte sie gedacht und kleine Hämmerchen-, Pinsel- und Indianer-Jones-Hüte-Patches mit eingereiht.

»Wow, Mom, die ist wunderschön. Molly wird sie lieben und der kleine Indy erst.« Grinsend kam mir wieder die Vorstellung des kleinen Clint-und-Molly-Nachwuchses, knabbernd an einem Dinosaurierknochen, eingekuschelt in die Patchworkdecke. Was für ein großartiges Bild. »Ich kann es kaum erwarten, Molly das Geschenk zu übergeben. Sie muss es unbedingt mit ins Krankenhaus nehmen, es soll das Erste sein, in das der kleine Indy gewickelt wird … also, nachdem er sauber und gewaschen ist.«

»Du bist wirklich eine gute Freundin, mein Schatz.« Mom sah mich liebevoll an. »Das warst du schon immer. Loyal bis aufs Blut und wehe, jemand wollte deinen Freunden weh tun. Du hättest dich vermutlich auch einem Elefanten in den Weg gestellt, um sie zu beschützen. Wir konnten gar nicht anders, als dich zu Meister Hoshi ins Kampftraining zu schicken.« Diese alten Geschichten über sich zu hören war jedes Mal wieder peinlich und amüsant zugleich. »Schon in der Nacht, in der wir dich vor unserer Tür gefunden haben, hattest du diesen ernsten Gesichtsausdruck.

Kein Weinen, kein Wimmern, nur deine wunderschönen grünen Augen, die erstaunt blickten.«

»Mooom, nun ist aber mal genug. Es fehlt nur noch die Anekdote, dass die Sterne um die Wette gefunkelt haben, dass ein Zettel mit meinem Namen beilag und dass das alles klingt, wie aus einem schlechten Film abgeschrieben.«

»Mina«, meine Mutter blickte ernst drein, »Das war der beste Film aller Zeiten. Unser Film.« Liebevoll schlang ich die Arme um meine Mom. Sie waren wirklich mein Seelenanker. Mein Ruhepol.

Meine Eltern hatten nie leibliche Kinder bekommen können, das war ihnen nicht vergönnt gewesen; umso mehr dankten sie den Sternen, als ich in ihr Leben trat. Natürlich hatten sie zunächst sämtliche Krankenhäuser aus der Umgebung abtelefoniert, ob ein Kind vermisst wurde, genauso wie die Polizei und das Jugendamt. Aber nachdem sich niemand meldete, ging die Adoption sehr zügig voran und meine Pflegeeltern wurden zu meinen Herzenseltern.

Bis zum heutigen Tage gab es kein Lebenszeichen von meinen leiblichen Eltern. Darüber war ich sehr dankbar, denn so konnte mir und meinen Eltern nie das Herz gebrochen werden. Als kleines Mädchen hatte ich viele Fragen zu meinen leiblichen Eltern gehabt, aber da sie mir niemand beantworten konnte, hörte ich irgendwann auf, sie zu stellen. Ich hatte vollends akzeptiert, dass ich ein großes Los gezogen hatte.

Nachdem wir das köstliche Mittagessen meines Vaters aufgegessen hatten, setzten wir uns nach draußen in unseren kleinen, aber feinen Garten, auf die gusseisernen Gartenstühle, die viel bequemer waren, als sie aussahen. Ich atmete tief ein und ließ den Blick durch den Garten schweifen, den meine Eltern liebevoll pflegten. An dem niedrigen Natursteinmäuerchen lehnte eine alte japanische Zierkirsche, die ihre zart rosafarbenen, pomponartigen Blüten stolz in den Himmel reckte. Darunter erstreckte sich ein

Teppich aus himmelblauem Vergissmeinnicht, die schon in den satten Rasen hineinwucherten. Hohes Schilfgras wechselte sich ab mit Rosenbeeten, durchsetzt mit Frauenmantel und Lavendel, der im Sommer die Luft mit seinem würzigen Duft erfüllen würde. Ich atmete nochmals tief ein und erwartete fast, ihn jetzt schon riechen zu können. Kein anderer Ort auf der Welt vermochte es, diese innere Ruhe in mir auszulösen.

»Nun erzähl schon, Schatz. Mom und ich sind ganz aufgeregt, endlich von deinem Vortrag und dem tosenden Applaus zu hören.« Und so erzählte ich meinen Eltern von meinem spannenden Tag, dem Sektempfang, der Feier gestern und dem großartigen Blick aufs Meer. Allerdings ließ ich alle Einzelheiten, die Nathan betrafen, geflissentlich aus.

Sexbomb im Erdloch

Wir verbrachten einen schönen Tag zusammen und genossen unsere gegenseitige Anwesenheit. Als es langsam dämmerte, stellte ich mit Erschrecken fest, dass ich Clint und Molly gestern noch versprochen hatte, bei ihrer Ausgrabungsstätte am Antonius Wall vorbeizuschauen. Molly arbeitete trotz ihres nun wirklich schon stolzen Bauches genauso hart wie Clint. Die beiden waren einfach unverbesserlich, wenn es um Dreck, Staub, Pinsel, Spaten und diesen ganzen Archäologiekram ging.

»Mom, kannst du mich noch zur Ausgrabungsstätte am Antonius Wall bringen? Ich hätte Clint und Molly fast vergessen. Dann können wir die Decke auch gleich zusammen überreichen. Ich will mich ja nicht mit fremden Federn schmücken.«

»Ja, klar, mein Schatz. Das machen wir. und danach kann ich dich zur Bahn fahren, wenn du möchtest.«

»Ja, danke, super. Clint und Molly waren gestern ebenfalls nicht lange auf der Party, weil sie heute früh nach Edinburgh wollten.

Diese Woche verbringen beide nämlich an der Ausgrabungsstätte und sind nicht in St. Andrews. Clint hat gestern schon angedeutet, dass er sich sicher ist, was zu finden. Die Anzeichen sind vielversprechend.«

»Das klingt ja fantastisch! Ich bin gespannt.« Ich verabschiedete mich von meinem Dad und wir fuhren los.

Der Antonius Wall war Bestandteil des britannischen Limes, der Grenze des damaligen Römischen Reiches. Er war die zweite große Wallanlage, die von den Römern im Norden Britanniens errichtet wurde. Ich war immer wieder erstaunt, wie weit sich das römische Imperium erstreckt hatte. Antonius Pius hatte diesen Wall circa 150 n. Chr. an der schmalsten Stelle Schottlands erbauen lassen, um diese gut gegen die Kaledonier zu verteidigen. Woher ich das wusste? Clint. Er war ein wandelndes AntikLexikon und ließ keine Gelegenheit aus, um sein Wissen an den Mann oder in diesem Fall an die Frau zu bringen. Aber genau das machte ihn aus, meinen lieben, chaotischen Freund.

Obwohl die Sonne schon tief stand und ihre letzten Lichtstrahlen über die Erde tanzen ließ, konnten wir die Ausgrabungsstätte von weitem sehen. Natürlich überließen Molly und Clint nichts dem Zufall und hatten bereits riesige Scheinwerfer rund um die Ausgrabungsstätte aufgestellt. Meine Mom und ich stiegen aus.

»Mina!«, rief Molly und kam vollkommen mit Staub und Schweiß bedeckt aus dem Erdloch gekrabbelt.

Ich konnte mir ein kurzes Lachen nicht verkneifen. »Molly, du solltest das nicht mehr machen, das Baby bekommt noch vor der Geburt eine Staublunge.«

»Ach, papperlapapp. Das nennt sich ›abhärten‹.« Sie zwinkerte mir zu und wandte sich zu meiner Mutter. »Mrs. Sterling, schön, Sie wiederzusehen. Ich würde Sie jetzt glatt umarmen, aber ich bin wirklich etwas staubig.«

»Etwas staubig ist die Untertreibung des Jahrhunderts, Molly.« Ich sah sie mit vielsagend hochgezogenen Augenbrauen an und wir beide prusteten los. »Wo ist eigentlich Clint?«

»Den bekommst du da heute nur mit schwerem Geschütz raus. Kommt, ich will euch etwas zeigen, wir haben nämlich was gefunden.

Nun hatte sie meine volle Aufmerksamkeit. Obwohl ich keine Fachfrau auf dem Gebiet der Archäologie war, war ich doch Wissenschaftlerin. Und Mollys Worte hörten sich sehr nach einer neuen Entdeckung an.

»Ja, aber bevor wir dorthin gehen, haben Mina und ich noch etwas für dich.« Meine Mom zog das Geschenk hinter ihrem Rücken hervor. Ich fragte mich, wann sie es eingepackt hatte. Sie war immer wieder erstaunlich.

»Oh, ein Geschenk! Ich liebe Geschenke!«

»Mach es auf. Ich kann es kaum erwarten, dass du siehst, was drin ist.«

Mit leicht zusammengekniffenen Augen sah Molly mich an. »Dr. Minerva Sterling, Sie sind eine ungeduldige Nervensäge.« Dann stahl sich ein diabolisches Lächeln auf ihre Lippen. »Ich werde es erst öffnen, wenn wir Clint aus seinem Ausgrabungswahn befreit haben, und das ist damit nun deine Aufgabe, Mina. Ich gehe mit deiner Mom jetzt in unserem Zelt einen Tee trinken. Wenn du Clint mitbringst, öffnen wir das Geschenk zusammen. Kommen Sie, Mrs. Sterling.«

Meine Mom lachte und hakte sich bei Molly unter. »Aber nur, wenn du mich endlich ›Sue‹ nennst. Bei ›Mrs. Sterling‹ komme ich mir vor wie 80.«

»Sehr gerne, Sue. Mina? Du bist ja immer noch nicht auf dem Weg zu Clint.«

Ich warf den Kopf in den Nacken und stöhnte laut auf, was mir ein fieses Gegacker von Molly einbrachte. Dafür würde sie bezahlen. Vielleicht sollte ich dem kleinen Indy viele böse Schimpfwörter beibringen, mit dem er seine Eltern zur Weißglut treiben konnte. Ja, das war eine grandiose Idee. Mit dieser Vorstellung besserte sich meine Laune schlagartig und ich ging zum Rand der Ausgrabungsstätte.

Ungefähr zehn Meter vom Antonius Wall entfernt hatte Clint sein Lager aufgeschlagen. Er hatte hunderte von Stunden damit verbracht, einen Rechtsstreit mit der Behörde für Kultur und Denkmalschutz auszutragen, um die Erlaubnis zu bekommen, Ausgrabungen so nah am Wall durchführen zu dürfen. Aber schlussendlich hatte er Hinweise auf römische Hinterlassenschaften gefunden, nachdem er ein Hügelgrab in der Nähe von Edinburgh entdeckt und ausgehoben hatte. Das hatte ihm die nötige Genehmigung eingebracht und ein Thema für seine Promotion geliefert, die ihn in Fachkreisen in den Olymp der zeitgenössischen Archäologen gehoben hatte. Seitdem flossen die Forschungsgelder und er machte sich einen Namen, wenn es um römische Geschichte und Relikte ging.

»Clint? Wo steckst du?« Langsam ging ich näher an den Rand der Ausgrabung, immer darauf bedacht, nichts kaputt zu machen. Dann entdeckte ich Clint. Er hielt gerade einen Gegenstand in die Höhe und putzte diesen vorsichtig mit einem Pinsel. Voller Ehrfurcht schaute er das Artefakt an. Tja, und warum er mich nicht hörte? Er hatte wieder seine Kopfhörer auf. Clint liebte es, diese motivierende Musik zu hören, wenn er in einer Ausgrabung steckte. Wahrscheinlich hörte er gerade ›You're Simply The Best‹ oder ›Eye Of The Tiger‹.

Ich winkte wie wild mit meinen Armen und versuchte so, Clints Aufmerksamkeit zu erhaschen. Nach einer gefühlten Ewigkeit sah er endlich in meine Richtung, lachte auf und bemerkte: »Du solltest dich mal sehen.« Na, schönen Dank auch. Mit den Händen in die Hüften gestemmt schaute ich ihn düster an. »Ach, nun komm schon, das war herrlich. Wie lange stehst du da schon?«

»Gefühlt drei Stunden. Welches Lied war es diesmal, dass dich wieder alles um dich herum vergessen lässt?«

»›Sexbomb‹. Tom Jones ist einfach der Beste.« Nun war es an mir, laut zu lachen. Clint kam währenddessen aus seinem Erdloch gekrabbelt. »Und? Hast du was Spannendes entdeckt?«

»Ja.« Er wurde auf einmal ernst. »Du wirst es nicht glauben, aber was Molly und ich entdeckt haben, übersteigt alles, was wir gehofft hatten.«

Ich zog eine Augenbraue hoch.

»Komm, ich zeig es dir.« Er dirigierte mich sanft zu einem kleinen Pavillon, unter dem ein riesiger Tisch mit allen möglichen Gerätschaften stand. Ich sah kleine Hämmerchen, Spachtel, große und kleine Pinsel sowie viele andere Spezialwerkzeuge, die man benötigte, wenn es um Ausgrabungen ging.

»Hier, sieh dir das an.« Wir traten an einen kleineren Tisch an der Außenseite des Pavillons, auf dem vier Fundstücke lagen. Sauber und ordentlich drapiert, fiel mir eine Art Amulett ins Auge, auf das auch Clint zeigte. Es faszinierte mich sofort.

»Dieses Schmuckstück haben wir vor gut zwei Stunden extrahiert. Es war in den Überresten eines Lederbeutels eingewickelt.«

»Wow, das ist ja toll. Es ist irgendwie … ungewöhnlich. Stammt es von den Römern?«

»Genau das ist unser Problem. Ich zerbreche mir schon die ganze Zeit den Kopf darüber.« Er nahm das Amulett in die Hand und zeigte es mir genauer. »Hier, siehst du das?«

Es war fast so groß wie Clints Handfläche und bestand aus zwei Ringen aus Silber, einem Inneren und einem Äußeren. In der Mitte des kleineren Ringes war ein großer Edelstein; wenn mich nicht alles täuschte, ein Lapislazuli. Auf dem äußeren Ring waren acht kleinere Edelsteine symmetrisch angeordnet, die ich nicht alle benennen konnte. Ich erkannte aber Aquamarin, Rubin, Smaragd und Amethyst. Zudem gab es acht Symbole, die immer einem Edelstein zugeordnet zu sein schienen, auf die Clint nun deutete.

»Hier siehst du die zwei übereinanderliegenden Wellen. Das ist eindeutig das Symbol des Meeresgottes Neptun. Allerdings ist diese Schmiedekunst viel weiterentwickelt, als sie es im alten Rom war. Das Amulett ist aus einem Guss, das ist sehr ungewöhnlich.« Er zog die Augenbrauen zusammen und erzählte weiter, allerdings hörte ich ihn nicht mehr.

Meine volle Aufmerksamkeit lag auf dem Amulett. Meine Hände wollten das Fundstück berühren. Kleine elektrische Impulse schienen von dem Amulett auszugehen. Der Lapislazuli schimmerte in sanftem Blau, das von goldenen Adern durchzogen wurde.

Als ich gerade meine Hand zum Amulett strecken wollte, gab Clint mir einen Klaps auf die Finger. »Aua«, maulte ich.

»Finger weg, du weißt doch, dass man die Fundstücke nur mit Handschuhen berühren darf. Du kommst gerade von deinen Eltern und ich kann mir denken, mit wie vielen fettigen Scones sie dich wieder vollgestopft haben.«

Empört schaute ich ihn an. »Na, hör mal, ich hab mich natürlich füttern lassen, meine Hände sind tutti bene.« Ich hob meine Hände und wackelte verschwörerisch mit meinen Fingern.

Clint legte das Amulett wieder auf den Tisch. Einen letzten sehnsuchtsvollen Blick später drehte er sich zu mir um. »Wo ist Molly eigentlich?«, wollte Clint wissen.

»Meine Mom hat mich hergefahren und ist mit Molly schon mal zu eurem Hauptzelt gegangen. Mir wurde die grandiose Aufgabe zu Teil, dich aus dem Erdloch zu holen.«

»Na, dann sollten wir sie lieber nicht mehr warten lassen. Molly ist in letzter Zeit so gereizt, wenn ich nicht sofort das tue, was sie möchte. Schlimm ist das.«

Ich musste schmunzeln. Molly bewies von Anfang an eine Engelsgeduld, wenn es um Clint und seine zerstreute Art ging. Ich wäre schon tausend Mal an die Decke gegangen. Geduld zählte nicht gerade zu meinen Stärken.

Am Zelt angekommen hörten wir schon das Gekicher der beiden Frauen aus dem Inneren. Als wir die große Zeltplane zurückschlugen, steckten sie gerade die Köpfe zusammen und tuschelten. Dann schaute meine Mutter auf und blickte mir amüsiert in die Augen.

»Was ist hier los?«, fragte ich. Diesen Blick kannte ich. Sie hatte gerade wieder über mich geredet und wenn ich ihren Blick richtig deutete, würde ich nicht gut bei der Sache wegkommen.

»Ach«, sagte Molly, »Sue hat nur gerade von deinem ersten Freund berichtet – Stuart, weißt du noch?«

Mit knirschenden Zähnen sagte ich: »Ja, natürlich weiß ich noch, wer Stuart ist. Wie könnte ich ihn vergessen?«

»Ach, Schatz, so schlimm war er ja nun auch nicht. Es kann doch jedem mal passieren, dass man bei einem Kuss ein Bäuerchen machen muss.«

Sofort stand mein Gesicht wieder in Flammen. »Mom, ich glaube, es ist Zeit zu gehen. Molly sieht auch schon sehr müde aus und ich muss meine Bahn erwischen.« Schnell zog ich sie auf die Füße und versuchte sie in Richtung Ausgang zu schieben, bevor noch mehr peinliche Stories aus ihr rausssprudelten.

»Mina, nun sei kein Spielverderber. Das ist doch eine süße Geschichte«, sagte Molly. »Außerdem«, und ein zweites Mal stahl sich ein diabolisches Lächeln auf ihre Lippen, »hast du neulich ja eine neue Bekanntschaft gemacht. Glaub ja nicht, Clint und ich hätten den heißen Tanz mit diesem unfassbar gutaussehenden jungen Mann nicht gesehen.«

Oh. Mein. Gott. Die Röte in meinem Gesicht musste jetzt endgültig einem Lavastrom Konkurrenz machen ... Wenn die wüssten, dass wir weit mehr geteilt hatten als nur einen Tanz. War die Geschichte meiner Mutter mir schon unangenehm, so versetzte mich die Erinnerung an den Pub-Abend in Alarmbereitschaft; und zwar, was die Gefahr anging, gleich im Erdboden zu versinken.

»Oh«, sagte meine Mutter, »das hört sich aber interessant an. Warum hast du uns heute denn nichts von …«, hilfesuchend sah meine Mutter Molly an.

Die antwortete: »Wir haben auch noch keinen Namen bekommen, aber ich kann ihn gerne beschreiben. Er ist groß, hat schwarze, wellige Haare, Augen, zum darin Versinken, zwei unfassbar entzückende Grübchen, knusprig braune Haut, starke Ober…«

Weiter kam sie nicht, denn Clint räusperte sich auffällig. »Also, wenn du so weiter schwärmst, mache ich mir ernsthafte Sorgen um unsere Beziehung.«

»Ach, Honey, du weißt doch, dass es für mich nur dich gibt«, flötete Molly und watschelte so grazil, wie es mit dickem Babybauch ging, zu Clint. Sie legte die Arme um seinen Hals und gab ihm einen langen Kuss. Dieser schenkte ihr einen liebevollen Blick und strich sanft über ihre runde Kugel.

»Ich wollte Sue nur klarmachen, dass Mina einen tollen Männergeschmack hat und sie sich keine Sorgen zu machen braucht.«

Ich blinzelte meine Mom verdutzt an. »Du machst dir Sorgen um mein Liebesleben?«

»Na ja, Schatz, du bist immerhin schon 24 und hast bisher noch keinen richtig festen Freund mit nach Hause gebracht. In der Hinsicht bist du immer so schweigsam. Ich weiß, dass du deine Arbeit und alles andere hervorragend meisterst. Aber manchmal frage ich mich, ob es wirklich so klug war, zuzulassen, dass du alles so früh machst. Abi mit 16, Studium beendet mit 21, promoviert mit 23. Das ist alles beeindruckend, aber wo bleibt denn da dein Leben? Partys, wilde Nächte, Ausschweifungen, was auch immer die jungen Leute von heute so machen. Und jetzt habilitierst du auch noch.« Seufzend sah meine Mom mich an. »Verstehst du, Dad und ich denken manchmal darüber nach, ob wir etwas falsch gemacht haben.«

»Mom, ihr habt gar nichts falsch gemacht. Falls du dich erinnerst, waren das alles meine Wünsche und Entscheidungen. Ich bin glücklich darüber, dass ihr mir das alles ermöglicht habt und ich meinen Traum leben kann.« Schnell schloss ich die letzten Meter zu meiner Mutter auf und zog sie in eine innige Umarmung.

Sie gab mir einen Kuss auf die Stirn. »Ach Mina, du bist immer so vernünftig. Ich würde mir manchmal nur ein bisschen mehr Verrücktheit wünschen. Du musst nicht immer so perfekt sein.«

Jetzt meldete sich Clint zu Wort: »Glauben Sie mir, Sue, das ist sie nicht«, und grinste uns beide schief an.

Mir fiel wieder ein, weswegen wir eigentlich hergekommen waren. »Molly, hast du das Geschenk schon ausgepackt?«

Molly fasste sich an den Kopf und ging zum Tisch. Dort lag das sorgfältig verpackte Päckchen meiner Mutter. »Nein, ich hatte es ganz vergessen. Clint, ich wollte es gerne mit dir gemeinsam öffnen.« Clint trat neben Molly und sie öffneten vorsichtig das Geschenk. Molly hauchte ein leises »Oh, wie schön!«, und Clint grinste über beide Ohren. Sie hoben die Patchworkdecke heraus und Molly presste sie sofort an sich.

Verlegen sagte ich: »Wir dachten, es wäre schön, wenn ihr sie schon vorher habt. Dann könnt ihr sie gleich mit ins Krankenhaus nehmen.«

Molly blinzelte gegen ihre Tränen an. »Das ist ein so schönes Geschenk, liebsten Dank! Indy wird es lieben. Es wird seine Lieblingsdecke werden.«

Wir verabschiedeten uns von Molly und Clint und stiegen ins Auto. Kaum waren die Türen geschlossen und der Motor gestartet, platzte es verschmitzt aus meiner Mom heraus: »Sag mal, Schatz, wer ist denn nun dieser gutaussehende Unbekannte?«

Ich schmunzelte und drehte den Kopf in ihre Richtung. »Niemand, Mom, niemand!«

Meine Mom kannte mich gut genug, um es damit auf sich beruhen zu lassen. So lehnte ich meinen Kopf an die Fensterscheibe und ließ meine Gedanken schweifen. Automatisch drifteten sie zu blauen Augen, zu einem blau-goldenen Stein und zu mysteriösen Anziehungskräften, die ein heftiges Kribbeln in meinem Bauch auslösten.

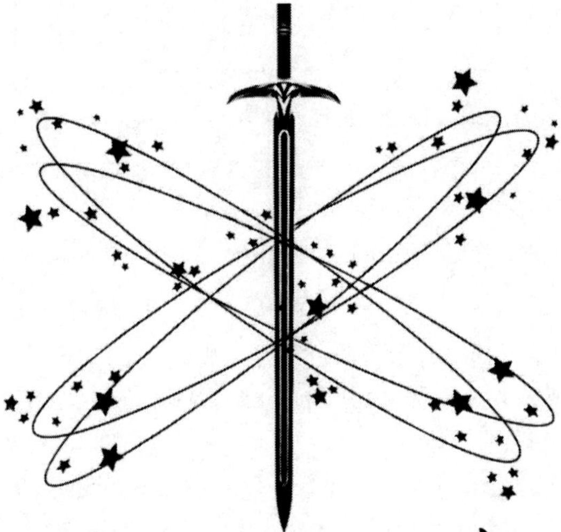

Sie - Du - Wir

Meine Nacht war schrecklich gewesen. Ich hatte mich Ewigkeiten hin- und her gewälzt, bis ich endlich in einen unruhigen Schlaf gefallen war. Dieses Amulett ließ mich nicht los, ebenso wenig wie die Worte meiner Mutter über meinen Perfektionismus oder die Aussicht darauf, Nathan bald wieder über den Weg zu laufen. Wie konnte mein Leben so schnell von »Ich habe alles unter Kontrolle und bin am Ziel meiner Träume angekommen« zu »Willkommen im Gefühlschaos« kippen?

Das Klingeln meines Weckers erlöste mich aus meinem grüblerischen Halbschlaf. Stöhnend streckte ich meine Glieder und war froh, noch genügend Zeit zu haben, um zwei Katas zu absolvieren. Sie würden mir helfen, meine Gedanken zu ordnen und das Chaos in meinem Inneren zum Schweigen zu bringen.

Ich startete mit einer Taikyoku, einer universellen Kata zur Erwärmung des Körpers. In jeder Kata werden Einzeltechniken nach einem definierten Ablauf ausgeführt. Technik, Stand,

Blickrichtung, Atmung, Position im Raum – darauf galt es sich jetzt zu konzentrieren. Ich atmete tief in den Bauch, streckte beim Ausatmen meinen rechten Arm langsam nach vorne, die Handfläche so gerichtet, als würde ich eine Person wegdrücken wollen. Dasselbe wiederholte ich nach einem Atemzug mit der linken Hand. Beide Hände von mir gestreckt, blickte ich nach oben und machte einen Ausfallschritt nach hinten. Abermals atmete ich tief ein und aus. Danach folgten schnelle Abfolgen von Fausthieben in die Luft. Nach der Taikyoku praktizierte ich eine Heian shodan – den friedvollen Geist. Dazu ging ich wieder in die Ausgangsposition, Füße hüftbreit gespreizt, Hände links und rechts am Körper, Blick fokussiert nach vorn gerichtet. Die Heian shodan war eine Abwehrkata und zielte darauf ab, Angriffe abzublocken. Nachdem ich mein rechtes Bein und meinen rechten Arm nach vorne bewegt und zu einem Block hochgezogen hatte, wiederholte ich auch diese Abfolge mit links und dann immer wieder im Wechsel.

Nach einer halben Stunde war ich angenehm außer Atem und mein Kopf war frei. Ich hüpfte unter die Dusche, zog mich an und setzte schon mal Kaffee für Csilla und mich auf, die kurz darauf gähnend aus ihrem Zimmer trat. »Hab ich was verpasst? Wer bist du und was hast du mit meiner Freundin gemacht?«

Ich schnaubte. »Ich wollte nur nett sein, aber wenn du den Kaffee nicht möchtest …«

»Doch. Um Gottes willen, her damit!« Csilla schnappte nach der Tasse, die ich ihr bereits unter die Nase gehalten hatte.

»Und? Was steht bei dir heute so auf dem Plan?«

»Heute soll im Krankenhaus ein neuer Chefarzt anfangen. Gerüchten zufolge ist er ›'ne ganz heiße Zimtschnecke‹.« Csillas Augen leuchteten und ein Grinsen schlich sich auf ihre Lippen, das definitiv sagte, dass sie Zimtschnecken echt lecker fand.

»Oh, ha, dann bin ich mal gespannt, ob die Zimtschnecke wirklich so lecker schmeckt, wie sie aussieht.«

Wir mussten beide lachen.

»Ja, davon werde ich dir berichten, aber um noch mal auf deine Aussichten zurückzukommen – du hast immer noch nicht meine Frage von gestern beantwortet: Wer ist Nathan?«

Ergeben seufzte ich. Es hatte ohnehin keinen Sinn, so etwas vor Csilla geheim halten zu wollen.

»Also gut. Ich habe ihn das erste Mal beim Pub-Quiz getroffen.» Und bin dann gleich mit ihm im Bett gelandet … Nein, diese Information würde ich vorerst für mich behalten. Betrunken mit jemanden mitzugehen, den man nicht kennt, könnte durchaus als wirklich dämlich und peinlich eingestuft werden.

»Nathan ist anscheinend ein Student, denn er saß auch in meiner Antrittsvorlesung. Dann hat er mich unsanft auf meinem Sektempfang angerempelt, ist verschwunden, ohne sich zu entschuldigen, um dann abends wieder auf der Party aufzutauchen, mich aufzufangen, als ich gestolpert bin, nur um mit mir zu streiten. So, das ist die Kurzfassung. Ach ja, und er war der Meinung, mich am Strand vor einem betrunkenen Typen retten zu müssen, den ich gerade selbst erledigen wollte. So ein Macho. Als wäre ich eine Jungfrau in Nöten!«

Csilla sah mich amüsiert an. »Mann, dafür, dass ich gestern gar nichts aus dir herausbekommen habe, sprudelst du ja förmlich über. Er gehört wohl auch zur Gattung der Zimtschnecken, aber vielleicht mit grobem Hagelzucker bestreut.«

Ich verschluckte mich an meinem Kaffee und musste husten, um dem Erstickungstod von der Schippe zu springen.

Csilla lachte ihr glockenhelles Lachen und setzte ein selbstzufriedenes Lächeln auf. »Hach, dass ich das noch mal erleben darf, Dr. Sterling ist sprachlos. Wahnsinn. Dieser Nathan muss etwas ganz Besonderes sein.«

Ungläubig schaute ich sie an. »Und das schließt du aus meiner abgehackten Erzählung? Ich glaube, du sitzt schon viel zu lang selbst auf dem Trockenen, meine Liebe.«

Ha, Mina: 1, Csilla: 0.

»Wir werden sehen Mina, wir werden sehen …«

Ich verkniff mir ein Augenrollen und ließ das Thema auf sich beruhen.

Um heute gut vorbereitet zu sein, führte mich mein erster Gang in mein Büro. Ich setzte mich an den Rechner und ging meine Präsentation für heute noch einmal durch. Da ich die Kurse meines Vorgängers für den Rest des Semesters übernommen hatte, musste ich seinem Ablauf folgen, um alles thematisch korrekt darzustellen. Heute war das Thema »Pulsierende Sterne – Sternschwingungen mit linearer Störungstheorie« dran. Kein leichter Stoff, doch ich hatte mich schon die ganze Zeit damit auseinandergesetzt, wie ich es didaktisch am besten so aufbereiten konnte, dass mir meine Studenten folgen konnten.

Eine Viertelstunde später stand ich im kleinen Vorlesungssaal und sah zu, wie er sich langsam füllte. Zu meinem Entsetzen gesellte sich auch Nathan dazu. Na, super. Ganz großes Kino. Wieso musste er gerade zu meinen Vorlesungen kommen? Das war doch Provokation pur! Ich spürte, wie meine Wut mir den Rücken hochkroch. Meine Hände begannen zu schwitzen, meine Muskeln spannten sich an und ich hatte das Gefühl, dass eine Flamme mich in Brand setzte. Als würde ich von innen heraus verglühen.

Ich atmete tief in den Bauch, um mich zu beruhigen. Das war die beste Methode, die ich kannte. Und sie half auch meistens.

Mit schwitzigen Händen begann ich meinen Vortrag und ignorierte die Seite des Vorlesungssaals, in der Nathan saß. Nach der Hälfte der Vorlesung meldete sich unglücklicherweise die Studentin, die mich gestern angesprochen hatte. ›Unglücklicherweise‹ deshalb, weil sie auf der ›falschen‹ Seite des Saals saß – auf Nathans Seite.

Langsam ließ ich den Blick in Richtung der Studentin gleiten und versuchte, mich ganz auf sie zu konzentrieren. Natürlich saß sie schräg hinter Nathan. Sogar aus dem Augenwinkelkonnte ich sein selbstgefälliges Grinsen sehen. Gleich meldete sich wieder mein Puls, der bedrohlich in die Höhe zu schnellen begann. Mit ausgetrockneter Stimme fragte ich: »Ja, bitte?«

»Dr. Sterling, könnte es sein, dass bei der adiabatischen Schallgeschwindigkeit die Konstante immer gleich ist?«

»Ja, das haben Sie richtig erkannt. Die Konstante wird benötigt, um alle pulsierenden Sterne und deren Schallgeschwindigkeiten zu berechnen.«

»Dr. Sterling«, Nathan sprach laut, deutlich und ohne Aufforderung, »ist Petersen-Biellich nicht der Meinung, dass die Rolle der Konstanten neu überdacht werden sollte, da sie nicht in allen Berechnungen Sinn ergibt?«

Mit hoch gezogenen Augenbrauen stellte ich mich dem unverschämten Störenfried. »Mr. …?«

»Smith. Aber warum so förmlich, wo Sie doch meinen Vornamen bereits kennen, Dr. Sterling?«

Leises Gelächter drang an meine Ohren. Okay, er wollte spielen, das konnte er haben.

»Mr. Smith, vielleicht ist Ihnen aufgefallen, dass ich diese Vorlesung halte, während Sie zuhören. Ich würde es also begrüßen, wenn Sie mir den nötigen Respekt entgegenbringen würden.«

Nun folgte leises Getuschel und die Aufmerksamkeit der Studenten richtete sich vollkommen auf unseren Schlagabtausch.

»Also, Mr. Smith, Sie haben recht, dass Petersen-Biellich dieser Meinung ist, aber sie basiert nur auf vagen Theorien, ohne nennenswerte valide Daten. Sie sollten nächstes Mal, wenn Sie unaufgeforderte Kommentare von sich geben, besser recherchieren.«

Kawumm, das hatte gesessen. Mit einem fragenden Blick sah ich zu der Studentin, um herauszufinden, ob sie noch weitere Fragen hatte. Sie schüttelte allerdings schnell den Kopf und ich wandte mich wieder meinem Projektor und der nächsten Folie zu.

»Nächstes Mal werde ich Sie einfach unaufgefordert nach einem Date fragen, Dr. Sterling«, erklang seine raue, melodische, nervtötende und ausgesprochen laute Stimme hinter mir.

Ich schnappte nach Luft und wirbelte auf dem Absatz herum. Das Gelächter, das jetzt den Vorlesungssaal füllte, war alles andere als leise.

Als würde Lava die Erdkruste sprengen und sich das flüssige Magma langsam über die Erde verteilen, so fühlte es sich an, als sich die lodernde Wut durch meinen Körper fraß und in meinem Rücken zentrierte. Wenn Blicke töten könnten, wäre dieser Wichtigtuer jetzt sowas von mausetot.

Ich musste mich wirklich zusammenreißen, um nicht über die Reihen zu klettern, diesen Wicht über die Vorlesungsbänke zu zerren und kurzen Prozess mit ihm zu machen. Stattdessen fokussierte ich mich und antwortete: »Mr. Smith, wenn das Ihr Bestreben in meiner Vorlesung ist, muss ich Sie leider enttäuschen. Aber schauen Sie sich um, hier sitzen viele nette, junge Damen. Allerdings glaube ich nicht, dass Ihr Verhalten auf viele von ihnen Eindruck macht.«

Leider musste ich meine eigenen Worte Lügen strafen, denn als ich mich umblickte, sah ich nur Frauen, die Nathan bereits unverhohlen anschmachteten. »Und wenn Sie nichts dagegen haben, würde ich Sie gerne nach der Vorlesung unter vier Augen sprechen.«

»Nichts lieber als das«, sagte er mit einem so vor Arroganz triefenden Tonfall, dass meine Faust gleich wieder in sein Gesicht wollte. Doch diesen Kommentar ignorierte ich und setzte meine Vorlesung ohne weitere Störungen fort.

Nachdem der Vorlesungssaal sich geleert und die letzten Studenten Nathan und mich mit neugierigen Blicken bedacht hatten, kam er unendlich langsam die Treppe nach unten zum Pult geschlendert. Nicht hinsehen, Mina. Schön auf deine Tasche konzentrieren.

Ich bekam es wirklich hin, ihm so lange den Rücken zuzukehren, bis er sich vernehmlich räusperte. »Gleich.« Ich konnte mir ein Grinsen nicht verkneifen.

»Gleich? Sie wollten mich doch sprechen. Oder haben Sie das wieder vergessen?«

»Nein, das habe ich nicht …« Ich drehte mich zu ihm um. »Und ich denke, wir beide wissen, warum Sie jetzt gerade vor mir stehen.«

Ein frecher Ausdruck zierte sein Gesicht. »Ich vermute, dass Sie meinem Vorschlag bezüglich unseres Dates zustimmen wollen.«

»Nein, ganz sicher nicht. Wie kommen Sie bloß auf diese absurde Idee?«

»Also, am Wochenende klangen Sie noch nicht so abgeneigt. Ich kann noch immer Ihre schwingende Hüfte an meiner spüren. Vor allem der Umstand, dass Sie nichts unter ihrem …«

»Stopp, hören Sie auf! Sie sind mein Student. Ich fange nichts mit Studenten an und ich möchte hier ein für alle Mal klarstellen, dass ich auf kein Date mit Ihnen gehen werde und ich Ihnen auch sonst nicht in meiner Freizeit begegnen werde.«

»Oh, das hört sich aber gar nicht so an, als ob ich da ein Wörtchen mitzureden hätte.«

»Das haben Sie ganz richtig erkannt. Das ist einzig und allein meine Entscheidung.« Ich verschränkte die Arme vor der Brust, mein Gesicht musste inzwischen feuerrot sein. Er hatte bemerkt, dass ich kein Höschen unter dem Kleid getragen hatte. O mein Gott, wie peinlich. Was war das nur für eine bescheuerte Idee von Csilla gewesen! Memo an mich: Nie wieder auf Csilla hören, was Unterwäsche unter Kleidern angeht.

»Seit wann sind wir eigentlich wieder bei dem Sie gelandet?«, ließ er nicht locker. »Ich fand unser ›wir‹ und ›du‹ viel schöner. Oder sollen wir uns wieder ›Mulan‹ und ›Eric‹ nennen? Das wäre für mich auch okay.«

Ich schnappte nach Luft. Hörte er mir eigentlich zu? »Es gibt kein ›du‹, kein ›Eric‹ und ›Mulan‹, und schon erst recht kein ›wir‹. Und jetzt entschuldigen Sie bitte, ich habe zu tun.« Mit diesen Worten drehte ich mich um und nahm meine Tasche in die Hand. Schnurstracks ging ich an ihm vorbei und würdigte ihn keines Blickes.

Ein leises Lachen drang an mein Ohr und ich hörte ihn sagen: »Dr. Sterling, ich muss Sie enttäuschen. Ich denke, über das ›wir‹ müssen wir uns noch mal unterhalten.«

Ich schenkte ihm keine Antwort mehr und stürmte stur auf den Boden starrend zu meinem Büro. Wutentbrannt knallte ich meine Aktentasche auf den Schreibtisch, als es auch schon an meiner Tür klopfte.

»Ja?«, herrschte ich ein wenig zu zornig in Richtung Tür.

Clint steckte den Kopf herein. »Meine Güte, was ist dir denn über die Leber gelaufen? Du siehst aus, als wolltest du jemanden umbringen.«

Keine schlechte Idee. Vielleicht sollte ich das wirklich in Erwägung ziehen.

»Alles gut, komm rein. Ich hatte nur eine Begegnung mit einem unverschämten Studenten.«

Clint zog die Augenbrauen hoch und lächelte erfreut. »Oh, dem von der Party? War der nicht auch im Pub?«

Ich verdrehte die Augen. »Das ist weder witzig noch toll. Und ich will nicht darüber reden.«

»Ist ja schon gut«, beschwichtigte mich Clint. »Ich habe aber trotzdem tolle Neuigkeiten. Ich bin extra aus Edinburgh gekommen, um sie dir persönlich zu sagen.«

»Das hättest du doch nicht tun müssen. Weißt du Clint, auch wenn es das bei den Römern noch nicht gab, aber das 21. Jahrhundert hat Mobiltelefone, damit kann man weite Distanzen problemlos überwinden und schnell Nachrichten übermitteln«, neckte ich ihn liebevoll.

»Ha, ha, Mina. Superwitzig. Also, hör mir zu. Ich bekomme meine eigene Ausstellung hier auf dem Campusgelände. Sie räumen einen kleinen Teil des Ostflügels. Ist das nicht der Wahnsinn? Mit den Funden, die ich am Antonius Wall gemacht habe, habe ich meine Investoren abermals überzeugt. Es läuft, Baby.«

»Wow, Clint, das ist fantastisch, Gratulation! Seid ihr inzwischen mit dem Amulett weitergekommen?«

»Leider nein, mein Professor hat bestätigt, dass es sich um ein römisches Schmuckstück handelt, aber auch er ist über die Machart sehr verwundert. Es gleicht keinem der Schmuckstücke, die bisher ausgegraben wurden. Allerdings sind die anderen Funde, die wir am Wall gemacht haben, eindeutig der römischen Kultur zuzuordnen.«

Nachdenklich drehte ich meinen Stift in den Händen. »Und dass das Amulett später vergraben wurde, ist auszuschließen?«

»Ja, tatsächlich lagen die Gegenstände so nahe beieinander, dass es unmöglich ist, dass das Amulett nachträglich dazu gelegt wurde, ohne dass die Person damit die anderen Gegenstände ausgegraben hätte. Der Fund stammt aus derselben Zeit.«

Gedankenverloren sah ich aus dem Fenster. Das Bild des Amuletts trat vor mein inneres Auge. Dieser Lapislazuli, das Symbol des Meeresgottes Neptun, die kleineren Steine am Rand, alles zog mich magisch in seinen Bann, aber ich wusste nicht warum.

»Hey, Erde an Mina, Erde an Mina! Jemand zu Hause?« Clint hatte sich über meinen Schreibtisch gelehnt und wedelte mit einer Hand vor meinem Gesicht herum.

»Wie bitte? Oh, sorry, Clint. Ich war mit den Gedanken woanders.«

»Ja, das habe ich gemerkt. Da wir gerade dabei sind: Soll ich dir die Ausstellung am Freitag vor allen anderen Gästen zeigen?«

Mein Herz machte einen Freudensprung. »Ja, sehr gerne. Ist das Amulett auch dabei?«

Clint zog die Augenbrauen zusammen. »Du hast mir ja kein bisschen zugehört. Das ist das Herzstück der Ausstellung. Ich habe mich mit meinem Professor kurzgeschlossen und er meinte, ich könnte eine neue Entdeckung gemacht haben, etwas, dass es vorher noch nicht gab. Und wenn ich mich an den weiteren Hinweisen der Ausgrabung entlang hangele, dann könnte ich vielleicht noch mehrere dieser Schmuckstücke finden. Wir haben noch Tontafeln gefunden, die gerade bei den Übersetzern sind. Hast du eine Ahnung, wie selten so etwas gefunden wird? Normalerweise haben die Römer schon auf Papyrus geschrieben.« Aufgeregt raufte er sich die Haare, so dass sie in alle Richtungen abstanden.

Ich musste kichern. »Wenn du so weitermachst, dann hast du schon keine Haare mehr, bevor das Baby kommt.« Ich wurde ernst. »Clint, du weißt schon, wenn Indy da ist, musst du etwas kürzertreten. Lass Molly bitte nicht mit allem allein, nur, weil du auf einer heißen Spur bist. Die Ausgrabungen laufen dir nicht weg.«

»Ich verspreche es, Mina. Du weißt, wie sehr ich mich auf den kleinen Indy freue. Jetzt fange ich auch schon an, ihn so zu nennen.« Er schmunzelte: »Ich würde nichts tun, was Molly oder dem Kleinen schaden würde. Das weißt du, oder?«

»Ja, natürlich, aber es ist nicht schlecht, dich ab und zu noch mal daran zu erinnern.« Ich gab ihm einen kleinen Knuff in die Seite und wir gingen gemeinsam zum Mittagessen in die Mensa.

Laserfallen für Indiana Jones

Der Rest der Woche verlief relativ ereignislos. In meinen weiteren Seminaren war kein Nathan zu sehen und in der Mensa oder dem kleinen Café an der Uni sah ich ihn auch nicht. Nicht, dass ich nach ihm Ausschau gehalten hätte, aber über den Weg gelaufen war er mir nicht. Na gut, ein wenig hatte ich schon nach ihm Ausschau gehalten. Ein kleines bisschen. Wem machte ich hier eigentlich etwas vor. Ich hatte ebenso gehofft, ihn noch mal zu sehen, wie ich mich davor gefürchtet hatte.

Es schlugen zwei Herzen in meiner Brust. Das kleine Wortgefecht in der Vorlesung ließ auf jeden Fall erkennen, dass er schlagfertig war, und er kannte sich mit Astronomie aus, was wirklich zwei große Pluspunkte waren. Allerdings war er mein Student und ein unverbesserlicher, arroganter Mistkerl, der mir sehr gefährlich werden konnte. Ich wollte das Semester nicht als Zentrum von Klatsch und Tratsch beenden. Aber er hatte diesen Blick, in dem ich mich nur zu gern verlor. Man fühlte sich, als blicke man in einen weiten Ozean aus Verheißung und berauschten Sinnen. Außerdem hatte ich immer wieder diese kleinen Flashbacks, die neue Erinnerungen unserer gemeinsamen Nacht ans Tageslicht brachten. Dieser Mann machte mich einfach wahnsinnig, in so vieler Hinsicht. Aber am gefährlichsten waren seine Grübchen, die sich nur zeigten, wenn ein wahrhaftiges Lächeln sein Gesicht zierte. Verdammte Grübchen, sie sollten verboten werden.

Es sollte verboten werden, dass ich so kitschige Gedanken hatte. O mein Gott, ich klang wie ein durchgeknalltes Teeniegirl, das sich in den erstbesten Typen verknallte, der ihr über den Weg lief. Okay, Mina, lass die Kirche mal im Dorf. Wir reden hier lediglich von körperlicher Anziehung, nicht vom Verliebtsein.

Auch wenn Freitag mein vorlesungsfreier Tag war, fuhr ich gleich morgens zu Uni. Ich wollte die Zeit nutzen, um an meiner Abhandlung über die Anziehungskräfte von pulsierenden Sternen zu schreiben. Doch kaum hatte ich mich eingelesen und wollte weiterschreiben, klopfte es an meiner Tür. »Herein.« Als die Tür sich öffnete, setzte mein Herz einen Schlag aus. Nathan stand dort und grinste mich an.

»Hier stecken Sie, Dr. Sterling.« Er ließ sich meinen Namen auf der Zunge zergehen. Er schloss die Tür und ich verdrehte die Augen.

»Mr. Smith, was kann ich für Sie tun?«

»Ich bin vorbeigekommen, um mich für mein Verhalten in der Vorlesung zu entschuldigen.«

Aufmerksam horchte ich auf und bedeutete ihm, fortzufahren. »Ich bin wohl doch etwas über das Ziel hinausgeschossen. Da, wo ich herkomme, kann ein Mann einer Frau offen zeigen, dass sie ihm gefällt.«

»Aha. Und woher kommen Sie?«

»Das habe ich Ihnen bereits an unserem ersten Abend gesagt, aber Ihr Gedächtnis scheint nicht das Beste zu sein. Wie dem auch sei … das tut nichts zur Sache. Was ich sagen wollte, ist, dass es mir leidtut. Und als Friedensangebot habe ich Ihnen einen Blaubeermuffin aus der Cafeteria mitgebracht.« Er holte den Muffin hinter seinem Rücken hervor und überreichte ihn mir. Verdutzt betrachtete ich das Gebäck und sah dann zu Nathan auf. Seine plötzliche Freundlichkeit entwaffnete mich auf eine Art, die mir überhaupt nicht gefiel.

»Danke, sehr freundlich. War es das dann?«

Theatralisch fasste Nathan sich ans Herz. »Autsch, das tat weh. Sie mit Ihrem rassigen schwarzen Haar und den feurig grünen Augen haben mich doch …«

Ich fuhr ihm energisch dazwischen. »Ihr Verhalten ist vollkommen unangemessen. Ich bin Ihre Dozentin, Sie sind mein Student und das war‘s.«

»Na ja,«, ließ er verlauten, »technisch gesehen bin ich noch gar nicht in St. Andrews eingeschrieben. Ich beginne mein Studium erst im kommenden Semester.«

»Und was machen Sie hier, wenn ich fragen darf?«

»Sie dürfen.« Er strahlte mich frech an. »Ich lebe mich schon mal ein und habe für dieses Semester einen Gasthörervertrag unterzeichnet.«

»Schön für Sie. Aber können wir das Gespräch jetzt bitte trotzdem beenden, ich habe noch eine Menge zu tun und mein Freund hat heute Abend noch eine Ausstellung, für die ich mich noch zurechtmachen muss.«

»Ihr Freund ist Clint McGregor? Der berühmte Archäologe? Sie sind ein Paar?«

»Das sind ziemlich viele Fragen auf einmal, die Sie eigentlich nichts angehen, aber ja, ja und nein.«

»Die letzte Antwort ist die beste.« Verschmitzt grinste er mich an.

Ich seufzte. »Sie lassen auch nie locker, oder?«

Jetzt nahm sein Blick ein raubtierhaftes Funkeln an, das sich komplett auf mich fokussierte. »Niemals.«

Verdutzt schaute ich ihm direkt in die Augen. Was ich sah, ließ mein Blut brodeln. Es schien, als ob das Meeresblau in kleinen Wellen um seine Pupillen tanzte. Ich blinzelte zweimal und seine Augen waren wieder normal. Verwirrt schüttelte ich den Kopf, als könnte ich das Bild so loswerden.

»Sie starren mich an«, sagte er genüsslich.

»Was? … Nein, ich starre Sie nicht an. Ich war in Gedanken. Wo waren wir? Ach ja, bei Clint und dass ich keine Zeit habe, mich jetzt noch länger mit Ihnen zu unterhalten.«

»Und dass Sie das sehr schade finden.«

»Okay, Nathan, ich gebe hier wirklich mein Bestes, es so diplomatisch wie möglich zu formulieren, aber bitte, lass mich jetzt allein.« Triumphierend grinste er mich an.

»Hat es dich jetzt umgebracht, wieder das »Du« zu benutzen?«, fragte er mit dunkler Stimme und fügte bestimmend hinzu, »Über unser ›wir‹ reden wir später genauer.«

Mit diesen Worten verschwand er aus meinem Büro.

Auch wenn ich bezweifelte, dass er es noch hören konnte, rief ich ihm hinterher: »Es gibt kein ›wir‹«.

Womit hatte ich das bitte verdient? Stöhnend wollte ich mir die Hände vors Gesicht schlagen, doch mein Blick fiel auf den Muffin. Etwas zu energisch biss ich in das köstliche Gebäck und hoffte, der Zucker würde meine Nerven beruhigen.

Bis Clint mich abholte, um mir die Ausstellung vor allen anderen zu zeigen, kam ich leider nicht mehr sehr viel weiter mit meiner Ausarbeitung. Aber immerhin versprach die Exposition meine Laune wieder zu heben. »Ihr wart wirklich schnell. Diese

Ausstellung innerhalb von ein paar Tagen auf die Beine zu stellen, war sicher hart. Waren du und Molly nebenbei auch an der Ausgrabungsstätte?«

Verlegen schaute Clint zur Seite. »Nee, ich nicht. Molly meinte, ich solle mich auf die Ausstellung konzentrieren. Sie kommt heute nach.«

Entsetzt starrte ich ihn an. »Clint McGregor. Du hast deine hochschwangere Freundin in einer Erdkuhle zurückgelassen, um hier eine saubere Ausstellung auf die Beine zu stellen? Ich fasse es nicht.« Verächtlich schnaubend verschränkte ich die Arme vor der Brust.

»Bevor du mit deiner Hasstirade über verantwortungslose Männer beginnst, Molly wollte es so. Ich habe versucht ihr diese Schnapsidee auszureden, aber du kennst sie. Wenn sie sich erst mal etwas in den Kopf gesetzt hat, bringen sie keine zehn Pferde davon ab. Sie kommt dann immer mit dem Argument, dass sie nicht krank, sondern nur schwanger sei. Ihr Leben sei nicht zu Ende, nur, weil sie ein Kind bekäme. Außerdem hat sie gerade ›Hypnobirthing‹ gelesen …«

»Sie hat was? Was ist das denn?«

Er verdrehte die Augen. »Das Buch sagt, dass viel zu viel Bohei von der ganzen Schwangerschafts- und Geburtssache gemacht wird. Es sei ein natürlicher Prozess und die Frauen in Afrika arbeiten quasi bis zur Geburt noch auf den Feldern. Wenn sie merken, dass das Kind kommt, lehnen sie sich kurz an einen Baum, gebären das Kind und arbeiten dann weiter. Molly ist total davon überzeugt, dass das auch so bei ihr laufen wird. Anscheinend nur nicht an einen Baum gelehnt, sondern an unsere Ausgrabungsstätte.«

Entgeistert schaute ich ihn an. Zugegeben … Molly konnte wirklich sehr einschüchternd sein, aber das war mal ‚ne Neuigkeit.

»Hypnobirthing also. Und der Vater spielt in dieser Hypnobirthing-Sache so gar keine Rolle?«

Clint lief hochrot an und räusperte sich. »Das möchte ich jetzt nicht vertiefen«, murmelte er.

Ich konnte nicht anders, als schallend loszulachen und mir lebhaft vorzustellen, wie Molly Clint vor vollendete Tatsachen gestellt hatte. Wie sie ihn genau instruiert hatte, welche Rolle er in diesem ganzen Spektakel spielen sollte.

»Außerdem ist sie heute Abend ja wieder hier. Und glaub' mir, noch mal lasse ich mich auf sowas nicht ein. Ich habe sie sehr vermisst, auch wenn es nur drei Tage waren.«

»Awww, ihr seid so süß.« Ich kniff ihm spielerisch in die Wange. »Und nun zeig mir endlich deine Ausstellung, ich komme noch um vor Neugier.«

Mit strahlenden Augen öffnete er die Tür meines Büros und sagte »Nach Ihnen, Mylady.«

Ich verdrehte lachend die Augen, knickste gespielt und verließ an ihm vorbei den Raum.

Mein Büro lag im Westflügel der Universität und so mussten wir einmal durch den gesamten Komplex. St. Andrews war die älteste Universität Schottlands. Das konnte man dem Gemäuer auch deutlich ansehen. Der rötlich-gelbe Sandstein war von der Sonne bereits ausgeblichen und auch an den reich verzierten Giebeln hatte die Zeit ihre nagenden Spuren hinterlassen. Die Gänge, durch die wir Richtung Ostflügel gingen, waren frisch restauriert. Trotzdem ließen sie den Besucher in mittelalterliche Zeiten driften, als Papst und Kaiser noch um die Belange der Welt stritten. Natürlich gab es inzwischen auch neuere Gebäude, sonst hätten alle unsere Studenten gar keinen Platz mehr gehabt. Aber ich hatte das Glück, dass mein Büro im ältesten Teil der Universität lag.

Wir durchschritten eine große, verglaste Flügeltür und was mich dahinter erwartete, ließ mir den Atem stocken. »Clint, wow, ich weiß gar nicht, was ich sagen soll. Das sieht fantastisch aus.« Große Banner von St Andrews hingen von den hohen Decken herab. Vitrinen, Exponate und Truhen waren fein säuberlich aufgestellt. Goldene Abstandshalter mit samtroten Bändern zeigten den baldigen Besuchern, aus welcher Entfernung sie sich die Ausstellungsstücke anschauen durften.

Informationstafeln sowie Audioguides lagen zum Lesen und Hören bereit. Doch meine Aufmerksamkeit ruhte ohnehin auf einem einzigen Exponat: dem Amulett. Gebettet auf einer dunkelroten Samtunterlage, schimmerte sein silbernes Metall mit dem Lapislazuli um die Wette. Mein Blick heftete sich eindringlich auf das Schmuckstück, so dass ich nicht wusste, ob ich den Atem angehalten hatte oder die Schwere in meiner Brust von dem Drang herrührte, das Amulett berühren zu wollen. Wie in Trance bewegte ich mich darauf zu und streckte vorsichtig meine Hand aus.

»Hey!« Clints Stimme neben mir riss mich aus meinen Gedanken. »Hier ist der Abstandshalter. Und ich an deiner Stelle würde ganz schnell wieder meine Patschhändchen zurückziehen. Das Exponat ist gesichert.«

Erschrocken zog ich meine Hand zurück und starrte ihn an. »Was meinst du mit ›gesichert‹?«

Aufmerksam und mit einem stolzen Funkeln in den Augen betrachtete er mich. » Weil das Amulett so viele Rätsel aufwirft und definitiv das wertvollste Artefakt hier im Raum ist, hat die Uni sich nicht lumpen lassen und einen richtig guten Sicherheitsdienst engagiert. Ich habe eine Laserfalle, Mina. Ist das nicht cool? Schau her.«

Er zauberte eine kleine Fernbedienung aus seiner Hosentasche. Diese hatte genau einen Knopf. Er drückte ihn und sofort schossen rote, gebündelte Lichtstrahlen vom Sockel des Exponats bis zur extra montierten Deckenplatte. Er grinste wie ein Honigkuchenpferd.

»Clint, ich muss dich enttäuschen. Das ist keine ›Laserfalle‹, das sind Lichtschranken, die einen Alarm auslösen.«

»Ja, ich weiß, aber Laserfalle klingt viel cooler. Das ist ein Jungentraum. Ich will jetzt nur noch Laserfallen haben.«

Lachend schüttelte ich meinen Kopf und blickte dann wieder zum Amulett, welches nun hinter der Lichtschranke lag. Warum fesselte dieser Gegenstand mich so sehr? Warum fühlte ich mich so sehr davon angezogen?

Clint zog mich weiter. »Komm, Mina. Da hinten sind die Tontafeln, die du noch nicht gesehen hast.«

Schweren Herzens löste ich meinen Blick vom Amulett und ging mit Clint zu den weiteren Ausstellungsstücken. »Hier. Die Übersetzung der Tafeln ist endlich fertig. Leider konnten wir nur einige Worten entziffern. Wir müssen noch den Zusammenhang zwischen ›Novensiles‹, ›Tyrannei‹ und ›Dunkelheit‹ herstellen.«

Ich runzelte die Stirn. »Novensiles?«

»Ja, Novensiles, das sind in der römischen Mythologie die bösen Götter.« Er erzählte mir überschwänglich, woher die Exponate stammten, was sie waren und in welches Museum er sie gerne geben würde. Ich hörte aber nur mit einem Ohr zu, denn egal wo im Raum wir uns befanden, mein Blick glitt immer wieder zum Amulett hinüber.

Mein Mojo im Dojo

Ich musste mich ablenken. Seit Clint mir die Exponate gezeigt hatte, drehten sich meine Gedanken um das Amulett. Irgendetwas an dem antiken Schmuckstück zog mich magisch an. Es erinnerte mich an ein Geheimnis, das verborgen hinter einer dunklen Nebelbank in den Windungen meines Gehirns schlummerte.

Da traf es sich gut, dass ich mir schon länger vorgenommen hatte, endlich mein aktives Training wiederaufzunehmen. Das Chaos in meinem Kopf war die perfekte Motivation, um mir ein neues Dojo in der Nähe zu suchen. Dojo bedeutet so viel wie ›der Ort, an dem der Weg geübt wird‹. Und so war es auch schon immer für mich gewesen. Meine Katas, die Anweisungen von Meister Hoshi, die Gemeinschaft und der Ausgleich, den ich in den japanischen Hallen fand, waren für mich Gold wert.

Meine Sporttasche lässig über die Schulter geworfen, betrat ich das Azami-Kai Dojo und spürte sofort, wie die Atmosphäre meine Unruhe dämpfte. Wie ich es gewohnt war, zog ich meine Schuhe aus und legte Schmuck und Armbanduhr ab. Danach verbeugte ich mich in Richtung Shômen, der Vorderseite des Dojos. Damit zeigte man Respekt gegenüber dem Meister und den anderen Übenden und versicherte, dass man sich im Dojo regelkonform verhalten würde. Meine Haare hatte ich zu einem hohen Pferdeschwanz gebunden, der meine Bewegung nachahmte, als würde er sich ebenfalls verneigen.

In Azami-Kai wurde nicht nur Martial Arts gelehrt, auch Kendo, Jiu-Jitsu, Karate und Kickboxen standen auf dem Trainingsplan. Den einzigen, den ich jetzt schon vermisste, war Meister Hoshi. Den ganzen Weg nach Edinburgh zurückzulegen, nur um im heimatlichen Dojo zu trainieren, war aber leider zu weit.

Frauen und Männer in diversen traditionellen Kampfanzügen kamen mir entgegen und nickten mir freundlich zu. Das Dojo war wundervoll und entsprach ganz dem Ideal einer japanischen Kampfkunsthalle. Der erste Teil, ein großer, länglicher Raum, in dem hölzerne Streben die weißen Wände nach oben ragten, war mit grauen Hartmatten ausgelegt. Dort herrschte schon reges Treiben. Einige Paarkämpfe wurden bestritten und im hinteren Teil übten Jugendliche ihre Katas.

Mich zog es allerdings zuerst in den zweiten Teil des Gebäudes. Zum Kamidana, dem Hausaltar des Dojos. Als Ort des Lernens und der Erleuchtung diente dieser Teil dazu, sich mit seinem Inneren zu verbinden. Ehrfürchtig näherte ich mich dem Altar, verneigte mich und ließ mich auf die Knie sinken. Meine Gedanken waren ein einziges Chaos, dennoch versuchte ich meinen Geist zu leeren und mich auf das Hier und Jetzt zu konzentrieren.

Erst danach zog ich mich in einer der Sammelumkleide um. Geschlechtergetrennte Umkleideräume waren in einem Dojo nicht üblich, aber damit hatte ich noch nie ein Problem gehabt.

Vor dem Betreten der Mattenbahnen verneigte ich mich erneut und begab mich in den hinteren Teil des großen Raumes.

Die Lehrstunde der Jugendlichen war anscheinend vorbei, denn nun hatten zwei junge Männer ihren Platz eingenommen, die sich mit freiem Oberkörper einen körpernahen Trainingskampf lieferten. Allzu viel konnte ich allerdings nicht sehen, denn sie waren von einem Halbkreis aus Männern und Frauen umgeben. Anfeuerungsrufe suchte man hier jedoch vergebens, denn ein Dojo war ein Ort der Ruhe und Stille, an dem niemand gestört werden sollte.

Allerdings hatte ich durch die neu aufgetauchten Menschen, das kleine Problem, keinen Platz mehr auf den Matten zu finden. Ich wollte auf keinen Fall wieder gehen, ich brauchte dieses Training heute. Mit lautlosen Schritten näherte ich mich den Kämpfenden und ihren Zuschauern, um abzusehen, wann der Kampf vorbei sein würde. Das Ziehen in meinem Bauch kehrte zurück und je näher ich kam, desto stärker wurde es. Ein Gefühl von leichter Taubheit, Kribbeln und Vorfreude. Eine Lücke zwischen den Umstehenden gab endlich den Blick auf den Kampf frei und mein Herz machte einen Satz. Einer der beiden Kämpfer war Nathan.

Schweiß rann seinen nackten Oberkörper hinab, die schwarzen welligen Haare klebten ihm auf Nacken und Stirn. Sein Gesicht war eine Maske purer Konzentration und erhabener Selbstsicherheit. Ich konnte meine Augen nicht von ihm abwenden. Er hatte den Körperbau eines Athleten. Die perfekt definierten Bauch- und Armmuskeln schienen unter seiner Haut zu tanzen. Ich kramte in meinen Erinnerungen an unsere gemeinsame Nacht, aber so detailreich waren die Flashbacks nicht gewesen. Allerdings wusste ich nun, was die Linien auf seinem linken Arm bildeten: Ein Tattoo, das stark nach einem Dreizack aussah. Der Künstler, der dieses Tattoo gestochen hatte, war ein Meister seines Fachs.

Filigrane Striche, die das Tattoo bläulich schimmern ließen, gaben dem Kunstwerk etwas Plastisches, beinahe als könnte man die antike Waffe von der Haut pflücken.

Ich richtete meine Aufmerksamkeit wieder auf den Kampf und versuchte mich nicht weiter von Nathans Körper ablenken zu lassen. Immer wieder ging dieser nach vorne, ließ den anderen an sich herankommen, duckte sich weg, holte zum Schlag aus und warf sein Gegenüber auf die Matte. Der Kampf wirkte nicht sehr ausgeglichen. Es machte sogar den Anschein, als würde Nathan sich zurückhalten.

Plötzlich stockte er in seinen Bewegungen und wirkte abwesend. Ein Tritt gegen seinen Oberkörper ließ ihn ins Hier und Jetzt zurückkommen. Ein wildes Grinsen machte sich auf Nathans Gesicht breit, als sein Kontrahent daraufhin eine raffinierte Finte antäuschte, die er jedoch bereits vorausgesehen hatte. Gekonnt blockte er den Angriff und schickte stattdessen seinen Gegner auf die Matte.

Nathan Oberkörper glänzte feucht und das Spiel seiner Muskeln war ein Meisterwerk. Muskeln, die Wölbungen ergaben, Sehnen, die seine starken Unterarme zierten …

Was tat ich hier eigentlich? Es fehlte nur noch, dass ich anfing zu sabbern. Nathans schwere Atemgeräusche drangen an mein Ohr und zogen mich in die Flashbacks unserer Nacht.

Er griff nach seinem Gegenüber – seine Hände glitten an meinem Rücken entlang.

Nathans Haut glitzerte vor Schweiß – unsere erhitzten Körper schlangen sich umeinander.

Er grinste seinen Gegner an – ich verschlang mit meinen Küssen seinen Mund. Stopp!

Schnell machte ich einen Schritt zurück und trat aus dem Halbkreis heraus. Ich war immerhin hierhergekommen, um meinen

Kopf zur Ruhe zu bringen. Hatte ich denn nirgends Ruhe vor ihm? Es schien fast so, als würde er immer überall auftauchen, wo ich war. Vielleicht hatte er mich ja noch nicht gesehen und ich könnte ...

»Dr. Sterling. So schnell sieht man sich wieder.« Nathan stand vor mir, ein Handtuch um den Nacken geschlungen, immer noch schwer atmend und mit nacktem Oberkörper. Sein Geruch nach stürmischer See drang in meine Nase und mein Körper begann sofort darauf zu reagieren. Lust explodierte in meinem Inneren und mein Hirn schaltete sich ab, fein säuberlich wattiert und mit rosa Glitzer bestreut. Na toll, selbst meine Instinkte wollten mir beweisen, dass sie auf ihn standen!

»Was machst du hier?«, zischte ich ihn an und meine Reaktion war sowas von unangemessen. Prompt ärgerte ich mich über mich selbst, aber ich fühlte mich gerade hilflos.

Nathan gab nur ein tiefes und raues Lachen von sich. Dieses Lachen war einfach perfekt. Es hatte die richtige Tonlage, um in mein Innerstes einzudringen und es wie eine Stimmgabel vibrieren zu lassen. Mein sich sehnender Körper reagierte sofort und ich bewegte mich unbewusst ein paar Zentimeter in seine Richtung. Herrgott, Mina, was sollte das? Ich ballte meine Hände zu Fäusten und versuchte mich, meinen Körper und meine Libido unter Kontrolle zu bringen.

»Die Frage ist eher, was du hier machst? Hat dir der Anblick gefallen?« Er rubbelte sich freizügig mit dem Handtuch über sein schweißnasses Haar. Dadurch erhielt ich einen eindrucksvollen Anblick des Zusammenspiels seiner Brust- und Armmuskeln. Als sei er der Nordstern für meine Gedanken, gab es nichts Interessanteres. Ich war hoffnungslos verloren.

»Ja ... nein, also nicht so. Also …« O mein Gott, konnte es noch schlimmer werden? »Du hast gut gekämpft, das hat mir gefallen. So.«

Ich verschränkte die Arme vor der Brust und versuchte grimmig dreinzuschauen, was mir allerdings total misslang, da ich selbst merkte, wie absolut kindisch ich mich benahm und sich mir ein Lächeln ins Gesicht stahl.

Nathan betrachtete mich aufmerksam und ich könnte schwören, die tosende See in seinen Augen zu sehen. Abrupt hielt er mit dem Handtuchrubbeln inne und schenkte mir ein wunderschönes Lächeln. Seine Haare hingen ihm in die Stirn und sein ganzer Körper war erhitzt. »Du bist wunderschön, wenn du lächelst. Das solltest du öfter tun!«

Ich war so perplex von dem unerwarteten Kompliment, dass mir keine schlagfertige Antwort einfallen wollte. »Ich muss jetzt trainieren. Lange. Ich habe einiges aufzuholen.«

»Wenn du willst, können wir zusammen trainieren.« Er grinste mich herausfordernd an. »Wenn du dich traust.«

»Ganz sicher nicht. Und von dir provozieren lasse ich mich schon gar nicht.«

»Das sah in der Vorlesung aber ganz anders aus.« Er trat einen Schritt auf mich zu und strich mir eine lose Strähne hinters Ohr, die sich aus meinem Pferdeschwanz gestohlen hatte. Seine Berührung setzte meinen Körper unter Strom. Das elektrisierende Prickeln glitt von meinem Ohr über meinen gesamten Körper und endete in einem sehnsüchtigen Ziehen meiner Körpermitte. Mein Puls und mein Atem beschleunigten sich und mir wurde heiß. Mein Blick fand seinen. Pures Verlangen sah mir entgegen. Seine Augen hielten mich gefangen, während er mit seiner Hand meinen Oberarm entlangstrich. Jeder Zentimeter hinterließ eine Spur aus Feuer. Feuer war ein gutes Stichwort, denn es schien, als würden kleine Flammen meinen Rücken emporkriechen, sich unter meiner Haut zusammenfinden und versuchen, sich ihren Weg durch meine Haut zu brennen.

Das brachte mich ins Hier und Jetzt zurück. Ich musste irgendwie aus dieser Situation heraus.

»Musst du nicht duschen?«, sprach ich den ersten Gedanken aus, der mir in den Sinn kam.

»Ich mag, wie du denkst«, raunte er. »Aber ich muss dich enttäuschen, ich habe noch zwei Runden vor mir. Ich wollte eigentlich nur kurz vorbeikommen und Hallo sagen.« Er beugte sich zu mir herunter und sagte leise an meinem Ohr: »Hallo.«

Hilfe! Das war doch lächerlich! Noch nie hatte ich körperlich so auf einen Mann reagiert. Mein inneres Teufelchen flüsterte mir ein, ihn an mich zu ziehen und leidenschaftlich zu küssen. Jetzt. Hier. Sofort. Aber Gott sei Dank gab es noch irgendwo in den Windungen meines Hirns, die Stimme der Vernunft, die mich agieren ließ. Also trat ich noch einen Schritt zurück. »Ich suche mir jetzt einen Platz für mein Training und du ... du machst deine weiteren Runden.« Ich wedelte mit meiner Hand in Richtung Matten.

»Yes, Ma'am!«, sagte er grinsend und kehrte mir im Gehen seine wundervolle Rückenansicht zu.

Ich atmete tief ein und aus. Ganz tief. Jetzt hatte ich wirklich ein Powertraining nötig.

Zum Glück fand ich doch noch ein Plätzchen und begann mit meinen Katas, sehr darum bemüht, meine Augen geschlossen zu halten und meine Umwelt auszublenden. Es wollte mir aber einfach nicht gelingen. Je entschlossener ich es versuchte, desto frustrierter wurde ich. Was war denn nur los mit mir? Warum machte Nathan mich so nervös? Warum hinterließ dieses Amulett einen so tiefen Eindruck auf mich? Nach dem sechsten Versuch gab ich auf. Ich hatte mein Mojo für heute verloren. Jetzt fehlte nur noch Dr. Evil, der sich den kleinen Finger an den Mund hielt und gekünstelt lachte.

Okay, wenn Atemübungen und Aufwärmen heute nicht funktionieren wollten, dann vielleicht einfach auspowern, und was eignete sich dafür besser als Kendo? Zielstrebig ging ich an den Rand der Matten zu den Ständern mit den Kendoschwertern, den Shinai. Für einen Zweikampf mit den traditionellen Bambusschwertern wäre normalerweise eine Schutzausrüstung nötig. Da ich jedoch lediglich einen Schattenkampf ausführen würde, verzichtete ich darauf. Glücklicherweise fand ich eine größere freie Trainingsfläche am Rand und begann mit den Übungen, die ich im Martial Arts Training gelernt hatte. Auf den Kampfschrei verzichtete ich, auch wenn ich gerne laut, oft und wild geschrien hätte. Aber auf noch ein Zusammentreffen mit Nathan, der dadurch angezogen werden könnte, konnte ich verzichten. Normalerweise lag mir Kendo sehr und meine Schwertführung war ganz passabel, aber heute wollte einfach nichts gelingen. Nach der dritten Abfolge schlug ich mir mit der Schwertspitze gegen das Schienbein und hätte gerne laut aufgeheult. Ich biss die Zähne zusammen und beschloss, es für heute gut sein zu lassen.

Genervt humpelte ich von der Matte, verbeugte mich und ließ meinen Blick kurz über den Trainingsraum schweifen, ob sich noch irgendwo die »Gefahr Nathan« befand. Als ich ihn nicht ausfindig machen konnte, verschwand ich schnell in der Sammelumkleide. Diese war leer und es schien als hätte ich meine Ruhe, aber da ich nicht wirklich trainiert hatte, beschloss ich zu Hause zu duschen und mich nur umzuziehen.

Ich schulterte meine Tasche und wandte mich zum Gehen, als hinter mir die Tür zu den Duschen aufging und männliche Stimmen die Umkleide erfüllten. Nathan trat heraus, diesmal schlang sich sein Handtuch nicht um seinen Hals, sondern nur um seine Hüften. Okay, sollte das jetzt ein schlechter Scherz sein? Das war die Reizüberflutung schlechthin. Wasser perlte jeden einzelnen Muskel herab, von seiner definierten Brust über seine ausgeprägten Bauchmuskeln, tiefer, immer tiefer, bis sie dem Rinnsal des ›V‹s folgten, dass bekanntlich dort endete, wo … Ich war verloren. Mit Haut und Haar.

Nicht wissend, wo ich zuerst oder zuletzt hinsehen sollte, entschied ich mich für das Unverfänglichste – seine Füße. Meinen Blick gesenkt haltend, öffnete ich die Tür und huschte aus der Umkleide.

Draußen angekommen, wollte ich am liebsten im Erdboden versinken. Nach Ruhe suchend blickte ich in den Nachthimmel. Als wollte er mich trösten, zeigte er sich in seiner ganzen Schönheit. Keine Wolke trübte meine Sicht. Der Anblick der mir so vertrauten Sternbilder klärte meine Gedanken und die Kühle der Nacht beruhigte die Hitze in meinem Körper.

Genießerisch füllte ich meine Lungen bis zum Bersten mit der Nachtluft und stieß diese geräuschvoll aus. Ich entschied spontan, nicht die erste Busstation zu nehmen, sondern ein Stück weit zu Fuß zu gehen. Der Weg führte an einem Waldstück entlang, welches der Beginn des einzigen großen Waldgebietes in der Nähe von St. Andrews war.

Die Geschöpfe der Nacht hatten bereits begonnen, auf Erkundungstour zu gehen. Das Rascheln des seichten Windes in den Farnen am Rand des Waldes hüllte mich ein. Der Geruch nach den letzten Sonnenstrahlen des Tages lag noch in der Luft, gepaart mit dieser wohligen, erdigen Schwere, die ein Wald verströmte. Meine Gedanken flogen dahin. Gefangen im Moment bemerkte ich die Geräusche hinter mir zu spät. Schmerz explodierte in meinem Kopf …

Von Nebeln und Schwärze

»Gefunden…«, flüsterte jemand.

»Endlich, nach all den Jahren«, zischte eine nasale Stimme.

»… Gift.«

»… töten.«

Ich öffnete die Augen. Unter mir fühlte ich den feuchten Waldboden. Kiefernnadeln und Erde mischten sich mit Moos und Gräsern. Ich vernahm Stimmen, die mal lauter, mal leiser miteinander sprachen. Panik überkam mich. Wo war ich hier gelandet? Ich versuchte, mich an alles zu erinnern, was passiert war. Das Dojo, Nathan, die sternenklare Nacht, der Schmerz am Kopf.

Mein Puls schnellte in die Höhe. Langsam versuchte ich mich zu rühren, aber meine Hände waren auf meinem Rücken gefesselt. Ich ächzte. Möglichst unauffällig probierte ich den Kopf zu drehen, um meine Angreifer besser sehen zu können.

Vier Männer in dunklen mönchskuttenähnlichen Gewändern standen einige Meter von mir entfernt auf einer Lichtung. Sie schienen mir irgendwie vertraut. Bei dreien waren die Kapuzen tief ins Gesicht gezogen, aber einer hatte eine Glatze, die vom fahlen Licht des Mondes und der Sterne beschienen wurde. Auf seinem Kopf prangte ein Tattoo mit mehreren Linien. Zwischen den Gestalten waberte schwefelähnlicher Nebel, aber es war eigentlich nicht die Jahreszeit und das Wetter dafür.

Im Schatten der Bäume meinte ich, eine Gestalt zu erkennen, die die vier Männer um einiges überragte. Es schien, als würde der Nebel von ihr ausgehen. Wie absurd. Als ich versuchte, meinen Blick zu fokussieren, fuhr mir ein stechender Schmerz durch den Kopf und ließ mich aufstöhnen. Sofort drehten sich die Köpfe in meine Richtung und ich sah aus dem Augenwinkel, wie die Gestalt in den Schatten verschwand. Ich schüttelte leicht benommen den Kopf, als schwere Stiefel in mein Blickfeld traten.

»Sollen wir es jetzt machen?«, fragte eine heisere Stimme nervös.

Was machen? O Gott, was wollten sie mit mir anstellen? Kalter Schweiß brach mir aus. Wozu hatte ich bitte dieses ganze Kampftraining gemacht, wenn ich wie ein Opfer gefesselt im Dreck lag? Mein Magen verkrampfte sich und ein säuerlicher Geschmack brannte in meinem Mund.

»Hier?«, fragte eine andere, tiefe Stimme.

»Ja, wo denn sonst? Sie wird wach. Hast du das Gift? Vorher geht es nicht.«

O mein Gott, sie wollten mich vergiften, mich umbringen? Scheiße! Ich musste mir schnell etwas einfallen lassen. Denk nach, Mina, denk nach! Ich fühlte noch mal, inwieweit ich meine Hände benutzen konnte. Da war nichts zu machen, aber wenn ich mich irgendwie aufsetzen könnte, dann könnte ich sie wenigstens treten und dann …

»Was soll das hier werden?«

Nathan? O bei den Sternen! Gott sei Dank!

Ruckartig drehten sich alle vier Kuttenträger zu ihm um. Der mit der tiefen Stimme sagte: »Verpiss dich, Jungchen. Das ist eine Nummer zu groß für dich!«

Doch anstelle einer Antwort stürzte sich Nathan auf die Männer in den Gewändern. Ich wusste, wie gut er war, aber gegen vier Gegner? Das konnte er unmöglich allein schaffen.

»Nathan!«, schrie ich, »befrei mich. Ich kann dir helfen!« Aber er schien mich nicht zu hören. Verzweifelt blickte ich mich um. Irgendetwas musste es hier doch geben, das scharf genug war, um diese ätzenden Fesseln zu durchtrennen! Doch zunächst einmal versuchte ich mich aufzurichten. Währenddessen tobte ein Kampf aus wirbelnden Fäusten, Tritten, Schlägen und ... Messern. Doppelt Scheiße, alle vier hatten tiefschwarze Messer in der Hand. Heilige, verfluchte Scheiße! Wo waren wir hier bloß reingeraten?

»Nathan!«, schrie ich erneut, als einer der Angreifer sich hinter ihm positioniert hatte und gerade versuchte, ihm den Dolch in den Rücken zu rammen. Aber Nathan reagierte blitzschnell, warf sich nach unten und in einer Drehung fegte er dem Messerträger hinter sich die Beine weg, so dass dieser keuchend zu Boden fiel. Schnell griff Nathan nach der Stichwaffe und warf sie in meine Richtung.

Der Dolch senkte sich dicht neben meinem Kopf in den Boden. Verfluchte Scheiße, er hätte mir fast das Auge ausgestochen! Memo an mich: Nathan in den Hintern treten, wenn wir das hier überleben sollten!

Hektisch robbte ich zum Dolch und tastete blind mit den Fingerspitzen. Ich fühlte etwas Kühles, Hartes und mein Herz schlug schneller. Unglücklicherweise bekam ich ihn nicht richtig zu fassen, dadurch löste er sich aus dem Boden und glitt mir wieder aus den

Fingern, um im Moos liegen zu bleiben. Verdammt! Während ich erneut fieberhaft danach tastete, hörte ich lautes Stöhnen und Keuchen. Der Kampf intensivierte sich. Abermals brachte ich mich in Position und versuchte nach dem Dolch zu greifen, doch er glitt mir durch meine schweißnassen Finger. Fahrig wischte ich sie an den Gräsern ab und startete einen erneuten Versuch.

Komm, Mina, du schaffst das, Nathan braucht dich! In diesem Moment hörte ich ihn schmerzerfüllt aufstöhnen. O Gott, Mina, es muss funktionieren. Verzweiflung und eine heiße Welle der Panik durchfluteten meine Sinne. Abermals griff ich nach dem Dolch. Der Gestank nach etwas, das entfernt an verkohltes Holz erinnerte, stieg mir in die Nase. Ich bekam den Dolch zu fassen und war … frei.

Wie?… egal.

Ich sprang auf die Füße.

Übelkeit stieg in mir hoch, die mich fast aus der Bahn warf. Offensichtlich hatten die Herren ordentlich zugeschlagen. Ich brauchte einen Moment, um mich zu sammeln, als mir ein Gegner vor die Füße fiel. Bewusstlos. Schon wandte sich Nereus dem nächsten zu. Mit gezücktem Dolch näherte sich unbemerkt ein weiterer Kuttenträger Nereus von hinten. Ohne nachzudenken stürzte ich mich auf ihn und rammte ihn mit meiner Schulter von der Seite. Er strauchelte, aber fing sich gleich wieder. Wütend schaute er mich an, aber ich trat ihm sofort mit einem gezielten Tritt das Messer aus der Hand.

Er stürzte sich mit verzerrtem Gesicht auf mich, doch darauf war ich vorbereitet. Ich trat einen Schritt zu Seite, ließ ihn auf mich zukommen, zog mit voller Wucht mein Knie an und rammte es ihn in den Magen. Keuchend stieß er die Luft aus und krümmte sich. Mit aller Kraft, die ich noch zur Verfügung hatte, verschränkte ich meine Hände, hob sie rasch über den Kopf und ließ sie auf seinen Rücken niedersausen. Wie ein gefällter Baum sackte er zu Boden. Hastig wandte ich mich Nereus und damit dem weiteren Kampfgeschehen zu. Gerade holte dieser aus und streckte sein Gegenüber mit einem gezielten Schlag gegen die Schläfe nieder.

Jetzt gab es nur noch einen Widersacher, der sich gerade in einiger Entfernung wieder aufrappelte, und den wollte ich haben. Immerhin hatten sie mir das angetan. Ich merkte, wie mir die Hitze in die Knochen kroch, sich über meine Haut ausbreitete und sich im Rücken zentrierte. Bestärkt durch die Wärme machte ich drei rasche Schritte auf Nereus zu und betrachtete den letzten Gegner. Abermals wurde mir schwindelig.

Es war der mit der Glatze und dem komischen Tattoo auf dem Kopf. Als er mich erblickte, verzogen sich seine blutenden Lippen zu einem ekelhaften Grinsen. Dieser Blick. War das der Mann, der mich vor dem Criterion angestarrt hatte? Ich erschauderte bei der Tragweite, die meine Gedanken haben könnten.

»Eure Hoheit!«, sagte er spöttisch und neigte seinen Kopf. Er war irre, hochgradig irre. Als er sein Haupt senkte, konnte ich erkennen, dass das Tattoo, das seinen Kopf zierte, vom Nacken ausging und sich neun dickere Striche wie eine widerliche Klaue über seinen Schädel erstreckten.

Sein Anblick und das Grinsen ließen mich frösteln. Angst kroch meinen Hals hoch und schnürte mir die Kehle zu.

»Bleib hinter mir, mit dem werde ich auch noch fertig!«, sagte Nathan und trat schräg vor mich. Das war zwar wirklich ehrenhaft und lieb von ihm, aber ich wollte diesen Kampf beenden. Ich wollte diesen Mann in die Knie zwingen. Ich wollte es sein, die ihm zeigte, dass man sowas mit mir nicht machen konnte. Schnell ergriff ich Nereus‘ Hand, drückte sie und zog an seinem Arm. Sofort wandte er seinen Kopf zu mir und wir kommunizierten im Bruchteil einer Sekunde. Dann trat ich vor ihn und ging dem Kuttenträger entgegen.

Dieser stürzte sich sofort auf mich. Seinen Dolch hoch über den Kopf haltend, stieß er einen lauten Schrei aus und ließ die Waffe auf mich niedersausen. Doch ich war vorbereitet. Wie oft hatte ich diese Situationen mit dem Kendoschwert trainiert. Meine jahrelang geschulten Instinkte übernahmen. Ich drehte mich weg und der Angriff verlief ins Leere. Aus der Drehung heraus positionierte ich mich hinter meinem Angreifer und gab ihm einen heftigen Tritt in den Rücken, so dass er ins Straucheln geriet und beinahe stürzte. Langsam fand ich Gefallen an diesem Kampf, auch wenn ich gerade auf meine letzten Reserven zurückgriff. Wagemut verklärte meinen Blick. Ich stürmte auf den Glatzkopf zu und deckte ihn mit einer Abfolge aus Schlägen und Tritten ein, die ihn immer mehr zurückweichen ließen. Mein Roundkick pfefferte ihm den Dolch aus der Hand. Seine Augen huschten schnell zwischen mir und Nathan hin und her. Dann drehte er sich abrupt um und floh. Ich wollte gerade die Verfolgung aufnehmen, als sich ein kräftiger Arm um meine Taille schlang und mich zurückhielt.

»Das tust du nicht, schön hiergeblieben!« Keuchend drückte Nathan meinen Rücken an seine Brust.

»Lass mich los. Ich werde diesen miesen Scheißkerl nicht so einfach davonkommen lassen!« Wild strampelnd versuchte ich mich aus Nathans Klammergriff zu befreien. Ich bog meinen Rücken durch, schlug mit meinen Beinen nach unten aus und zerrte an seinen Armen. Vergebens, er gab keinen Millimeter nach.

Seufzend und schwer atmend gab ich auf. Nach wenigen Augenblicken, in denen wir beide versuchten, wieder zu Atem zu kommen, löste Nathan seinen Griff und ich drehte mich zu ihm um. Ich wollte meinen Blick zu fokussieren, sah ihn aber doppelt. Meine Hand fasste an meine Schläfe.

Nathan scannte mich von oben bis unten, als wolle er sichergehen, dass es mir gut ginge. Danach zog er mich in eine starke Umarmung. Verdattert, weil ich mit der Geste nicht gerechnet hatte, brauchte ich ein paar Augenblicke, bis auch ich ihn umarmte. Auf einmal fühlten sich meine Knochen an wie Gummi und ich sackte in seinen Armen zusammen …

***

Beruhigendes Schaukeln ließ mich in die Gegenwart zurückkehren. Der Duft von Weite und Meer umhüllte mich. Wohlig schmiegte ich mich an die warme, harte Brust. Brust?

Ich öffnete meine Augen und verlor mich sofort in dunklem Azur. Ohne mich aus seinem Blick zu lassen, setzte Nathan seinen Weg fort. Seine starken Arme hielten mich sanft an seine Brust gedrückt. Ein Gefühl von Geborgenheit machte sich in mir breit, so dass mir erst langsam ins Bewusstsein drang, dass das Schaukeln aufgehört hatte.

Intensiv betrachtete er mich eine Weile und fragte dann sanft: »Geht es dir gut?« Widerwillig fügte er hinzu: »Kannst du auf deinen Beinen stehen?«

Noch umnebelt nickte ich nur und er setzte mich vorsichtig ab, allerdings nicht ohne mich weiterhin im Arm zu halten. Er strich mir sanft über die Schläfe und stieß einen saftigen Fluch aus, dann meinte er: »Wenn diese Typen nicht schon bewusstlos im Wald liegen würden, würde ich noch mal Kleinholz aus ihnen machen.«

Ich betrachtete ihn genauer. Eine ernste Falte hatte sich zwischen seinen Augenbrauen gebildet und er sah mich so an, als würde er jedes Wort, das er gesagt hatte, auch wirklich so meinen. Diese andere, ernste Seite gefiel mir ausgesprochen gut. Er hatte mir das Leben gerettet. Ich stand tief in seiner Schuld.

»Nathan, ich ... ich danke dir. Gott sei Dank bist du gekommen. Wie hast du mich gefunden?«

Verlegen dreinblickend sah er mich an und legte seine Hand an seinen Hinterkopf. »Ich ... wollte noch mit dir sprechen, also eigentlich wollte ich fragen, ob du … und ich ...«, er machte eine Pause, als ob er überlegen wollte, ob es jetzt der richtige Moment sei, sein eigentliches Anliegen vorzutragen. Er entschied sich offensichtlich dagegen. »Ich habe dich gesucht. Hatte mich schnell umgezogen und bin dir nach. Dann habe ich aus der Ferne gesehen, wie du den Weg am Wald entlang gegangen bist und auf einmal waren da diese vier Typen. Dann ging alles superschnell. Allerdings habe ich einige Zeit gebraucht, dich hier im Wald zu finden. Es tut mir wirklich leid, dass ich es nicht früher geschafft habe.«

Mit diesen Worten nahm er meine Hand und fuhr beruhigend mit seinem Daumen zwischen meinem Daumen und Zeigefinger hin und her. Was für ein angenehmes Gefühl; es beruhigte mich sofort.

»Aber das ist doch okay. Es ist ja alles gut gegangen, und das verdanke ich dir ... meinem Retter in der Not.« Ich lächelte ihn an.

»Da, schon wieder«, sagte Nathan strahlend.

»Was?«

»Dein Lächeln, einfach wunderschön!«

Seine Worte ließen mir tatsächlich Hitze ins Gesicht schießen. Gott sei Dank war es dunkel! Ich räusperte mich. »Danke«, sagte ich zaghaft.

»Das ist nur die Wahrheit.« Nathan zog mich näher zu sich und hob mit dem Zeigefinger seiner freien Hand mein Kinn leicht an, so dass er mir in die Augen sehen konnte. Sein lodernder Blick verschlang mich und sein Mund kam meinem immer näher. Mein Herz hüpfte wie wild und schlug mir bis zum Hals, mein Rücken begann wieder zu kribbeln und sandte leichte Schauer über meinen ganzen Körper. Ich wollte so sehr von ihm geküsst werden, dass ich es nicht mehr ertrug, auch nur einen weiteren Atemzug, von seinen Lippen entfernt zu sein.

Es kam mir vor als würde Just the way you are von Bruno Mars als perfekte Untermalung dieses Augenblicks erklingen… mit einem wilden Hupen und heruntergekurbelten Fenstern rauschte ein Auto an uns vorbei. Das brachte uns ins Hier und Jetzt zurück. So viel zur romantischen Szenenuntermalung durch Bruno.

Nathan lehnte seine Stirn an meine und holte tief Luft. »So gern ich damit weitermachen würde, was wir hier gerade begonnen haben, aber ich muss mich jetzt um dieses Pack kümmern und du solltest jetzt rein gehen.«

Irritiert drehte ich den Kopf und sah jetzt erst, dass wir vor dem Universitätsgebäude standen.

»Soll ich die Polizei rufen? Ich werde Anzeige erstatten, die sind ja gemeingefährlich! Vier Typen, die eine Frau überfallen ... Und dann sind die auch noch so spooky angezogen und überhaupt ... ich glaube, dem einen bin ich auch schon mal vor dem Criterion begegnet … Das muss auch in die Zeitung, in die Universitätszeitung.«

Als ich mein Handy zücken wollte, machte Nathan einen schnellen Schritt auf mich zu und nahm mein Gesicht in seine Hände. Er schaute mich direkt mit seinen Augen an, in denen ein Meeressturm zu toben schien. »Geh jetzt in deine Wohnung. Ich rufe die Polizei. Ich kümmere mich um alles und du vergisst diesen Vorfall.«

Das Gefühl, als hätte sich eine Ladung Watte um mein Hirn gelegt, breitete sich in meinem Kopf aus. Die Geräusche der Nacht verschwammen mit dem Pulsieren meiner Adern. Als wenn ich unter Wasser wäre, fühlte sich jede Bewegung gebremst an und nur langsam sickerten die Anweisungen, die Nathan mir gegeben hatte, in mein Innerstes durch. Ich fühlte, dass mein Kopf sich zögerlich hob und senkte. Ich drehte mich um und ging.

DaVinci Glow

Leise summend ging ich in mein Zimmer und legte mir meine Sachen für den heutigen Abend bereit. Diesmal fiel mir die Auswahl bedeutend leichter, denn es war ja nur ein Sektempfang unter Akademikern und keine rauschende Feier. Ich freute mich wirklich für Molly und Clint, dass es ihnen gelungen war, diesen fantastischen Fund zu machen, den sie heute im Ostflügel der Universität ausstellen würden.

Nach einer ausgedehnten Dusche bereitete ich mich auf den Abend vor. Csilla hatte heute Nachtschicht. Es war wirklich schön, mal alleine in der Wohnung zu sein, auch wenn ich meine Mitbewohnerin gerne um mich hatte.

Meine schlichten schwarzen Pumps verschwanden beinahe unter dem weich schwingenden Stoff meiner Marlene-Hose, aber die Absätze kündigten mit jedem Schritt meine Ankunft an. Je näher ich der Flügeltür kam, desto lauter wurde das Gemurmel der bereits anwesenden Gäste. Ich öffnete die Tür, zeigte der Security meinen Dozentenausweis und hielt nach Clint und Molly Ausschau. Mit einem Glas Sekt von der Anrichte streifte ich durch die anwesende Gästeschar und fand Molly umzingelt von einer Traube aus verzückt lächelnden Frauen.

»Hey, Molly«, grüßte ich sie.

»Oh, hallo Mina, schön, dass du da bist. Wow, siehst du chic aus!«

Verlegen lächelte ich und sagte: »Danke.«

Eine der Frauen fragte Molly mit einem eindeutigen Blick auf ihren runden Bauch: »Wann ist es denn eigentlich soweit?«

Molly lächelte, auch wenn es ein wenig aussah, als habe sie Schmerzen dabei. »In ein paar Wochen ist Stichtag, aber der kleine Mann strampelt so, als wolle er sagen: »Lass mich hier raus!« Alle lachten ausgiebig.

»Mina, du wolltest mir doch Mrs. Montgomery vorstellen.« Molly verabschiedete sich, bevor ich etwas dazu sagen konnte, hakte sich bei mir ein, und dirigierte mich … nicht zu Mrs. Montgomery.

Verwirrt sah ich sie an, bis sie sagte: »O Gott, Mina, du warst meine Rettung. Diese Tratschtanten haben mich nicht einmal etwas über die Ausstellung gefragt, sondern nur über die Schwangerschaft und das Baby. Verkommen denn alle Frauen zu nervigen Obermüttern, sobald sie Schwangere sehen oder nur das Wort ›Baby‹ hören? Herrgott. Ich bin eine Archäologin!«

Liebevoll tätschelte ich Molly die Schulter. »Ja, das bist du und eine sehr gute noch dazu. Aber Molly, du bist bald auch Mama und ich mag mir kaum vorstellen, wie beängstigend das sein muss, bald für ein anderes Leben als dein eigenes Verantwortung zu übernehmen.«

»Du hörst dich schon so an wie meine Mom. ›Molly, du übernimmst dich. Molly, du musst ruhiger werden. Molly, schalt mal einen Gang runter.‹ Ich bin immer noch ich. Und ich bin verdammt noch mal nicht krank!«, insistierte sie grummelnd.

Ich konnte mir bildlich vorstellen, wie Molly Clint klargemacht hatte, er solle sich um die Ausstellung kümmern und sie wolle im Erdloch sitzen bleiben. Leise kichernd schloss ich sie in eine Umarmung. »Alles wird gut, Molly. Wir sind jetzt hier und feiern euren riesigen Erfolg. Das ist echt Wahnsinn.«

»Ja, das ist es. Clint hat das wirklich toll hinbekommen.« Stolz sah sie nach rechts und ich folgte ihrem Blick. Dort stand Clint und unterhielt sich gerade mit Mrs. Montgomery. Der Blick, den Molly Clint zuwarf, sprach Bände. Wenn mich irgendwann jemanden so ansehen würde, wäre ich überglücklich. »Ich muss kurz noch etwas mit Clint besprechen, bevor die Ansprache losgeht«, murmelte Molly.

»Ja, alles klar, ich schau mich weiter um.« Sie ging zu Clint hinüber und ich schlenderte ziellos durch den Raum. Gerade musterte ich die alten Steintafeln von denen Clint mir bereits erzählt hatte, da spürte ich die Hitze eines Körpers hinter mir.

»Du siehst aus der Nähe noch fantastischer aus als aus der Ferne«, raunte mir seine Stimme ins Ohr. Inzwischen würde ich den samtenen Unterton überall wiedererkennen. Ich verschluckte mich an meinem Sekt und musste kräftig husten. Behutsam nahm Nathan mir das Glas aus der Hand und wollte mir auf den Rücken klopfen. Reflexartig schloss ich meine Finger um sein Handgelenk um ihn zu stoppen. Meine Finger kribbelten, als stünde seine Haut unter Strom und der Blick, den er zuerst meiner Hand und dann mir schenkte, ließ mich vermuten, dass es ihm ähnlich ging.

»Es geht schon wieder.«, krächzte ich, nicht sicher, ob der Hustenanfall oder seine Haut mir die Stimme raubte. Ich zog meine Hand zurück und entriss ihm förmlich das Glas, um es in einem Zug zu leeren, was nicht wirklich gegen das Ziehen in meinem Magen helfen wollte.

Genauso wie gestern reagierte mein Körper ohne Verstand. Er sehnte sich nach ihm. Genauso wie gestern … was war gestern gewesen?

Nathan räusperte sich und bevor er mich noch mehr aus dem Konzept bringen konnte, wechselte ich das Thema.

»Wie bist du hier reingekommen? Die Ausstellung ist doch nur für Mitglieder der Universität.«

»Ich habe eine Einladung von Dr. Clint McGregor persönlich.« Er lächelte sein unverschämt gutaussehendes arrogantes Lächeln.

Clint, dieser elende Verräter! Mit dem würde ich später noch ein Hühnchen rupfen, jetzt musste ich dringend hier weg.

»Nathan, es ist wirklich schmeichelhaft, dass du mir nette Komplimente machst und so, aber ich würde mich wirklich darüber freuen, wenn wir einen gebührenden Abstand wahren könnten.«

Abstand … Der Geruch von Kiefernnadeln und Moos erfüllte meine Sinne und ein Bild von seinen Lippen nah an meinen entstand vor meinem inneren Auge. Ich schüttelte den Kopf.

Nathan betrachtete mich einige Augenblicke und ging dann einen Schritt zurück. »Okay, Dr. Sterling. Ich wollte mich sowieso gerade umsehen, hier sind neben dir noch ein paar andere interessante Stücke, die ich mir etwas genauer ansehen möchte.«

Hatte er mich gerade als »Stück« bezeichnet?

Bevor ich irgendetwas dazu sagen konnte, drehte er sich um und verschwand in der Menge. Sollte er mich doch gernhaben. Bei diesem Gedanken regte sich etwas in mir. Gernhaben … Hatte ich ihn gern? Nein, auf keinen Fall. Ich verdrängte diesen absurden Gedanken, straffte die Schultern und machte mich auf die Suche nach Molly und Clint.

Auf dem Weg nahm ich mir noch ein Glas Sekt von einem der umliegenden Stehtische und trat in die Menschentraube, die sich um meine Freunde geschart hatte. Molly war gerade dabei, leidenschaftlich über ihre Ausgrabungen zu berichten. Sie ging völlig auf in ihrer Arbeit und alle Umstehenden, inklusive Clint, hingen an ihren Lippen.

Schmunzelnd nahm ich einen Schluck aus meinem Glas. Die prickelnde, wohlige Wärme, die Sektkonsum mit sich brachte, machte sich bemerkbar. Ich ließ meinen Blick über die Ausstellung schweifen und stockte. Nathan stand vor dem Amulett und betrachtete es aufmerksam, er starrte es beinahe hypnotisiert an. In meinem Nacken begann es zu kribbeln. Ich musterte ihn aufmerksam. Neben dem Amulett war er für mich die größte Augenweide hier im Raum. Ich würde lügen, wenn ich behaupten würde, ich fände ihn nicht attraktiv. Ganz im Gegenteil …

Wem machte ich hier eigentlich was vor? Warum wollte ich noch mal genau Abstand von ihm haben? Je länger ich ihn betrachtete, desto weniger fiel mir eine passende Antwort ein. Es durchfuhr mich wie der Blitz, als er seinen Blick hob und mir genau in die Augen sah, als hätte er die ganze Zeit gewusst, dass ich ihn beobachtete.

Verblüfft blickte ich auf seinen Mund, denn diesmal legte sich ein ehrliches Lächeln auf seine Lippen, kein arrogantes, kein herablassendes, ein strahlendes, ehrliches Lächeln. Und es stand ihm hervorragend. Leider ließ es meine Knie weich werden und entwaffnete mich. Noch immer nicht den Blick von mir nehmend, bewegte er sich langsam in meine Richtung. Ich konnte nicht anders, als ihn fasziniert anzustarren. Dann stand er auch schon vor mir.

»Dr. Sterling, ich weiß immer noch nicht, wie dein Vorname ist. Verrätst du ihn mir?«

Ich schluckte und räusperte mich. Dabei senkte ich kurz den Blick, um mich zu sammeln. »Minerva, also Mina. Nenn mich Mina.« Herrgott, wenn ich noch einmal meinen Namen wiederholte, müsste ich mich selbst lynchen.

Er streckte mir die Hand einladend entgegen. »Minerva, also. Das ist ein schöner Name, ein alter Name. Da wo ich herkomme, hat er eine weitreichende Bedeutung.«

Ich runzelte die Stirn und schüttelte kurz seine Hand. »Ach ja, der Ort, den ich nicht kenne und an dem es anscheinend patriarchisch zugeht. Das ist kein Ort für mich.«

»Ich denke, er würde dir gefallen. Auch wenn wir auf Abstand bleiben sollen, würde ich dir noch gerne kurz etwas zeigen. Wäre das in Ordnung?«

Skeptisch sah ich ihn an. »Ich weiß nicht, das hier ist die Ausstellung meiner Freunde, ich sollte hier sein.«

»Wir sind gleich wieder zurück, ich verspreche es dir.«

Ich zögerte, aber zum vielleicht ersten Mal sah er mich an, als hätte er absolut keine Hintergedanken. »Na gut. Aber nur kurz.«

Er nahm meine Hand und ich dachte darüber nach, sie ihm zu entziehen, aber es fühlte sich erstaunlich gut an. Er hatte lange, starke Finger, die eine angenehme Kühle ausstrahlten. Ganz im Gegensatz zu meinen ständig warmen Gliedmaßen. Mir war nie kalt.

Nathan dirigierte mich in den Garten, der hinter dem Hauptgebäude lag. Als wir ins Freie traten, sog ich die Luft des beginnenden Sommers ein. Vermischt mit der salzigen Seeluft, die von der Küste hierher strömte, war es ein wahrer Genuss, hier draußen zu sein. Ich befreite meine Hand aus seiner und drehte mich fragend zu ihm um.

»Also, den Garten kenne ich schon«, neckte ich ihn grinsend.

»Das ist schön für dich, Mina, aber den wollte ich dir nicht zeigen. Das wirklich Spannende liegt weiter oben. Schau.« Er trat näher an mich heran und beugte sich leicht herunter, um dann mit seinem Arm in den Sternenhimmel zu zeigen.

Mir stockte der Atem.

Ich hatte es tatsächlich vergessen. Heute war eine Erdschein-Nacht. In Sichelmond-Nächten im April und Mai war der Erdschein, auch ›Da Vinci Glow‹ genannt, besonders gut sichtbar. Bei klarem Sternenhimmel war die nicht beschienene Seite des Mondes dann als fahle Kugel zu erkennen, da sie von den letzten, von der Erde reflektierten Sonnenstrahlen, beleuchtet wurde.

Ich lächelte. Leonardo Da Vinci hatte 1510 das erste Mal dieses Phänomen in seinem Werk ›Codex Leicester‹ beschrieben und damit eine lang gehegte Fehleinschätzung revidiert. Die Menschen dieser Zeit nahmen an, der Mond könne aus sich heraus leuchten. Doch Da Vinci widerlegte diese Annahme, indem er Berechnungen und Messungen anstellte.

»Danke. Ich hatte es vergessen. Dabei sind diese Nächte magisch und ich liebe sie.«

Er betrachtete mich mit einem undurchdringlichen Blick. Dann sah er wieder in den Sternenhimmel. »Es ist wirklich berauschend.« Wieder lächelte er dieses wahrhaftige Lächeln und ich konnte nicht anders, als meinen Blick vom Mond abzuwenden und ihn anzustarren. Er war bezaubernd.

Sein Blick schwenkte wieder zu mir und unsere Augen verloren sich ineinander. Die Sichel des Erdenscheins spiegelte sich im Blau seiner Augen und der Anblick ließ mir den Atem stocken.

»Mina, es ist schön, mit dir hier zu sein.« Nathans Stimme klang rau und tief, viel tiefer als noch vorhin. Ein Schauer lief mir den Rücken herunter. Er drehte sich zu mir, ohne meinen Blick freizugeben, so als wolle er keinen Moment verpassen.

»Ja«, flüsterte ich, »das finde ich auch.«

Er atmete tief ein, so als ob er etwas in meinem Blick gefunden hätte, dass er schon lange gesucht hatte. »Also ist das Thema mit dem Abstand halten vom Tisch?«

Ich musste lächeln und schüttelte den Kopf. »Du gibst nicht auf, oder?«

Er lachte ein leises, tiefes Lachen und auch hierbei ließ er mich keine Sekunde aus den Augen. Das Kribbeln in meinem Bauch schwoll zu einem Crescendo an, das unerträglich schien. Langsam kam er mir näher.

»Nein, niemals« sagte er leicht außer Atem.

Ich schluckte. Mein Gesicht kam seinem automatisch näher, als würde eine magische Anziehung es dazu bringen. Sein Blick glitt zu meinen Lippen und er sog kaum merklich die Luft ein. Das Verlangen in seinen Augen machte mich wahnsinnig.

Die Nacht, der Erdschein, die laue Luft, dieser Mann … es war einer dieser Momente, an die man sich sein ganzes Leben erinnern würde. Ich überwand die letzten Zentimeter und küsste ihn. Ein leises Stöhnen drang zwischen seinen Lippen hervor. Er schlang seine Arme um meine Taille und zog mich eng an sich. An ihn gedrückt überwältigten mich meine Sinneseindrücke. Sein harter Körper drängte an meinen. Seine weichen, vollen Lippen umschlossen meine und zaghaft bat seine Zunge um Einlass. Ich öffnete meinen Mund und er drang mit seiner Zunge ein.

Warum noch mal wollte ich Abstand? Ich verlor mich in meinen Gefühlen. In diesem Moment. In ihm. Anfangs noch zaghaft, wurde aus dem Kuss ein sehnsuchtsvolles Verlangen. Das Ziehen in meinem Bauch schien sich an den Rand des Vorstellbaren zu dehnen und dann … löste sich etwas in mir, das mich kurz Aufkeuchen ließ. Nathan verschlang meine Laute mit seinen Lippen und seine Zunge wurde gieriger auf dem Weg zur vollen Eroberung meines Mundes.

Wir prallten aufeinander wie zwei Sterne, die kollidierten, explodierten, deren Splitter auseinanderstoben und plötzlich zum Halten kamen … und etwas Neues, Gutes, Reines entstand. Meine

Hände hatten sich längst ihren Weg in Nathans Haare gebahnt und krallten sich dort fest.

Die Leidenschaft, die mich in diesem Augenblick zu übermannen drohte, erinnerte mich wieder an unsere erste Begegnung. Außer Atem löste ich kurz meinen Mund von seinem und blickte in seine azurfarbenen Augen. Hatte er mich die ganze Zeit beobachtet?

Er knurrte leicht und raunte »Dr. Sterling, du kannst dir gar nicht vorstellen, wie hart es war, hierauf zu …« Er stockte. Irritiert sah er mir in die Augen.

In dem Moment merkte ich, dass sich meine Wahrnehmung änderte, ich nahm seine Konturen viel schärfer wahr als vorher. Die Nacht um uns herum war nicht mehr so dunkel und ich konnte die Blumen und Gräser im Garten deutlicher sehen und riechen. Der Geschmack der Nachtluft legte sich auf meine Zunge und ich konnte jede einzelne Facette der umliegenden Blütenpollen schmecken. Es war berauschend.

Ich lächelte ihn an, aber er … er wich mit erstarrter Miene zurück. Nathan wandte den Blick ab, nur um sich gleich wieder zu mir zu drehen. Sein ganzer Körper stand unter Anspannung und er ballte seine Fäuste.

Ich runzelte die Stirn. »Was ist ...?«

»Deine Augen … ich kann es nicht glauben, das ist unmöglich, oder …?«

Meine Finger schnellten zu meinen Augen, was war hier los? »Was ist mit meinen Augen?«

Er fluchte leise und fuhr sich mit seiner rechten Hand durch das Haar. Dann nahm er seine linke Hand vor seine Lippen, als ob er sich verbieten wollte, seine Gedanken auszusprechen.

»Nathan, was hast du? Falls das hier wieder einer deiner Scherze sein soll, finde ich ihn nicht lustig.« Wut und Enttäuschung krochen meinen Rücken empor, und mit der Wut kam die Hitze.

»Was zum …« Ich drehte mich leicht zur Seite und tastete mit meiner linken Hand an meinem Rücken. Meine Augen sahen eine Art rötliches Glühen, dass aus dem Kragen meiner Bluse drang.

Nathan zog abermals scharf die Luft ein und starrte mich an. Sein Körper war angespannt und seine Fäuste geballt. »Mina, du … du … Das kann doch nicht sein!«

Ich versuchte immer noch, mehr von dem Glühen zu erhaschen, welches mein Rücken ausstrahlte. »Was kann nicht sein, Nathan? Was geschieht hier mit mir? Rede!«

Doch als ich mich wieder zu ihm umdrehte, um ihm fest in die Augen zu schauen, war er verschwunden. Warum verschwand er denn? Gestern hatte er mich doch noch gerettet. Gerettet? Bilder eines Kampfes tauchten in meinem Geist auf.

Leise vor mich hin fluchend drückte ich meine Handballen gegen meine Augen. Das schärfere Sehen hatte sich bereits gelegt und die eben noch so präsenteren Farben und Sinneseindrücke flauten ab. Ich atmete tief in meinen Bauch.

Ich musste Nathan suchen, er war mir Antworten schuldig. Was hatte er in meinen Augen gesehen? Warum war er einfach gegangen und hatte mich hier stehen gelassen? Hatte ihm der Kuss nicht gefallen? Doch, das hatte er, das hatte ich deutlich gespürt. Allerdings wusste ich gerade nicht, was ich denken sollte. Wenn es ihm so sehr gefallen hätte wie mir, wäre er geblieben. Sollte ich ihn lieber doch nicht suchen? Oh Mann, was für ein Durcheinander!

Nachdem ich mich einigermaßen beruhigt hatte, ging ich zurück zur Ausstellung und hielt nach Nathan Ausschau. Aber er war nicht mehr da. Stattdessen kam Clint auf mich zu.

»Mina, wo warst du? Du hast Mollys und meine Eröffnungsrede verpasst. Das war … Hey, Erde an Mina. Alles okay bei dir?«

»Was? Ja, Clint. Es tut mir leid. Ich war im Garten und …« Die Details mit Nathan ersparte ich ihm und mir. »... Heute ist doch Da Vinci Glow-Nacht, die wollte ich mir kurz ansehen und da habe ich die Zeit vergessen. Sorry.«

Clint sah mich nicht gerade überzeugt an, nickte dann aber nur und führte mich zu Molly.

»Hey Süße, wo warst du?« Molly schaute mich aufmerksam an, mein Gesicht, meine Kleidung, meine Lippen und grinste. »Du hast geknutscht«, stellte sie zufrieden fest.

»Was?«, brachten Clint und ich gleichzeitig heraus, wobei Clints »Was?« eher erstaunt und meins eher kläglich klang. Jetzt schaute auch Clint mich genauer an.

»Könnt ihr das lassen, bitte?«

Molly strahlte nun übers ganze Gesicht. »Ich will jedes schmutzige Detail. War es gut, war er scharf, oh warte, es war doch nicht dein Student, der …«

»Molly«, zischte ich leise, »Kannst du bitte etwas leiser sprechen, es muss ja nicht gleich der gesamte Lehrkörper wissen, welche amourösen Beziehungen ich pflege.«

»Clint, hast du das gehört? Sie streitet es noch nicht mal ab, das wird ja immer besser.«

Clint grinste wie ein Honigkuchenpferd und stupste mir auf die Nase. »Mina, Mina, Mina. Wer hätte das gedacht?«

Ich schlug seine Finger weg und funkelte ihn an. Nasenstupser, wie ich sie hasste! In wollte gerade zu einer gepfefferten Antwort ansetzen, da stöhnte Molly und hielt sich den Bauch. Alarmiert sah Clint zu ihr und griff nach ihrem Arm. »Molly, Schatz, was ist los?«

»Indy will anscheinend doch früher kommen. Clint … das war definitiv eine Wehe. Hast du die gepackte Tasche im Auto?« Clint blickte panisch zu mir, in den Saal, zu den umstehenden Menschen und raufte sich die Haare.

»Clint«, sagte ich, »ganz ruhig. Du fährst mit Molly ins Krankenhaus. Ich regle das hier schon.« Molly stöhnte erneut auf, diesmal schon lauter als vorher. »Clint. Jetzt. Auto.«

Clint griff in sein Jackett und zog die kleine Fernbedienung für seine »Laserfalle« und einen Schlüsselbund heraus. »Alles klar, Mina. Pass mit deinem Leben auf die Fernbedienung und die Schlüssel auf und schließ nachher bitte alles ab. Vielleicht …«

»Clint, alles gut. Fahr los. Molly platzt gleich, und zwar vor Wut.«

Noch mal ließ Clint sich zum Glück nicht bitten und brachte Molly aus dem Saal.

Glücklicherweise war es schon relativ spät am Abend und die Ausstellungsfeier würde nicht mehr allzu lange dauern, vor allem, wenn die Ehrengäste fehlten.

Einige belanglose Gespräche und Erklärungen dazu, wo Clint und Molly abgeblieben waren, später, verabschiedeten sich auch die letzten Gäste. Gemeinsam mit der Security ging ich den leeren Saal ab und blieb bei dem Amulett stehen. Ein leichtes Schimmern, das ich vorher nicht wahrgenommen hatte, legte sich über den Stein in der Mitte, den Lapislazuli. Ich kniff die Augen zusammen und beugte mich ein wenig über die Absperrung, um besser sehen zu können, aber das Schimmern war verschwunden. Ich musste wirklich dringend ins Bett. Das war einfach ein zu emotionaler Tag. Meine Gedanken drifteten wieder zu Nathan, zu unserem Kuss …

Einer der Security-Männer räusperte sich hinter mir. »Verzeihen Sie, Madam …wir wären dann so weit, Sie können abschließen.«

Ich schluckte, blinzelte die lebhaften Bilder meiner Gedanken weg und drehte mich um. »Ja ... Ja, natürlich. Ich komme.«

Schlaflos in St. Andrews

In meinem Zimmer angekommen, warf ich meine Kleidung zu Boden und schlüpfte in meinen Lieblingspyjama. Er war von ›My Little Pony‹ und ich hatte ihn schon ewig, aber er war der bequemste und kuscheligste Schlafanzug, den ich mir vorstellen konnte und er erinnerte mich an zu Hause. Beim Anblick der kleinen Einhörner in den verschiedensten Farben musste ich schmunzeln. Passend dazu hatte Mom mir zum Auszug unfassbar flauschige Hauspuschen in rosa und mit Plüscheinhörnern vorne drauf geschenkt. Mein Highlight.

Seufzend legte ich mich ins Bett. An Schlaf war nicht zu denken. Ich schnappte mir mein Buch vom Nachttisch und versuchte mich abzulenken. Meine Gedanken huschten immer wieder zwischen Nathan, den merkwürdigen Erinnerungssplittern und dem Amulett hin und her. Ich legte mein Buch auf meine Brust und starrte zur Decke. Ein paar Minuten verharrte ich in dieser Position. Die Augen schließend, versuchte ichgleichmäßig zu atmen. Anscheinend half das, denn ich merkte, wie sich eine angenehme Bettschwere in mir ausbreitete. Ich driftete in einen unruhigen Schlaf, aus dem ich aber kurze Zeit später wieder aufschreckte.

Frustriert setzte ich mich auf. Es war zwar ein völlig bescheuerter Gedanke, aber ich hatte das Gefühl, noch mal zur Ausstellung zu müssen. Es war ein Drang, als würde einem unterwegs einfallen, dass man etwas vergessen hatte abzuschalten … es fiel einem nur nicht ein, was. Da außer mir wohl alle anderen im Unigebäude schon schliefen, schlang ich mir kurzerhand meinen rosafarbenen Morgenmantel um und schlüpfte in meine Einhornpuschen.

Mit Schlüssel und Fernbedienung bewaffnet schlich ich durch die dunkle Universität. Das war ganz schön gruselig. Wenn aus den Schatten auf einmal eine Person hervortreten würde, würde ich mich zu Tode erschrecken. Aber ich passierte den Gang ohne Zombies, Geister oder Vampire. Mit schweißnassen Händen schloss ich die Tür zum Ausstellungssaal auf, um sie gleich wieder hinter mir zuzuschließen. Nur zur Sicherheit. Dann wandte ich mich dem Raum zu und erstarrte.

Vor dem Sockel mit dem Amulett stand Nathan. In mir braute sich ein ungutes Gefühl zusammen. Er stand mit dem Rücken zu mir.

»Du bist noch mal zurückgekommen«, stellte er fest.

Ich schluckte meine Irritation runter. Woher wusste er, dass ich es war? Ein kalter Schauer bahnte sich seinen Weg von den Schultern hinab über meinen ganzen Rücken. »Ja, und du scheinst nie weggewesen zu sein. Wo hast du dich versteckt? Wir sind den gesamten Raum abgegangen. Du warst nicht hier.«

Er drehte sich halb zu mir um und sein Gesicht verriet mir keine einzige seiner Emotionen. »Das ist egal. Geh einfach wieder ins Bett, Mina. Das macht es uns leichter.«

In meinem Magen bildete sich ein Knoten der Empörung und kochendes Blut schoss mir heiß ins Gesicht. Meine Wangen fühlten sich unnatürlich erhitzt an. »Du hast mir nicht zu sagen, was ich zu tun oder zu lassen habe. Ich frage dich noch mal, Nathan: Was. Willst. Du. Hier? Und ich hoffe, dass du eine sehr gute Erklärung hast. Ansonsten rufe ich die Security.«

Innerlich verfluchte ich mich, dass ich kein Handy mitgenommen hatte, aber das wusste er ja nicht.

Jetzt drehte er sich vollständig zu mir um und Irritation huschte über sein Gesicht, die aber sofort von seinem Maskeraden-Grinsen überlagert wurde. So gut kannte ich ihn schon. Wütend verschränkte ich die Arme vor der Brust.

»Wow, Mina. Was hast du da an? Sowas habe ich wirklich noch nie gesehen.« Seine Augen glitten zu meinen Einhornpuschen. Zu meinem Klumpen im Magen mischte sich jetzt auch noch dieses ungute Gefühl, als würde man gerne vor Scham im Boden versinken. Ganz toll, konnte der Tag noch schlimmer werden?

Stolz reckte ich das Kinn. »Lenk nicht ab, Nathan. Ich höre.«

Seufzend schlenderte er bemüht lässig hinter den Sockel, auf dem das Amulett lag. Er sah zuerst das Artefakt, dann mich an. Nein, korrigiere, er starrte mich an und ließ seinen Blick zur Fernbedienung in meiner Hand gleiten. In seine wundervollen azurblauen Augen trat ein düsterer Schimmer, der so viel Sehnsucht beinhaltete, dass mir ganz anders wurde. Was wollte er mit dem Amulett? Denn daran, dass er es wollte, bestand kein Zweifel mehr. Das konnte nichts Gutes verheißen. Langsam ging ich auf ihn zu. Warum ich das tat, wusste ich nicht. Es fühlte sich einfach richtig an. Dabei huschte mein Blick immer wieder zwischen ihm und dem Amulett hin und her. Als ich auf der anderen Seite des Sockels, genau ihm gegenüber, zum Stehen kam, bemerkte ich wieder dieses Ziehen im Bauch und verfluchte meinen verräterischen Körper, der sofort auf Nathans Nähe zu reagieren schien.

»Ich werde gleich verschwinden, Mina, und du wirst mich nicht wiedersehen. Das kann ich dir versprechen.«

Verwirrt starrte ich ihn an. »Was soll das heißen? Wohin gehst du? Hast du eine Straftat begangen? Du hörst dich an wie einer aus dem Zeugenschutzprogramm.«

Er lachte, aber es klang hohl und leer. »Ja. So ähnlich könnte man das bezeichnen. Es tut mir wirklich leid, Mina. Du bist eine wahnsinnig aufregende Frau und wären die Dinge anders … hätten wir vielleicht eine Chance …«

Verabschiedete er sich gerade von mir? Machte er gerade mit mir Schluss, obwohl wir nur eine Nacht und einen Kuss, wenn auch zugegebenermaßen einen Wahnsinnskuss, miteinander geteilt hatten? Das ergab überhaupt keinen Sinn. Ich wollte gerade etwas erwidern, da fuhr mir eine Eisenkälte ins Innerste meines Schädels und ließ mich zusammenzucken.

Mein Blick wurde zu Nathans Augen gezogen, als ich ihn mit hypnotischer Stimme sagen hörte: »Ich werde gleich verschwinden, Mina, und du wirst mich nicht wiedersehen. Geh wieder in dein Bett und schlaf.«

»Was soll das? Warum sollte ich jetzt ins Bett gehen?«

Nathans Augenbrauen zogen sich zusammen, seine Fäuste waren geballt, so als ob ihm meine Antwort nicht gefiel. Dann kam er mit zwei schnellen Schritten um den Sockel herum, ergriff meine Hand, in der die Fernbedienung war, drückte auf den Knopf und die Lichtschranke erlosch. Dank meines jahrelangen Kampfsporterfahrung waren meine Reflexe so gut, dass ich auch in dieser emotionalen Situation blitzschnell reagierte. Ich griff nach dem Amulett. Nathan tat das Gleiche und so berührten wir es zur selben Zeit.

Ein blaugoldener Lichtstrahl schoss aus dem Artefakt und hüllte uns ein. Mit weit aufgerissenen Augen starrte ich Nathan an. Er sah nicht weniger schockiert aus. Mir blieb keine Zeit, etwas zu sagen oder ihm das Amulett aus den Fingern zu ziehen, denn in diesem Moment dehnte sich der Lichtstrahl aus, nur um sich kurz darauf blitzschnell zusammenzuziehen und Nathan und mich mit sich zu reißen.

Farben wirbelten vor meinen Augen. Ich musste träumen; das war die Erklärung. Ich war nie zurück zur Ausstellung gegangen, sondern lag in meinem Bett. In meinem Traum hielt ich das Amulett und war mit meiner anderen Hand fest an Nathan gekrallt. Der Regenbogentunnel katapultierte uns, wie in einem Fahrstuhl mit Lichtgeschwindigkeit, kopfüber in eine Richtung. Ein Schrei blieb mir im Hals stecken und dann war es plötzlich vorbei. Der Regenbogentunnel endete und ein kurzer freier Fall in absoluter Dunkelheit folgte. Ich kniff die Augen fest zusammen und hielt mich krampfhaft an dem Artefakt und an Nathan fest. Ein kurzer, heftiger Schmerz fuhr durch meine Hüfte und der harte Aufprall presste mir die Luft aus den Lungen, aber ich fiel nicht länger.

Blinzelnd öffnete ich die Augen und versuchte mich zu orientieren. Das Amulett befand sich nicht mehr in meiner Hand. Nathan lag keuchend einen halben Meter neben mir. Geschah ihm recht, dass auch er eine unsanfte Landung hatte. Aber um Gottes willen, wo war ich? Nur langsam schalteten sich meine Sinne wieder ein. Ich holte mühsam Luft und setzte mich halb auf.

Ich fühlte kalten Steinboden unter meinen Händen. Ein gedämpftes Geräusch drang an meine Ohren, das mich augenblicklich an riesige Wellen denken ließ, die an hohe Felsen brandeten. Verwundert darüber, wie nah und fern zugleich das Geräusch klang, betrachtete ich die mir gegenüberliegende Wand. Sie war mit Holzkassetten verkleidet und dort, wo sich die Streben trafen, waren Intarsien-Arbeiten zu sehen; ich sah Muscheln, Fische und anderes Meeresgetier.

Verwirrt blinzelte ich und kniff mir in den Oberarm, um aus diesem wirren Traum aufzuwachen. Es funktionierte nicht. Mein Blick fiel auf das Amulett, das ein paar Meter links neben mir auf dem Steinfußboden lag. Langsam robbte ich darauf zu, bis Schritte auf kaltem Stein mich zum Stocken brachten. Ich spürte ein heftiges Stechen in der Brust. Ein Gefühl des Erstickens. Panisch sah ich auf. Neben mir regte sich Nathan und setzte sich ebenfalls auf. Er starrte mich entsetzt an, als wollte er etwas sagen, aber in diesem Moment erklang eine tiefe, sonore Stimme neben uns.

»Nereus?« Eine kurze Pause folgte. »Du hast es zurückgeschafft.«

Nereus? Wer war Nereus?

Ich riss meinen Blick von Nathan los und wandte mich dem Neuankömmling zu. Der Mann hatte markante Gesichtszüge, die mir irritierend vertraut vorkamen. Sein Gesicht zierte ein gepflegter, gräulicher Bart und er trug eine … Toga? … um Hüften und Oberkörper geschwungen. Er kam weiter auf uns zu. Das Gefühl in meiner Brust drängte mich mit jedem seiner Schritte mehr dazu wegzurennen. So schnell mich meine Einhornpuschen ließen, rappelte ich mich auf und sprintete zum Amulett.

»Rhea? Bist du es?«

Ich hielt abrupt inne und drehte meinen Kopf zu dem älteren Herrn. Irritiert sah ich ihn an. Er musterte mich von oben bis unten und blieb an meinem Gesicht hängen. Seine Augen weiteten sich vor Schreck und er machte Anstalten, nach mir zu greifen.

Instinktiv drehte ich mich zum Amulett und griff zu. Lichtbündel schossen aus den acht auf dem Amulettrand liegenden Edelsteinen hervor. Fasziniert hob ich den Kopf, um ihnen zu folgen. Die kleineren, bunten Lichtstrahlen verwoben sich zu einem Geflecht und legten sich um mich.

»Mina. Du musst …«, schrie Nathan, aber seine Stimme brach ab.

Ich hörte nichts mehr, sondern fühlte nur noch den bereits vertrauten Sog, der mich in den Regenbogenfahrstuhl brachte. Mein Magen fing an zu rebellieren, während ein faszinierendes Farbenspiel an mir vorbeizog. Ich holte mühsam Luft, da mir die Geschwindigkeit abermals die Luft raubte. Dann kam die allumfassende Dunkelheit, aber sie machte mir nicht mehr so viel Angst. Ich wappnete mich bereits für den Aufprall. Da ich diesmal meine Augen offenhielt, erkannte ich das sich nähernde Licht. Dann erkannte ich den Ausstellungssaal. Langsam lösten sich die bunten Bänder und mein Körper erlangte seine Freiheit wieder. Ich versuchte mich diesmal auf die Landung vorzubereiten und spannte meine Muskeln an. Es gelang mir besser, aber nicht wirklich gut. Mein linkes Knie schlug hart auf dem Boden auf und der Schmerz durchzuckte mich.

Ich blinzelte, um die Übelkeit der Reise loszuwerden und starrte auf das Amulett in meiner Hand. Wie in Trance legte ich das Schmuckstück zurück auf seinen Sockel neben mir und betätigte geistesabwesend die Fernbedienung, die in meinem Morgenmantel keinen Schaden genommen hatte. Wie fremdgesteuert verließ ich den Saal, schloss ab, ging in mein Zimmer und schloss auch diese Tür ab. Ich hatte keinerlei Erklärung dafür, was hier gerade passiert war. Und ich glaubte, dass ich das auch gar nicht wissen wollte. Ich legte mich samt Morgenmantel und Einhornpuschen ins Bett, rollte mich auf die Seite und schloss die Augen.

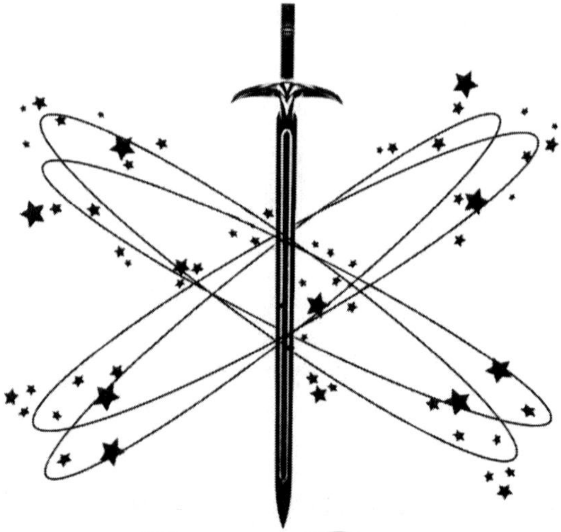

Drei Fehler

Die Sonne stand schon hoch am Himmel und ließ ihre Strahlen über die zart gemusterten Tapeten an meinen Wänden tanzen, als ich nach einer unruhigen Nacht die Augen aufschlug. Wilde Träume hatten mich heimgesucht, in denen ich wahlweise umhergewirbelt und von antik gekleideten Männern gejagt wurde oder ich verzweifelt versuchte, Nathan zu finden, der mir aber immer wieder aus den Händen glitt.

Ich drehte mich zur Seite und griff nach meinem Handy, das wie üblich auf meinem Nachttisch lag. Ich sah schon auf dem Sperrbildschirm, dass ich eine Nachricht von Clint bekommen hatte. Heiß durchschoss es mich, als ich mich an den gestrigen Abend zurückerinnerte. Über die unglaublichen Geschehnisse der Nacht hatte ich Clint, Molly und den kleinen Indy völlig vergessen. Ob alles gut gegangen war, war er vielleicht sogar schon auf der Welt und ich hatte dieses Riesenereignis verpasst?

Ich entsperrte den Bildschirm und mein Desktop mit einer Fotografie des Weltalls erschien. Schnell öffnete ich Clints Nachricht und las gespannt: »Hi Mina, hier ist alles gut. Waren vorzeitige Wehen. Arzt sagt, Molly muss sich schonen und liegen. Molly ist entzückt (augenverdrehender Smiley). L. G.«

Ich antwortete: »Hi Clint, danke für die Info. Freut mich, dass es Molly und Indy gut geht. Bei der Ausstellung gab es keine besonderen Vorkommnisse. Ich komme später noch vorbei. L. G.«

Stöhnend fiel ich in mein Kissen zurück und fuhr mir durch die Haare. Keine besonderen Vorkommnisse? Das war die Untertreibung des Jahrhunderts! Ich dachte zurück an das Amulett, den Regenbogenfahrstuhl, den merkwürdigen Raum, den älteren Mann und … Nathan. Nathan, den ich allein im Wo-auch-immer zurückgelassen hatte. Falls ich glaubte, dass alles kein Traum gewesen war …

Glaubte ich, dass das alles wirklich passiert war? Die Wissenschaftlerin in mir übernahm und bereits beim Zähneputzen analysierte ich meine möglichen Antworten und deren Konsequenzen. Wenn ich mit »Nein« antwortete, würde dies bedeuten, dass ich aus irgendeinem Grund halluziniert hatte. Dafür ergaben sich für mich nur zwei Gründe: Ich hatte aus Versehen Drogen konsumiert oder ich verlor den Verstand.

Als ich den Wasserhahn der Dusche aufdrehte, beschloss ich, Drogen auszuschließen. Wer hätte mir welche geben sollen? Die Professorinnen und Professoren vielleicht? Das war absurd, ebenso wie Molly oder Clint. Ich schloss auch Nathan aus, denn ich konnte keinen Nutzen für ihn erkennen, wenn er mir ein Halluzinogen geben würde.

Beim Verlassen der Dusche entschied ich, dass mein Verstand im Moment gut genug funktionierte, um nicht weiter an Möglichkeit zwei zu denken. Eingewickelt in mein Handtuch beantwortete ich meine Frage also mit einem »Ja, ich glaube daran.«

Jetzt erst erlaubte ich mir, mit meinen Gedanken wieder zum gestrigen Abend zurückzukehren. Was hatte ich da wirklich erlebt? Eine Art Sprung, Reise oder Teleportation zu einem mir unbekannten Ort. Wissenschaftlich denken, Mina – Fakten auswerten. Welche Hinweise hatte ich bei meinem kurzen Aufenthalt gesammelt? Der Raum war mir groß und alt vorgekommen und wenn ich an die Kleidung des Mannes dachte, erschien sie mir definitiv altertümlich. Wenn ich also nicht zu einem Fantasy-Rollenspiel gebeamt worden war, gab es nur eine denkbare Alternative … ich hatte mich in einer anderen Zeit befunden. Konnte das wirklich möglich sein? Ich wusste, dass man mittels Einsteins Relativitätstheorie Szenarien entworfen hatte, in denen eine Art »reisen« in die Zukunft denkbar war, Reisen in die Vergangenheit hingegen erschien den Wissenschaftlern bis jetzt ausgeschlossen. Bis jetzt. Clint und Molly würden durchdrehen vor Freude, wenn sie jederzeit in eine beliebige Epoche springen könnten.

O Gott, Clint und Molly. Wie würden die beiden wohl reagieren, wenn ich gleich durch ihre Haustür spazierte, freundlich lächelte und sagte: »Ach übrigens, ich war gestern auf einer unterhaltsamen Zeitreise mit …«

Allein seinen Namen zu denken, versetzte mir einen Stich in der Magengegend. Ich hatte ihn allein gelassen.

Ich verließ meine Wohnung und traf einen wichtigen Entschluss: Ich würde Molly und Clint nichts sagen. Das Risiko, dass sie mir nicht glaubten, war zu groß. Herrgott, ich würde mir ja selbst nicht glauben, wäre ich nicht dabei gewesen.

Ich bog in die South Street ein, in der Molly und Clint lebten und ging den von alten Linden gesäumten Bürgersteig entlang. Es war eine ruhige Gegend. Die dicht an dicht stehenden alten

Stadthäuser, waren zu kleinen Wohnungen umgebaut worden. Einigen von ihnen sah man noch den alten Glanz an, auch wenn der Zahn der Zeit schon mehr oder weniger gewaltig an ihnen nagte.

»Mina.«

Ich löste den Blick vom Fenster eines Antiquariates und drehte mich in die Richtung, aus der ich gerufen worden war. Clint saß in einem der kleinen Straßencafés und winkte mich grinsend zu sich. Ich wunderte mich einmal mehr darüber, wie jungenhaft gut mein schlaksiger Freund doch aussah. Verwaschene Jeans, braunes Shirt mit der Silhouette Indiana Jones und ein alter Parka unterstrichen heute seinen »Ich bin aus dem Bett und in meine Klamotten gefallen«-Charme, der so gut zu seinem offenen Lächeln passte. Er bedeutete mir mit einer Geste, mich hinzusetzen. »Ich trinke noch schnell meinen Kaffee aus und dann können wir los.«

»Wieso los? Ich wollte euch doch besuchen und nach Molly sehen.«

»Das ist heute absolut keine gute Idee. Molly ist erst seit ein paar Stunden gezwungen, es ruhig angehen zu lassen und geht schon die Wände hoch.«

»Was ist denn gestern überhaupt bei euch noch passiert? Ich weiß ja nur das, was du mir geschrieben hast.«

Clint fuhr sich mit einer besorgten Geste durch die Haare und meinte: »Wir sind auf dem schnellsten Weg ins Krankenhaus gefahren. Wir dachten wirklich, Molly würde den kleinen Indy gleich auf dem Beifahrersitz bekommen. Nachdem der Arzt sie untersucht hatte, meinte er, es seien nur Vorwehen gewesen. Da der Muttermund allerdings schon recht weit geöffnet ist, hat er Molly strikte Ruhe verordnet. Das heißt, kein langes Gehen oder Stehen mehr und natürlich erst mal auch keine Ausgrabung.«

Ich schlug die Hand vor den Mund: »Die Ärmste! Molly hat keine Hummeln im Hintern, eher einen ganzen Bienenstock.«

»Molly hat mich um etwas Zeit gebeten, damit erst mal allein klarzukommen und sich zu beruhigen. Aber ich will mehr über das Amulett herausbekommen und da Molly ausfällt, dachte ich, du begleitest mich. Bitte?« Er musterte mich einmal von oben bis unten. »Außerdem bist du doch schon richtig angezogen für eine kleine Expedition.« Clint hob die Mundwinkel entschuldigend in die Höhe und sah mich mit Welpenaugen an.

Heute hatte ich kaum einen Gedanken an meine Kleidung verschwendet, aber wenn ich es überdachte, hatte er recht. Ich hatte mir einfach mein altes Longshirt aus rebellischen Tagen übergestreift. Es war weiß und zeigte den Tempel des Zeus. Säulen und Dach wurden durch einen Sternenhimmel geformt. Ebenso das darunter stehende Statement: »Nicht mein Olymp … nicht meine Götter.« Dazu war ich in Jeans und Boots geschlüpft und hatte meine schwarze Lederjacke angezogen. Die Haare trug ich in einem schlichten, aber praktischen hohen Pferdeschwanz.

Clint verstärkte den Welpeneffekt noch durch einen leicht schräg geneigten Kopf und ein neuerliches: »Bitte, bitte?«

Clint wusste ja nicht, dass er mich bereits seit dem Wort »Amulett« hatte. Ich wollte unbedingt mehr darüber herausfinden. Hastig nickte ich, aber irgendwie kam ich mir wie eine Verräterin vor.

Während die Landschaft draußen am Fenster vorbeizog, hing ich meinen Gedanken nach, die sich intensiv um das Amulett drehten und natürlich um Nathan. O Mann, was er wohl gerade machte? Ging es ihm gut? Ich musste irgendetwas tun. Ich konnte ihn doch nicht dort – wo auch immer dort war – alleine lassen. Der ältere Herr hatte zwar nicht gefährlich ausgesehen, aber Nathan musste unfassbare Angst haben. Warum hatte er bloß nach dem Amulett gegriffen? Er hatte gesagt, dass er verschwinden würde. Hatte er gewusst, dass es ihn in diese Zeit brachte? Hatte er letztendlich dorthin gewollt? Machte ich mich hier gerade lächerlich?

Verzweifelt drückte ich meine Handballen an meine Stirn. Diese ganzen Gedanken führten im Augenblick zu nichts. Ich musste mich ablenken.

»Ich weiß, dass wir nach Edinburgh fahren, das habe ich den Schildern entnommen. Willst du mir jetzt nicht mal erzählen, was wir vorhaben?«, wandte ich mich an Clint.

Clint war ein entspannter Autofahrer, mit einer Hand hielt er das Lenkrad seines Volvos und mit der anderen langte er immer wieder in eine Tüte mit Salzbrezeln. Dementsprechend war seine Brust auch schon mit Krümeln und Salzkörnern verziert.

»Im Augenblick treten wir auf der Stelle«, nuschelte er, «Ich möchte aber etwas tun, um dem Rätsel des Amuletts auf die Spur zu kommen und da habe ich an die Worte meines früheren Professors gedacht. Er war ein Mann der alten Schule, und obwohl er mit dem Internet zurechtkam, hatte ich immer das Gefühl, er hält es eigentlich für Teufelszeug.« Clint bekam ein ganz warmes Lächeln, als er an seinen alten Lehrer zurückdachte.

»Was hat er denn nun gesagt?«

»Er meinte, dass Bücher und dieses ›Internet‹ – ja, dabei hat er tatsächlich sogar die Anführungsstriche in die Luft gezeichnet – ja gut und schön seien, man aber nie die Volksseele vergessen dürfte.«

»Volksseele? Was ist denn damit gemeint?«

»Es gibt die Idee, dass ganze Kulturen oder aber zumindest Bewohner einer Gegend über eine Art kollektives Gedächtnis verfügen. Es drückt sich zum Beispiel in gemeinsamen Mythen, Legenden und Sagen aus, auch die Märchen zählen dazu. Es gibt Legenden, die kennt die ganze Kultur, wie zum Beispiel die Legende von Loch Ness – Nessie. Dann aber wiederum gibt es Erzählungen, die lokal sehr begrenzt sind. Du kennst vielleicht die Legende, dass in der Chapel of St. Mary on the Rock eine weiße Frau umgehen soll, weil sie sich vor Liebeskummer von den Klippen aus ins Meer gestürzt hat; aber fahr mal 200 Meilen weiter, dann wird es keiner mehr wissen. Deswegen werden wir heute das Umland von Edinburgh erkunden. Auf dem Land halten sich solche Geschichten besser als in der Stadt, vielleicht, weil das Leben dort langsamer ist.«

»Aber die Volksseele weiß es …«, murmelte ich nachdenklich.

»So ist es. Ich weiß, die Chance ist verschwindend gering und eigentlich glaube ich nicht daran, dass wir diese Nadel im Heuhaufen wirklich finden werden, aber man weiß ja nie.«

Meinen Kopf an die kühle Scheibe gelehnt, ließ ich meinen Gedanken freien Lauf und natürlich kehrten sie zu gestern Abend zurück. Es war schmerzhaft, an den unglaublich wundervollen Kuss mit Nathan zu denken, aber wenn ich alle Aspekte der Geschehnisse berücksichtigen wollte, musste ich da wohl oder übel durch. Ich sah ihn in den Ausstellungsräumen vor mir stehen, mit diesem begierigen Blick. Gestern noch hatte ich gedacht, er wäre für mich bestimmt. Jetzt glaubte ich eher, dass er dem Amulett gegolten hatte. Wenn ich mich schon bei einem lausigen Blick getäuscht hatte, wobei irrte ich mich dann sonst noch? Sollte die ganze Aufmerksamkeit, die Nathan mir geschenkt hatte und gegen die ich mich letztendlich vergebens gewehrt hatte, nur ein übles Spiel gewesen sein? Einzig und allein dazu da, um an das Amulett zu kommen?

Dieser Gedanke traf mich wie ein Schlag in die Magengrube, ich konnte ihn tatsächlich als körperlichen Schmerz wahrnehmen. Langsam atmete ich ein und versuchte das hohle Gefühl in mir mit Sauerstoff zu füllen.

Ich spulte in meinen Erinnerungen vor, sah uns im Garten stehen, vertraut den Mond betrachtend. Fühlte die brennende Leidenschaft noch einmal, als wir uns küssten und hielt bei Nathans

Reaktion darauf an. Er hatte etwas in meinen Augen gesehen … oder? Warum konnten ich mich nicht weiter erinnern?

Ein Ruck presste mich unsanft in meinen Sicherheitsgurt, als Clint plötzlich scharf abbremste und schleuderte mich zurück in die Gegenwart. Gerade eben noch konnte ich die Hinterläufe des Rehs erkennen, das kurz vor uns über die Straße gesprungen war und nun zwischen den hohen Büschen auf der anderen Seite verschwand.

Wir fuhren durch Cocksburnspath, welches ungefähr eine Stunde östlich von Edinburgh lag. Es war ein beschaulicher kleiner Ort. Freundliche Einfamilienhäuser mit gepflegten Gärten reihten sich an der Hauptstraße aneinander.

Ich drehte mich zu Clint und fragte: »Wie willst du denn deine Volksseele finden?«

»Durch Befragung und Kombination, man muss wie ein Spürhund der Fährte folgen und darf nicht lockerlassen.«

Diese Aussage beschwor in mir das Bild eines hündischen Sherlock Holmes herauf. »Dann bin ich jetzt also dein Dr. Watson? Glaub ja nicht, ich dackle dir einfach nur hinterher. Außerdem sehe ich nirgendwo eine Befragung oder Kombination und schon gar keine heiße Spur.«

Clint bremste abrupt, lenkte den Wagen an den Straßenrand und hielt an. »Du hast recht, wir können genauso gut hier und jetzt anfangen, zu fragen.« Mit diesen Worten verließ er das Auto und ich folgte ihm verwundert.

»Und wen oder was willst du hier fragen? Vielleicht den steinernen Löwen da neben dem Eingang?«

»Das könnte ich mit Sicherheit versuchen. Ich denke allerdings, dass wir bei dem netten Herrn, der hier vorne das Unkraut jätet, deutlich höhere Erfolgsaussichten auf eine Antwort haben werden. Wir können uns aber auch gerne aufteilen, Watson, und du versuchst dein Glück mit dem Löwen allein.« Clint sah mich schelmisch lächelnd an.

Ich schnitt ihm eine Grimasse. »Ich kann meine Augen auch nicht überall haben. Nun mach schon. Vielleicht sind uns die Sterne ja hold.«

Clint wandte sich an den älteren Herren, der sich inzwischen erhoben hatte und uns angrinste. Ganz offensichtlich hatte er jedes Wort unseres Disputes gehört und fand uns sehr amüsant. »Bitte entschuldigen Sie die Störung, mein Name ist Clint McGregor und das ist Ms. Sterling«, er deutete mit seiner rechten Hand auf mich, »Wir kommen von der Universität in St. Andrews und betreiben Feldforschung in Bezug auf lokale Legenden und Mythen.«

»Und wie soll ich Ihnen dabei helfen können? Ich bin leider keine Legende und offensichtlich kein Mythos«, witzelte der Mann.

Clint lachte und ich grinste den Mann an. »Wir suchen nach Personen, die sich noch an die alten Geschichten unserer Vorfahren erinnern können. Kennen Sie so jemanden hier im Ort?«

Der Herr fuhr sich nachdenklich übers Kinn. »Hm, als unsere Enkelin noch zur Grundschule gegangen ist, gab es einmal im Jahr ein Lokalfest, das die Schule ausgerichtet hat. Da wurde dann auch jedes Mal die uralte Mrs. Kay eingeladen, die hat dann den Kindern immer ihre Geschichten erzählt. Ich weiß nicht, ob Sie so jemanden meinen, aber die Kinder haben sie wirklich geliebt.«

Clint nickte nachdrücklich und fing an zu strahlen. »Ja, genauso jemanden meinen wir. Wo finden wir denn die gute Dame?«

»Wenn sie nicht heimlich gestorben ist, ist sie nicht schwer zu finden. Folgen Sie einfach der Straße, bis rechts ein kleiner Feldweg abbiegt. Der führt dann bis an den Waldrand und zu ihrem Häuschen.«

Clint benötigte kaum eine Sekunde, um sich zu bedanken, zurück ins Auto zu sprinten und den Motor anzulassen. Meine

Güte, konnte der schnell sein, wenn er wollte. Fehlte nur noch, dass ich in den schon anfahrenden Wagen springen musste.

Wir rumpelten über den kleinen Feldweg, für den die Stoßdämpfer des alten Volvos definitiv nicht gemacht waren und sahen die Bäume immer dichter auf uns zu kommen, als sich Clint zu mir drehte und in oberlehrerhaftem Ton zu mir sagte: »Mina, wenn wir jetzt gleich auf unsere Quelle stoßen, dann halte dich bitte etwas zurück. Das ist nicht dein Fachgebiet, du beschäftigst dich mit toten Sternen.«

»Und du mit toten Dingen«, schoss ich zurück, hob aber gleichzeitig ergeben die Hände. »Ich werde ein braves Mädchen sein und meinen Mund halten.« Ich kannte Clint gut genug, um zu wissen, dass er es nicht so meinte. Diese Sache war enorm wichtig für ihn – und für mich auch.

Wir erkannten das kleine Holzhäuschen erst, als wir beinahe davorstanden. Es lag so versteckt hinter Bäumen, dass man nur hier und da blassrote Dachschindeln durch die Blätter blitzen sah, wenn die leichte Frühlingsbrise sie zum Tanzen brachte. Ein gewundener Pfad führte uns durch einen halb verwilderten Garten und stieg zum Wald hin leicht an. Die Sonne schien warm auf uns herab und ich zog meine Lederjacke aus, um mehr von der angenehmen Wärme aufzunehmen.

Entlang des Pfades wuchsen Blumen und Kräuter, manchmal durch Reihen von Feldsteinen getrennt, manchmal durch niedrige Holzzäune eingefasst. Große Flächen waren von Borretsch bedeckt, daneben erhoben sich die zarten Stängel der Wegwarte. Gundermann und Ysop reihten sich dicht an dicht nebeneinander und die kräftigen Büschel des Lavendels warteten darauf, dass die Sonne sie wärmte. Der früher blühende Ehrenpreis öffnete seine ersten Blüten, um deren Nektar sich schon lautstark Hummeln und Wildbienen balgten. Wenn dieser Garten in voller Blüte stand, musste er eine Sinfonie in Blau sein.

Grüne Gräser wogten sanft in der Frühlingssonne. Spielerisch ließ ich sie über die Handfläche gleiten. Und wie ein Echo in meinem Geist, sah ich meine verschwitzten Hände nach etwas greifen. Waren sie gefesselt?

»Hoffentlich ist die Alte wirklich noch nicht tot«, sagte Clint und versuchte eine Biene fortzuwedeln.

Stirnrunzelnd kam ich wieder im Hier und Jetzt an. Was waren das in letzter Zeit für merkwürdige Bildfetzen?

»Ich bin weder alt noch tot«, grummelte jemand aus den Schatten vor dem Haus. »Und ihr verschwindet besser von hier, das ist Privatbesitz. Ich empfange keine Besucher und unhöfliche schon mal gar nicht«

Hastig machte ich einige Schritte auf die Bäume und damit auch auf die alte Frau zu. Sie saß auf einer Bank vor ihrem Häuschen, den Rücken leicht vorgebeugt, als würde das Alter sie niederdrücken. Sie trug ein weites dunkelblaues Kleid aus grobem Leinen und hatte sich ein bernsteinfarbenes Tuch um die Schultern gelegt. Ihre kräftigen weißen Haare fielen ihr locker den Rücken hinab. Ich sah in ihre milchig blauen Augen und irgendetwas an ihr kam mir bekannt vor.

Doch bevor ich dies näher ergründen konnte, hatte sie mich schon mit strengem Blick gemustert und gackerte laut auf. Ihr ausgestreckter Finger deutete auf meine Brust: »›Nicht mein Olymp … nicht meine Götter ‹… Mädchen, du spielst in der richtigen Liga.«

Nun trat auch Clint rasch heran. »Entschuldigen Sie bitte den Überfall, aber wir hätten ein paar Fragen zu lokalen Legenden und man sagte uns, dass Sie auf diesem Gebiet unglaublich bewandert sind.«

Mürrisch blickte sie ihm entgegen. »Ich mag das Mädchen, deswegen werde ich mit euch sprechen.« Sie erhob sich und bedeutete uns, ihr zu folgen. Über ihre Schulter meinte ich sie murmeln zu hören: »Das war trotzdem Nummer eins …«

Wir betraten hinter ihr das Häuschen. Im Inneren herrschte schummriges Licht und als Erstes zog mir ein angenehm würziger Duft in die Nase, der zweifelsohne von den vielen getrockneten Kräuterbündeln herrührte, die von den massiven Deckenbalken hingen. Der Innenraum war spartanisch eingerichtet: Es gab einen alten massiven Holztisch mit zwei Stühlen, die ebenso betagt waren. In der Ecke stand eine alte Küchenhexe – ein Herd, der mit Holz befeuert wird – und auf ihr ein verbeulter Teekessel. Die Regale, die die Wände zierten, waren voll mit Tiegeln, Fläschchen und kleinen Töpfen. Es herrschte eine Art fröhliches Durcheinander, das den Wohnraum gemütlich wirken ließ. Trotzdem überkam mich eine eigentümliche Scheu, als hätte ich einen Schritt in eine vergessene Zeit getan.

»Mrs. Jay, wir kommen von der Universität in St. Andrews und sind auf der Suche nach Legenden, die sich um einen ganz bestimmten Gegenstand ranken.« Clint machte eine erwartungsvolle Pause und sah die alte Dame freundlich lächelnd an.

»Mein Name ist Mrs. Kay. Wenn jemand etwas von mir will, sollte er sich die Mühe machen, meinen Namen richtig zu nennen«, grummelnd wandte sie sich ab, um nach einem Teebecher zu greifen und murmelte: »… das war Nummer zwei.«

Clint und ich sahen uns fragend an und da sie an mir anscheinend mehr Gefallen gefunden hatte, richtete ich nun das Wort an sie: »Entschuldigen Sie bitte, Mrs. Kay. Aber wir suchen wirklich dringend nach Legenden, die ein besonderes Schmuckstück beinhalten – ein Amulett, um genau zu sein.«

Die Alte fuhr herum. »So, so, ein Amulett? Erzähl mir mehr davon, vielleicht kenne ich ja tatsächlich die eine oder andere Geschichte.«

Ich holte tief Luft und beschwor das Amulett vor meinem inneren Auge. Es tauchte mühelos dort auf. Kein Wunder, schließlich konnte ich kaum mehr an etwas anderes denken. »Das Amulett, das wir meinen, besitzt in seiner Mitte einen großen Lapislazuli, um den sich ein Ring aus Silber legt. Ein Lapislazuli ist ein blauer Stein mit bernsteinfarbenen Adern …«

»Bei den Göttern, ich weiß, wie ein Lapislazuli aussieht.«

Irritiert stockte ich, setzte dann aber erneut an: »Auf dem silbernen Ring befinden sich acht Symbole: Wellen, Kreuze, Dreiecke und so weiter. Darum herum läuft ein zweiter Ring aus Silber, in den kleine, verschiedenfarbige Edelsteine eingelassen sind. Acht an der Zahl.«

»Du sprichst von einem Lapid. Wo hast du ihn gefunden?« Mrs. Kays Aufmerksamkeit war nun auf mich gerichtet und sie starrte mich mit zusammengekniffenen Augen an.

»In der Nähe von Edinburgh«, beeilte sich Clint zu antworten.

»Es ist lange her, dass ich an sie gedacht habe.« Ein träumerischer Gesichtsausdruck überkam die alte Frau. »Und noch länger, dass ich über sie gesprochen habe.«

»Es gibt mehr als einen? Wozu dienen sie?« Diese Fragen schossen förmlich aus mir heraus, bevor Clint auch nur den Mund aufmachen konnte. Ich musste einfach wissen, ob meine Überlegungen richtig waren oder ich mich doch demnächst selbst einweisen musste.

»Zum Reisen. Die Lapides bringen dich von einem Ort zum anderen«, antwortete Mrs. Kay in vollem Ernst, drehte sich um und Griff ein weiteres Mal nach ihrer Tasse. Hinter mir ertönte ein Lachen.

»Ja, klar. Teleportation. Wie soll denn so etwas passiert sein? Haben Aliens das Amulett hiergelassen? Oder nein, besser noch: Dr. Who hat es vergraben, weil er weiß, dass er ihn in 100 Jahren brauchen wird, um gegen die Dalegs zu kämpfen.«

Die Alte wirbelte herum: »Das war Nummer drei.«

Sie richtete sich zu ihrer vollen Größe auf. Ihre Augen erstrahlten in einem tiefen Blau, als eine Windbö die Tür krachend aufschlagen ließ. Die langen Haare wirbelten um ihren Kopf und das bernsteinfarbene Tuch wogte wie ein langer Mantel. Mit donnernder Stimme verkündete sie: »Ihr seid hier nicht länger willkommen. Wer dem Licht meines Wissens und meiner Weisheit keinen Respekt zollt, der soll auch weiterhin in der Dunkelheit wandeln. Raus!« Sie hob die Arme in einer allumfassenden Geste und wies auf die offene Tür. Es wirkte fast, als würde sie schweben. Erschrocken machten wir auf dem Absatz kehrt und flüchteten. Kurz bevor ich das Haus verließ, erhaschte mein Blick noch einen bekannten lila Hut, der an einem Haken in der Ecke hing.

Clint riss die Autotür auf, ließ sich in den Sitzfallen und schlug mit der Stirn gegen das Lenkrad. »Das war sowas von unprofessionell. Unprofessionell, unprofessionell, unprofessionell.« Bei jedem Wort traf sein Kopf erneut das Leder.

»Wow, war die sauer. So etwas habe ich ja noch nie erlebt. Was meinst du, warten wir einfach ein paar Minuten und versuchen es dann noch mal?« Ich wollte unbedingt mit ihr reden, ich hatte noch so viele Fragen.

»Auf gar keinen Fall gehe ich da heute noch einmal rein. Die reißt uns den Kopf ab. Zudem sind wir dann schon wieder respektlos, sie hat uns ja deutlich gesagt, dass wir nicht mehr willkommen sind. Das war richtig unheimlich.«

»Ach, komm, sei kein Feigling. Wir entschuldigen uns und alles ist wieder in Ordnung.«

»Du kannst ja gerne hingehen und dich entschuldigen. Allerdings wirst du dann nach Hause laufen müssen, denn ich bleibe bei meinem Standpunkt und werde jetzt losfahren.«

»Ist schon gut … Vielleicht versuchen wir es an einem anderen Tag noch einmal oder wir finden eine andere Quelle«, lenkte ich ein. Ich wusste, Mrs. Kay hatte die Wahrheit gesagt, ich musste sie nur noch beweisen.

Clint startete den Motor und steuerte den Wagen Richtung Heimat. Den Rest der Fahrt hingen wir beide schweigend unseren Gedanken nach.

Auf dem Parkplatz der Universität angekommen, stieg ich aus dem Volvo aus und wollte schon den Weg zu meiner Wohnung einschlagen, als Clint mir nachrief: »Mina, du hast noch den Schlüssel und die Fernbedienung zur Ausstellung.«

Ach ja, natürlich. Ich händigte ihm beides mit leisem Bedauern aus. Ich hätte sie gern behalten.

***

Die wenigen Tage bis zum Ende des Semesters verbrachte ich wie unter einer Glasglocke.

Ich stand auf, machte meine Katas, ging zur Universität, unterrichtete.

Versuchte nicht an Nathan zu denken.

Versuchte ihn nicht zu vermissen.

Versuchte seinen leeren Platz im Hörsaal nicht zu bemerken.

Versuchte, nicht zu hoffen, er würde bald auftauchen und wir uns in den Armen liegen.

Versuchte mir einzureden, dass mit ihm alles in Ordnung sei und ich ihn nicht im Stich gelassen hatte.

Diese letzten Tage bestanden aus zu vielen verdammten Versuchen.

Von Fischgreifen und Hippokampen

Ich starrte aus dem Fenster und in den Regen hinein. Die Tropfen liefen in kleinen Rinnsalen die Fensterscheibe hinab. Ab und zu schlürfte ich an meinem heißen Pfefferminztee, der kleine Dampfwolken aus dem Becher aufsteigen ließ. Wieder mal kreisten meine Gedanken um die offenen Fragen, die mein »Sprung« ins Ungewisse hinterlassen hatte Auch der Geruch nach Kiefernadeln und Moos, das Bild von Gräsern zwischen meinen Handflächen und verschwommene Kampfszenen machten die Situation nicht besser.

Csilla trat hinter mich und blickte in den grauen Nachmittag hinaus. »So hattest du dir den Beginn deiner vorlesungsfreien Zeit bestimmt nicht vorgestellt, oder?«

»Nein … Auch wenn wir erst Mai haben, hatte ich doch auf etwas mehr Sonne gehofft. Es macht mich ganz trübsinnig, hier drin zu hocken.«

Sie schlang die Arme um mich und drückte sanft zu. »Bist du sicher, dass dir nur das Wetter so auf die Laune schlägt und nicht das Fehlen eines bestimmten Jemandes?«

Ich schüttelte energisch den Kopf: »Erschieß mich bitte, wenn meine Laune jemals von einem Kerl abhängen sollte, der mich erst leidenschaftlich küsst, dann ansieht wie ein Alien und zum Schluss wegrennt, als hätte ich die Pest.«

Csilla hob die Hand, streckte Zeige- und Mittelfinger aus, legte sie mir an die Schläfe und betätigte mit dem Daumen einen imaginären Abzug: »Peng.«

»Blöde Kuh«, sagte ich liebevoll. Sie hatte ja zum Teil recht, ich machte mir immer noch Sorgen um Nathan. Ich hatte in jener Nacht den Lapid wieder mit nach Hause genommen. Konnte es sein, dass er nun in einer fremden Zeit festhing? Wenn ja, dann war ich seine einzige Chance, wieder zurückzukommen. Wenn mir nicht bald etwas einfiel, wie ich noch einmal an das Amulett herankam, müsste ich wohl riskieren, Clint und Molly alles zu beichten. Ich hatte diese Untätigkeit so satt. Diese ständigen Versuche, so zu tun, als wäre alles normal. Ich brauchte den Lapid, um noch einmal in der Zeit zu reisen und Nathan zur Hilfe zu kommen.

Ein Klingeln kam aus meiner rechten Gesäßtasche und ich zog mein Handy hervor. Harrison Ford als Indiana Jones grinste mich an. »Hallo, Clint«, nahm ich den Anruf entgegen.

»Mina, kannst du mir bitte einen großen Gefallen tun? Du weißt ja, dass Molly immer noch liegen soll. Nun hatte sie aber einen Krampf und leichtes Ziehen im Bauch und der Arzt will jetzt ein 24StundenCTG unter Beobachtung machen.«

»Ein was? Ich spreche kein Schwangerisch, was heißt das?«

»Ein CTG ist ein Wehenschreiber. 24 Stunden lang wird Mollys Wehenaktivität aufgezeichnet, um die Gefahr einer zu frühen Geburt abzuschätzen. Dafür soll sie im Krankenhaus bleiben.«

»Ich wette, das passt Molly überhaupt nicht.«

»Das ist noch freundlich ausgedrückt. Ich wusste nicht, dass sie so herzhaft fluchen kann. Molly war kurz davor, sich zu weigern. Ich habe wirklich Angst gehabt, dass sie sich so sehr aufregt, dass sie noch mal Wehen bekommt. Deswegen habe ich ihr versprochen, sie ins Krankenhaus zu begleiten und die ganze Zeit für ihre Unterhaltung zu sorgen. Und jetzt komme ich zu meiner Bitte.«

»Was soll ich denn machen? Einen Stripper besorgen? Dann vergeht die Zeit bestimmt schnell. Ich würde dann auch an deiner Stelle bei Molly bleiben«, bemerkte ich unschuldig. Csilla kicherte und ich schlug spielerisch nach ihrem Arm.

»Lass den Blödsinn, wenn einer hier für Molly strippt, dann bin ich das.«

Oh, dabei tauchten Bilder in meinem Kopf auf. Clint sah zwar gut aus, aber eine Figur zum Strippen hatte er definitiv nicht, dafür war er zu schmal gebaut.

Er wartete nicht auf eine eventuelle Erwiderung von mir, sondern fuhr gleich fort: »Wir müssen in einer Stunde im Krankenhaus sein, aber durch die Aufregung habe ich ganz vergessen, dass die Ausstellung noch läuft und ich sie heute, wie immer, mit der Security gemeinsam wieder abschließen muss.«

Ich hielt den Atem an, sollte sich hier so einfach aus dem Nichts eine Lösung für mein Problem ergeben?

»Als ich dir neulich das Abschließen überlassen habe, hat es so problemlos geklappt, da dachte ich …«

»Überhaupt kein Problem. Das mache ich gerne für dich.« Ich dankte den Sternen für mein Glück.

»Super. Danke schön, Mina, du bist ein Schatz. Du hast was gut bei mir. Ich bringe dir den Schlüssel und die Fernbedienung auf dem Weg ins Krankenhaus vorbei, okay?«

»Ja, alles klar. Ich bin zu Hause.« Wir verabschiedeten uns und Clint bedankte sich nochmals wortreich dafür, dass ich ihm aus der Patsche half. O Mann, wenn der wüsste …

***

Schwer wog der Schlüssel in meiner Hand, als ich mich noch in derselben Nacht durch die Gänge der Universität schlich. Ich hatte gewartet, bis Csilla eingeschlafen war und mich auf Socken zur Wohnungstür geschlichen. Das wäre gar nicht nötig gewesen, denn meine Sneaker verursachten auch auf dem Steinfußboden keinen Laut. Ich hatte mich für schwarze Kleidung entschieden, da ich nicht wusste, was auf mich zukam. Ich setzte darauf, dass ich mich – wenn es sein musste – zur Not irgendwo verstecken könnte und so ein wenig getarnt sei.

Leise öffnete und schloss ich die Tür zu den Ausstellungsräumen und näherte mich dem Lapid andächtig. Von dem Stein ging ein Schein aus, als leuchte er von innen. Was wenn es nicht funktionierte … und was, wenn doch? Beide Aussichten erschienen mir Angst einflößend.

Beherzt drückte ich den Entriegelungsknopf der Fernbedienung und streckte meine Hand aus. Komm, Mina, du schaffst das. Atme einfach tief durch und sammle deinen Mut zusammen. Mein ganzer Körper war unter Hochspannung und mein Puls raste, als sich meine Fingerspitzen vorsichtig dem Lapislazuli näherten.

Es war fast so, als würde ich versuchen, ein wildes Tier zu streicheln, immer gefasst darauf, dass es gleich zuschnappen würde. Meine Haut berührte nun federleicht den Stein und … nichts, einfach nichts geschah.

Frustriert stieß ich die Luft aus. Hatten Nathan und ich etwas anderes getan? Verdammt, hoffentlich lag es nicht daran, dass wir ihn zu zweit angefasst hatten. Nein, das konnte nicht sein. Schließlich war ich allein zurückgekommen. Ich versuchte mir die Szene mit allen Details ins Gedächtnis zu rufen. Wo war der Unterschied? Damals wollte ich Nathan den Lapid vor der Nase wegschnappen und hatte fest zugegriffen.

Abermals streckte ich meine Finger aus und mit dem wilden Wunsch, Nathan zu finden, nahm ich den Stein fest in die Hand. Zeitgleich mit meiner Berührung wurde ich in strahlend blaugoldenes Licht getaucht und kopfüber in den Regenbogentunnel gezogen. Die Farben schossen nur so an mir vorbei, während ich mich wie im freien Fall fühlte. Übelkeit stieg in mir auf und ich drückte sie krampfhaft nieder, als die irrsinnige Fahrt plötzlich stoppte und ich mich in einem schwarzen Nichts befand. Die Welt schien sich einmal um mich zu drehen. Ich wusste, nun würde ich gleich zur Landung ansetzen.

In dem Moment, in dem ich den Boden unter meinen Füßen spürte, beugte ich die Knie, ließ mich seitlich fallen und rollte über die Schulter ab. Hockend sah ich mich um. Als Erstes stellte ich fest, dass ich mich wieder in dem Saal befand, in dem ich auch mit Nathan gelandet war. Gut. Außerdem war ich allein. Noch besser.

Und jetzt? Wo könnte Nathan stecken? Man hatte ihn doch hoffentlich nicht in den Kerker geworfen, falls es hier so etwas gab. Es würde mich zumindest nicht wundern, hier auf nasskalte Gefängniszellen zu treffen. Ich stand auf und trat ein paar Schritte tiefer in die große, hohe Halle.

Offensichtlich war auch in dieser Zeit Nacht. Der Raum wurde lediglich von Fackeln erhellt, deren Lichtinseln es nicht schafften, miteinander zu verschmelzen. In der Mitte des Saales stand eine lange, schwere Holztafel mit unzähligen Stühlen. Die Beine des Tisches waren geformt wie springende Fische. Der gekrümmte Schwanz berührte den Boden und die sanft geneigten Köpfe trugen die Platte. Hinter der Tafel ragte ein gewaltiger offener Kamin auf, es brannte allerdings kein Feuer darin. Das war auch nicht nötig, denn ein warmer Luftzug strich über meine Haut und brachte den wundervollen Geruchnach Salz und Strand mit sich. Ich erkannte die Holzkassetten mit den Intarsien-Arbeiten wieder und als mein Blick an ihnen emporglitt, entdeckte ich ein atemberaubendes Deckengemälde.

Auf diesem Kunstwerk tummelten sich die unterschiedlichsten mythologischen Lebewesen. Ich erkannte Sirenen, Wasserdrachen und Seejungfrauen. Ein Fischgreif schoss mit gewaltigen Adlerschwingen über die Decke, seinen Fischschwanz anmutig erhoben. Ich konnte fast sehen, wie ihm der Wind durch das Fell strich, während er sich mit geöffnetem Schnabel und ausgefahrenen Klauen auf eine Wassernymphe stürzen wollte. Diese schien das drohende Unheil jedoch nicht zu bemerken. Sie thronte auf einer sich brechenden Welle und trug nichts am Leib, außer wunderschönen Zeichnungen auf ihrer Haut. Blaue Linien waren ineinander verschlungen und woben sich spielerisch zu verschiedenen Mustern. Ihre langen, grünen Haare, aus denen spitze Ohren ragten, waren mit Seeanemonen geschmückt und umflossen ihren Körper.

Es fiel mir schwer, den Blick abzuwenden. Alles sah so fantastisch aus; am liebsten wäre ich in dieses Gemälde hineingeklettert und einfach dortgeblieben. Immer schon hatte mich alles Magische und Mythologische fasziniert, ich hatte eine unglaubliche Menge Bücher darüber verschlungen.

Mich weiter umsehend, entdeckte ich eine Tür. Ich beschloss, mein Glück zu versuchen und einfach irgendwo anzufangen, nach Nathan zu suchen.

Die schwere Holztür knarrte ein wenig, als ich sie aufzog. Mit angehaltenem Atem lauschte ich in die schummrige Dunkelheit. Nichts geschah.

Ich huschte über den kleinen Flur und bog in einen breiten Gang ein, der mit Säulen geschmückt war. Zwischen den Säulen standen kleine Tische, die unterschiedlich dekoriert waren. Ich kam an exotischem Blumenschmuck, Schalen mit Obst und verschiedenen Ziergegenständen vorbei.

Gerade, als ich mich zu fragen begann, wie ich Nathan auf gut Glück finden sollte, näherten sich von vorne Schritte. Oh, verdammt! Hektisch sah ich mich nach einem Versteck um. Da ich so schnell nichts Besseres fand, glitt ich hinter eine der Säulen und hoffte, mit dem Schatten zu verschmelzen. Innerlich beglückwünschte ich mich, an schwarze Kleidung gedacht zu haben. Die Schritte kamen nun noch näher und kalter Schweiß sammelte sich in meinen Handflächen.

»Ausgerechnet heute Abend muss ich Wachdienst schieben. Das ist so ungerecht. Alle anderen feiern unten am Strand und ich bekomme von dem Ganzen nichts mit.«

»Du bist doch selbst schuld, Andres. Wieso bedienst du dich auch am Weinfass vom Hauptmann? Jeder weiß doch, dass er sich Markierungen macht.«

Inzwischen waren die beiden Männer auf meiner Höhe angekommen. Ich hielt den Atem an und sandte ein stilles Gebet an wen auch immer.

Im Weitergehen erwiderte Andres: »Wir bekommen ja nur diese dünne Plörre, ein Mann muss doch auch mal was Richtiges trinken.«

Sein Begleiter lachte schallend: »Recht hast du. Lass uns nach dem Dienst noch an den Strand gehen, da findet sich bestimmt noch Wein und mehr …«

Die Männer waren nun schon einige Schritte von meinem Versteck entfernt. Vorsichtig rutschte ich ein wenig um die Säule herum, um einen Blick auf sie werfen zu können. Beide trugen hellblaue Tuniken mit weißen Rändern unter ihren Brustpanzern.

An den Hüften hingen Waffengurte, die ihre Schwerter hielten. Sie waren zudem mit Speeren ausgestattet und auf ihrem Rücken waren metallene Schilde gebunden.

Ich wollte nicht in letzter Sekunde doch noch entdeckt werden, also zog ich mich wieder in den Schatten zurück. Dabei stieß ich gegen das filigrane Tischen, das sich den Platz zwischen den Säulen mit mir teilte. Die große Vase, die darauf stand, schwankte klackernd von einer Seite zur anderen. Pfeilschnell griff ich zu und verhinderte im letzten Moment, dass sie zu Boden fiel.

Sanft setzte ich sie ab und hoffte für einen kurzen Moment, bis ich auch schon hörte: »Was war das? Ist da jemand?«

Ich wartete die weiteren Geschehnisse gar nicht mehr ab, sondern sprang hinter der Säule hervor und flitzte den Gang hinunter, weg von den Wachen.

»Halt, stehen bleiben!«, erscholl es hinter mir.

Das war absolut keine Option. Ich hechtete in den nächsten Gang der abzweigte, die Schritte meiner Verfolger dicht hinter mir. Noch hatte ich sie so in Atem gehalten, dass sie keine Verstärkung gerufen hatten, aber das könnte sich bald ändern.

Ich jagte um Ecken, schoss durch Flure und flüchtete Treppen hinab. In meinem ganzen Leben war ich nicht derartig gerannt. Als ich stehen blieb, um etwas Luft zu holen, konnte ich keine Schritte mehr hören. Ich jubelte innerlich: Ich hatte sie abgehängt.

Trompetentöne erklangen aus mehreren Richtungen und ich musste kein Kenner sein, um ihre Botschaft deuten zu können: Alarm!

Verflixt, ich musste hier raus, und zwar schnell. Ich hatte keinerlei Bedürfnis danach, in einer mir unbekannten Zeit an einem mir unbekannten Ort in irgendeinem Kerker zu schmoren. Ich rannte wieder los und als ich um die nächste Ecke bog, ragte eine kleine hölzerne Tür vor mir auf, die mit Eisenbeschlägen ausgestattet war. Sie wirkte wehrhaft und nicht wie eine gewöhnliche Zimmertür, zumal sie mit einem Riegel gesichert war. Ich zog ihn zurück, öffnete die Tür und atmete die frische Seeluft ein, die mir von draußen entgegenwehte. Rasch trat ich ins Freie und schloss leise die Tür hinter mir. Hoffentlich würde man nicht allzu schnell bemerken, dass der Riegel offenstand.

Keinerlei künstliches Licht erhellte meine Umgebung, stockfinster war es jedoch auch nicht. Im Licht der Sterne konnte ich eine Dünenlandschaft erkennen, die sich vor mir ausbreitete. Sanfte, zum Teil bewachsene Hügel reihten sich aneinander. Der Sand schien das Sternenlicht zu reflektieren, denn er schimmerte in kaltem Glanz. Ein kleiner Pfad führte von meiner Pforte weg und verlor sich zwischen den Dünen.

Ich verfiel in einen leichten Laufschritt, bis ich die nächste Düne erreichte und ließ mich dahinter zu Boden fallen. Sie war hoch genug, um mir fürs Erste Deckung zu bieten.

Ich konnte aus dem Gebäude, das ich verlassen hatte, keinen Laut vernehmen. Kein Rufen. Kein Geschrei. Vorsichtig kniete ich mich hin und spähte über den Rand der Düne hinweg. Zum einen wollte ich sehen, ob sich nicht doch noch Verfolger auf den Weg gemacht hatten und zum anderen war ich furchtbar neugierig zu sehen, woraus ich da eigentlich gerade geflohen war.

Erstaunen war wohl das richtige Wort für das, was mich ergriff. Vor mir erhob sich ein riesiger Palast in den sternenklaren Nachthimmel. Am Rande bemerkte ich, dass mir die Sternenkonstellation nicht bekannt vorkam, also befand ich mich höchst wahrscheinlich weder in Europa noch auf der Nordhalbkugel. Ich musste das später noch einmal genauer betrachten. Jetzt konzentrierte ich mich voll auf das Gemäuer vor mir. Wenn ich alte Paläste in meiner Zeit betrachtet hatte, so hatten sie immer den Eindruck des Verlassenseins und des Leidens unter der Zeit gemacht. Dieser Palast trug das genaue Gegenteil zur Schau. Er machte zwar einen uralten Eindruck, aber er schien belebt und regelmäßig gepflegt zu sein. Dieses Gebäude schien noch eine Seele zu haben. Das war keine Überraschung, da ich gerade vor durchaus lebenden Wachen geflohen war.

Der Palast war aus hellen Steinen gemauert, die ähnlich schimmerten wie der Sand. Von meinem Standort aus konnte ich erkennen, dass er einen quadratischen Grundriss haben musste. Meine kleine Pforte hatte in der rechten Wand gelegen, so dass ich jetzt auch auf die rechte Ecke des Gemäuers sah. ›Ecke‹ stimmte nicht wirklich, denn anstatt des üblichen rechten Winkels wuchs hier jeweils ein Turm empor. Oben auf den Türmen gab es nicht die sonst typischen Zinnen, sondern Kuppeldächer aus einem glatten Material, das im Sternenlicht fast schon strahlte.

Da ich nicht liegen bleiben wollte, bis mich die Wachen doch noch fanden, rappelte ich mich auf und folgte dem Pfad vorsichtig weiter zwischen den Dünen hindurch, in der Hoffnung, einen anderen Zugang zum Palast zu finden.

Ich war einige hundert Meter weit gekommen, als ich unruhig wurde. Nicht die Art Unruhe, die normal war, wenn man in einer fremden Zeit an einem fremden Ort unter einem fremden Sternenzelt zwischen Dünen herumschlich. Es war eher mein Instinkt, der sich meldete und mir deutlich zu verstehen gab: Du wirst beobachtet.

Ich beschleunigte meine Schritte, aber das Gefühl in mir wurde immer drängender. Hinter mir meinte ich, das trockene Dünengras unter einem leichten Tritt rascheln zu hören. Ich war mir nun sicher: Ich wurde verfolgt. Mein Herz schlug schnell und in meinem Kopf kreiste eine einzige Frage: kämpfen oder rennen? Rennen oder kämpfen? Ich warf einen Blick zurück und sah gelb strahlende Augen, die das Sternenlicht reflektierten. Weit genug weg, dass die nächtliche Schwärze alles drumherum verschluckte. Nah genug, um mir einen Schauer über den Rücken zu jagen. Der Position dieser Augen entsprechend musste dieses Etwas – was auch immer sein Interesse an mir erweckt hatte – deutlich über hüfthoch sein.

Meister Hoshi hatte mich nicht nur die Kampfkunst gelehrt, er hatte mir auch eingebläut, immer weise abzuwägen. Ich hatte keine Ahnung, was für ein Untier mich da durch die Nacht verfolgte und absolut kein Interesse, sein Mitternachtssnack zu werden. Also blieb mir nur eins: rennen. Schon wieder. Ich spurtete den Pfad entlang und konnte die Aufschläge von Pfoten auf dem festgetretenen Sand hören. Um eine Düne herumjagend versuchte ich, noch schneller zu laufen. Inzwischen vernahm ich auch das Schnauben des Tieres. Es holte auf.

Lange konnte ich dieses Tempo nicht mehr halten. Vielleicht war es die beginnende Erschöpfung, die mich unachtsam werden ließ, vielleicht übersah ich ein Loch; auf alle Fälle geriet ich ins Stolpern. Ich taumelte mit den Armen rudernd, bis mein nächster Schritt ins Leere ging und ich das Gleichgewicht vollends verlor. Der Pfad fiel plötzlich steil ab, so dass ich ihn hinunterrollte, bis ich an seinem Fuß keuchend und zerschrammt, mit geschlossenen Augen, liegen blieb.

Stoßweise atmete ich ein und aus, hob den Kopf und suchte hektisch die Dunkelheit ab. Jeden Augenblick würde ich den fauligen Atem der Kreatur riechen oder von ihr angefallen werden. Doch keine Kreatur kam. Stattdessen fiel mir auf, dass es hier ein wenig heller zu sein schien und an mein Ohr drang ein wundervolles Geräusch: Ich hörte Menschen.

Erleichtert atmete ich auf, rappelte mich hoch und lief in Richtung der Stimmen. Da war Gelächter und Gesang, es klang wie ein Fest. Als ich um die letzte Düne bog, sah ich eine Art Dorf dicht vor mir liegen. Von dem Tier, das mich zum Abendbrot hatte verspeisen wollen, war keine Spur mehr. Die Nähe zu den Menschen hatte es sicherlich vertrieben.

Ich blieb am Rande des Dünenschattens stehen und orientierte mich. Da das Blut nun nicht mehr in meinen Ohren rauschte, hörte ich die Brandung zu meiner linken überdeutlich. Ein Ozean erstreckte sich dort und verschmolz in der Ferne mit der Dunkelheit des Himmels. Große Wellen schwemmten Meeresschaum einen flachen schimmernden Sandstrand hinauf. Ich wandte den Blick nach rechts und konnte den Palast, aus dem ich geflohen war, weit über mir stehen sehen. Auf seiner anderen Seite tat sich der Abgrund einer Steilküste auf, deren spitze Felsen gefährlich aufragten. Der Anblick dieser rauen Schönheit ließ mir das Herz aufgehen.

Geradeaus lag das Dorf. Es bestand nur aus wenigen Häusern; sie waren eigentümlich gebaut. Soweit ich in der Dunkelheit erkennen konnte, waren es Holzhäuser, ihre Dächer waren gerundet und mit einem biegsamen Material gedeckt, so dass der Eindruck von sanften Hügeln entstand. Jedes Haus schien immer aus zwei Teilen zu bestehen.

Ich überlegte, ob ich es riskieren sollte, näher heranzuschleichen. Es bestand immerhin die Gefahr, entdeckt zu werden. Allerdings hatte ich ja den Lapid in ... Der Gedanke ließ mir das Blut in den Adern gefrieren und ich griff in die Tasche meines Pullovers. Gott sei Dank, er war noch da, ich hatte ihn bei meinem Sturz nicht verloren.

Ich verließ die Schatten und schlich mich gebückt an die Häuser heran. Je näher ich kam, desto besser konnte ich die Architektur erkennen. Ein Haus bestand wirklich aus zwei Teilen. Beim vorderen Teil wurde das Dach von massiven Pfeilern gestützt. Die Wände fehlten völlig, stattdessen fielen dort zarte, fast durchsichtige

Vorhänge in allen vorstellbaren Farben hinunter. Einige waren zur Seite gerafft, andere wehten einladend in der Meeresbrise. In dieser Art Pavillon befanden sich Tische, Stühle oder Sitzkissen, die zum Verweilen einluden.

Der zweite Teil war nicht so luftig gebaut. Es gab feste Wände und auch wenn er große Fenster hatte, bot er doch deutlich mehr Privatsphäre.

Zwischen den einzelnen Hütten waren Feuerschalen auf Stelzen errichtet, deren Flammenschein auf den Wänden und dem Boden tanzte.

Die tiefen Schatten nutzend, pirschte ich mich zwischen den Hütten hindurch in Richtung einer großen Feuerstelle, die das Zentrum der Feierlichkeiten bildete. Ich sah Gaukler, Tänzer und Feuerspucker. Ganz offensichtlich war ich an dem Strand gelandet, von dem die Wachen gesprochen hatten.

Der Anblick von zwei Akrobaten fesselte meine Aufmerksamkeit. Ein breitschultriger Mann stand dicht am Feuer, nur mit einer weiten Leinenhose bekleidet, sein glänzender muskulöser Oberkörper war tief gebräunt. Ein zweiter, schlankerer Mann sprintete auf ihn zu und wurde von ihm in einer fließenden Bewegung hoch in die Luft katapultiert. Dieser streckte sich während seines Aufstieges und breitete die Arme aus, so als wolle er fliegen. Mit einer schnellen Bewegung seines Armes holte er Schwung und begann, sich in einer Pirouette zu drehen. Noch währenddessen ging er in einen mehrfachen Salto über, so dass er nun um zwei Achsen wirbelte. Langsam verlor er seinen Schwung, streckte sich wieder und landete federnd im Sand. Diese Art von Eleganz, Kraft und Körperbeherrschung hatte ich noch nie gesehen.

Während der atemberaubenden Darbietung war ich wohl unbewusst noch ein Stück näher herangetreten, denn nun konnte ich das Gespräch zwischen einem Mann und einem Jungen hören, die beide gemütlich am Feuer saßen.

Sich an den Mann lehnend, gähnte der Junge und fragte: »Papa, erklärst du mir als Gute-Nacht-Geschichte noch mal unsere Planeten?«

Ich musste schmunzeln, denn das hätte auch ich sein können. Interessiert wartete ich auf die Antwort des Vaters, denn dann konnte ich Rückschlüsse darüber ziehen, in welchen Teil der Erde es mich verschlagen hatte.

Der Mann schlang einen Arm um seinen Sohn und wies mit der anderen Hand in den Himmel hinauf: »Wenn du meinem Finger folgst, siehst du den Pluto.«

Den Pluto? Was für einen Unsinn erzählte der Vater seinem Kind denn da? Den Pluto konnte man doch mit bloßem Auge gar nicht sehen. Am liebsten wäre ich eingeschritten, doch dann fuhr der Mann fort: »Und wenn du weiter nach rechts blickst, kommt der Mars und gleich daneben siehst du die Erde.«

Diese Information brauchte eine kleine Weile, bis sie in meinem Gehirn verarbeitet werden konnte und dann musste ich mich zwingen zu glauben, dass ich mich nicht verhört hatte. Als das abgeschlossen war, schoss mein Kopf in den Nacken und ich betrachtete zum ersten Mal seit meiner Ankunft den Sternenhimmel intensiv. Fieberhaft flog mein Blick hin und her. Ich fand Mars, Saturn und Jupiter. Ich konnte sie eindeutig identifizieren, aber die Perspektive stimmte nicht. Alles schien seltsam verschoben. Doch der Himmel konnte nicht lügen. Wenn das so stimmte und der Planet dort die Erde war, dann … dann stand ich hier und jetzt auf dem Neptun.

Mit dieser Erkenntnis sackte mir das Blut in die Füße und ich taumelte. Ich hatte keine Zeit, weitere Überlegungen anzustellen, denn die Brandung, die immer lauter geworden war, während ich das Gespräch belauschte, brüllte plötzlich auf.

Erschrocken wandte ich mich dem Meer zu. Nicht weit entfernt vom Strand brodelte das Wasser hoch auf und schien zu kochen. Gedanken wie ›Ich bin auf dem Neptun‹ und ›Was, um der Sterne willen, geht hier vor?‹ jagten durch meinen Geist und wechselten sich in Sekundenschnelle ab. Das Meer schäumte und schlug wilde Wellen. Von diesem Naturschauspiel angezogen, verließ ich meine Deckung und trat auf den breiten Strand hinaus.

Gischt flog empor, aus ihr schälte sich eine Gestalt heraus und sprang hoch in die Luft. Es war ein blauschwarz schillerndes Pferd. Da, wo eigentlich Mähne und Schweif sein sollten, besaß es eine Rückenflosse und einen kräftigen Fischschwanz. Seine muskulösen Beine gingen in mächtige bronzefarbene Flossen über. Die Augen, bei einem Pferd meist so sanft, waren zu Schlitzen verengt und in seinem Maul glitzerten dolchartige Zähne. Das war ein Hippokamp … Ein solches, etwa drei Meter hohes Wesen schoss in hohem Bogen auf mich zu. Rechts und links hinter ihm brachen zwei weitere aus der Gischt heraus und hielten ebenfalls auf den Strand zu.

Als das Tier auf dem Boden aufsetzte, wurden seine Flossen zu langen Beinen mit hellen Hufen. Ich konnte das Spiel seiner kräftigen Brustmuskeln sogar aus dieser Entfernung erkennen.

Heiße Angst überkam mich und brannte sich in meinen Rücken ein. Dieses Gefühl kannte ich schon, ich hatte es nach dem unglückseligen Kuss mit Nathan gespürt. Instinktiv griff ich mir mit meiner Hand in den Nacken und schloss meine Finger um etwas Festes. Entsetzt riss ich meine Hand wieder zurück und schüttelte sie, als würde noch etwas daran kleben. Was zur Hölle war das? Vorsichtig legte ich meine Fingerspitzen darauf und betastete es. Wärme durchströmte meinen Arm und brachte ein Gefühl der

Sicherheit mit sich. Ich sammelte meinen Mut zusammen, zog daran und hielt ein Schwert in der Hand. Ungläubig starrte ich es an. Orangerote Flammen bildeten seine Klinge, aber auch Heft und Parierstange bestanden aus Feuer, das sich wohlig in meine Hand schmiegte und eine freundliche Wärme aussandte. Es schien zu flüstern: »Du bist jetzt zu Hause.« Gleichzeitig öffneten sich die Schleusen in meinem Geist und ein Strom verlorener Erinnerungen brach daraus hervor. Schmerz, Wald, Nebel, der Geruch nach durchgesengten Fesseln, Kampf, Kuss, Nathans hypnotische Augen, die mich alles vergessen ließen. Was hatte er getan?

Ich blickte auf und plötzlich erschien mir die Nacht weniger dunkel zu sein, so dass ich einen breitschultrigen Reiter ausmachen konnte, dessen Umrisse mir wage bekannt vorkamen. Hinter ihm sah ich, eng an ihn gedrückt, die kurvige Silhouette einer Frau mit wehendem langem Haar.

In diesem Moment kam Aufregung in die bis dahin feiernden Menschen. Hatten sie jetzt erst die drohende Gefahr bemerkt? Sie liefen mit schnellen Schritten zum Strand, riefen und murmelten aufgeregt. Erst als einige in meine Richtung deuteten, wurde mir klar, dass ich ihr Ziel war. Adrenalin jagte erneut durch meine Adern, Hitze breitete sich mit einem neuen Schub in mir aus. Daraufhin erschienen Helm, Arm- und Beinschienen. Ihr feuriges Glühen umspielte mich liebevoll. Inzwischen konnte ich mir lebhaft vorstellen, dass meine Erscheinung die eines Hippokampus vielleicht nicht übertreffen konnte, ihr aber ebenbürtig sein musste.

Die Menschenmenge kam immer näher und ich hörte eine ältere Männerstimme rufen: »Rhea ist zurück!«

Nervös wich ich immer weiter zurück den Strand hinauf, bis ich harten Stein in meinem Rücken spürte. Ich hob den Kopf und stellte fest, dass ich an den Felsen der Steilküste angekommen war. Von hier gab es kein Entkommen – ich war eingeklemmt.

Gefangen zwischen unnachgiebigem Gestein und einer Gruppe Menschen, die wer weiß was mit mir anstellen würden. Von den ihnen folgenden Hippokampen mal ganz abgesehen.

Mein Verstand raste. Mir zitterten die Beine und das Herz wollte mir aus der Brust springen. Das war alles zu viel. Ich hatte keine Wahl mehr. Ich holte tief Luft, umschloss den Lapid in meiner Tasche und hieß das blaue Geflecht mit den goldenen Strängen willkommen.

It's Tea Time

Ich öffnete die Augen, es war kurz nach acht. Erinnerungen an letzte Nacht fluteten meinen Geist und ich setzte mich hastig auf. Mein Herz raste. Ich legte eine Hand in meinen Nacken. Nichts. Schnell stellte ich mich vor meinen Wandspiegel und zog mein Pyjamaoberteil aus. Mit dem Rücken zum Spiegel betrachtete ich mich und zog scharf die Luft ein. Was war das denn? Okay, jetzt war es amtlich, ich wurde verrückt.

Auf meinem Rücken prangte ein Tattoo. Wenn ich eins genau wusste, dann, dass ich mir in meinem ganzen Leben noch kein Tattoo hatte stechen lassen, und wenn ich es wirklich vorgehabt hätte, dann wäre es sicher kein archaisches, gewalttätiges Symbol wie ein Schwert gewesen. Allerdings musste ich feststellen, dass von dem Schwert auf meinem Rücken eine gewisse Faszination ausging, die ich nicht leugnen konnte. Eine filigrane, zweischneidige Klinge zog sich von unten nach oben und endete in einer Parierstange auf Höhe meiner Schulterblätter. Sie ging über in ein

Heft, das mit feinen, sich aufwärts windenden Linien verziert war, als stünde es in Flammen. Auf dem Knauf, der sich in meinem Nacken befand, erkannte ich einen herabschauenden Pfeil.

Okay, Mina. Ganz ruhig. Atmen. Es wird eine vernünftige Erklärung für das Alles hier geben – du bist schließlich Wissenschaftlerin. Ich atmete tief durch. Was sollte ich jetzt machen? Wie beim letzten Mal kam ich auch nach den gestrigen Ereignissen und diesem Ding da auf meinem Rücken zu dem Schluss, dass es irgendwie wohl real sein musste.

Dann erinnerte ich mich wieder an den Hippokampus. Ich … war sogar in meinen Gedanken sprachlos … Ich war schon immer ein großer Fan der griechischen und römischen Mythologie gewesen, denn daher hatten die Sterne, die ich so liebte, ja ihre Namen. Die Sterne, oder besser: die Planeten.

War ich wirklich auf dem Neptun gewesen? Reiste ich mit dem Lapid nicht in der Zeit, sondern zu anderen Planeten? Ich schüttelte den Kopf.

Wenn ich mich so etwas fragte, konnte ich mich gleich einweisen lassen. Die einzige Person, die bisher auch nur ansatzweise etwas hierüber wusste, war diese seltsame Mrs. Kay. Am besten, ich nahm all meinem Mut zusammen und …

»Mina?« Das war Csilla.

Hastig schaute ich mich um und zog mein Pyjamaoberteil wieder an. »Ja?«, sagte ich schnell.

»Ähm, kommst du mal bitte?«

Oh, das klang nicht gut. Hatte sie mich gestern gehört? Hatte ich ihr im Halbwahnsinn irgendetwas erzählt? Hatte ich Selbstgespräche geführt? O Mann.

Ich drückte die Türklinke meines Zimmers herunter und betrat unseren Wohnbereich. Csilla stand mit in die Hüften gestemmten Händen vor der Eingangstür. »Mina? Was ist das denn bitte?«

Mein Herz fing an zu rasen, als ich ihrem Zeigefinger folgte. Puh, es waren zum Glück nur meine Schuhe. »Oh, entschuldige, ich habe vergessen, sie wegzuräumen, ich …«

Dann trat sie einen Schritt zur Seite und entblößte einen kleinen Sandhaufen, der aus meinen umgekippten, schwarzen Sneakern stammen musste. Verdammt.

»Warst du gestern Nacht noch am Strand? Wir sind doch gestern beide gleichzeitig ins Bett gegangen. Und was riecht hier so? Hast du dich in Seetang gewälzt?«

Schnell fasste ich mir ins Haar. Ich war gestern tatsächlich am Strand auf dem Neptun im Seetang gelandet, nachdem ich auf meiner Flucht vor dem Ungetüm die Düne runtergekullert war. Das allerdings konnte ich Csilla wohl schlecht erklären. Puh.

»Ähm, keine Ahnung, wo der Sand herkommt. Ach so, ja, ich war gestern Nachmittag noch kurz unten am Strand.«

»Bei dem Regen?« Csilla sah mich mit zusammengekniffenen Augen an.

»Ähm, ja, ich musste mich mal durchpusten lassen.« Sobald ich die Worte ausgesprochen hatte, bereute ich sie sofort. Csilla liebte Doppeldeutigkeiten und auch diese verfehlte ihre Wirkung nicht.

Sie hielt sich den Bauch vor Lachen und ich konnte nicht anders, als sie anzugrinsen. Nachdem Csilla sich wieder beruhigt hatte, sagte sie: »Okay, ich glaube, wir beginnen meinen letzten Arbeitstag vor meinem Jahresurlaub mit einem kurzen, aber leckeren Frühstück.«

Mein Magen machte sich prompt bemerkbar und knurrte.

Während des Frühstücks berichtete Csilla von ihrer ›Zimtschnecke‹, dem neuen Arzt. »Er heißt Ben und hat sehr geschickte Hände.«

Augenverdrehend schaute ich sie an und sie kicherte. »Die du schon an dir selbst austesten durftest, oder was?«, fragte ich grinsend.

Spielerisch gab mir Csilla einen Klaps auf den Arm und meinte: »Ich mag wie du denkst, aber nein, leider durfte ich ihn bisher nur an aufgeschnittenen Menschen in Aktion sehen.«

»Bäh, du bist sowas von unromantisch und plastisch.«

»Nein, ich bin realistisch.« Sie zwinkerte mir zu. »Wie sieht es denn mit unserem Urlaub aus?«, fragte Csilla.

Shit, das hatte ich total vergessen! Doch wenn ich ehrlich war, konnte ich mir beim besten Willen gerade keinen Urlaub vorstellen.

»Tja«, wich ich aus, »können wir das Gespräch auf morgen vertagen? Heute ist mir noch nicht so danach, Urlaub zu planen.«

Csilla schaute mich lange an. »Geht es immer noch um Nathan?«

Ja, natürlich tat es das. Mehr als ich mir eingestehen wollte, aber es ging auch um alles drumherum. Den Lapid, die Reise zu anderen Planeten ... Allein schon diese Gedanken zu haben erschreckte mich, denn ich stellte fest, dass ich daran glaubte, dass es echt war.

»Ja. Nein. Ach, ich weiß auch nicht.« Frustriert warf ich die Arme in die Luft, was mir ein mitleidiges Lächeln von Csilla einbrachte.

»Wir müssen das nicht heute klären.« Damit warf sie einen Blick auf die Uhr und verschluckte sich kurz an ihrem Kaffee, als sie die Uhrzeit sah.

»Mist. Ich komm zu spät. und dabei ist heute die wichtige OP von Ben, bei der ich assistieren soll.« Hustend stürmte sie zur Garderobe, warf sich Jacke und Schal über und verschwand winkend aus der Tür. Sie war echt der Knaller.

Wieder in meinem Zimmer angelangt nahm ich mir Zettel und Stift und begann stichwortartig, die Geschehnisse der letzten Tage und Wochen festzuhalten. Vom ersten Treffen mit Nathan bis zum letzten Besuch auf dem vermeintlichen Neptun. Nachdem ich fertig war, betrachtete ich mein Werk. Beim Lesen sah ich die ganzen Bilder wieder vor mir. Und überdeutlich auch zwei wunderschöne azurblaue Augen.

Ich fasste einen Entschluss. Die einzige Person, die mir weiterhelfen konnte, war Mrs. Kay. Und diesmal musste ich allein zu ihr. Ich brauchte Antworten und ich hatte das Gefühl, dass diese seltsame Frau mir diese geben konnte – aber ich musste mich vorbereiten. Der letzte Besuch hatte alles andere als glücklich geendet. Eher gruselig, ziemlich gruselig sogar. Aber sie wusste vom Stein und dass er zum Reisen verwendet werden konnte. Sie musste auch noch mehr wissen.

Angestachelt von der Aussicht auf Erfolg überlegte ich, wie ich es hinbekommen sollte, dass sie mir meine Antworten gab. Ich seufzte und ließ den Blick durch mein Zimmer schweifen. Er blieb an meinem Wäschekorb hängen, in dem frisch zusammengelegt mein Lieblingsshirt lag. Dieses Shirt hatte ich getragen, als wir bei Mrs. Kay waren. »Nicht mein Olymp, nicht meine Götter.« Das fand sie damals witzig. Vielleicht half es ja.

Nachdem ich mich angezogen hatte, dachte ich an meine Mom und ihre Worte, dass wenn man jemanden besucht, man nicht ohne eine Kleinigkeit auftauchen sollte. Vielleicht mochte Mrs. Kay ja was Süßes. Sofort dachte ich an den Blaubeermuffin, den mir Nathan ins Büro gebracht hatte, und plante auf meinen Weg nach Cocksburnspath einen Stopp beim örtlichen Bäcker ein. Gut vorbereitet, wie ich fand, machte ich mich mit Csillas roten Mini Cooper auf dem Weg zu Mrs. Kay.

Zum Glück erkannte ich den schmalen Feldweg wieder, den Clint und ich beim letzten Mal genommen hatten. Diesmal erspähte ich das kleine urige Holzhäuschen schon aus größerer Entfernung. Immerhin wusste ich, wonach ich suchte. Als ich ausstieg, hörte ich das vertraute Summen der Hummeln und Bienen, sog den Geruch nach gerade erblühenden Kräutern ein und blickte in Richtung der Haustür. Ein Kribbeln machte sich in meinem Bauch breit. Würde ich jetzt gleich meinem Ziel näherkommen und endlich Licht in die absolute Dunkelheit meiner Gedanken bringen? Ich trat einen beherzten Schritt nach vorne.

»Vorsicht. Das lebt.«

Entsetzt machte ich einen kleinen Sprung und schaute zu Boden. Tatsächlich saß vor mir ein kleiner Grasfrosch und blickte mich erschrocken an. Gott sei Dank hatte mich Mrs. Kay gewarnt. Ich liebte Tiere und ich hätte es mir nie verziehen, wenn ich auf diesen süßen, kleinen Frosch …

»Frösche sind nicht süß.« Kam es wieder von der alten Dame, die irgendwo in ihrem Garten versteckt sein musste, denn ich hörte zwar ihre Stimme, aber sah sie nicht. Und … Moment mal, hatte sie gerade meine Gedanken gelesen? Ich hatte doch nicht laut gesprochen. Oder doch? Musste ich ja.

»Hallo? Mrs. Kay?«

»Ja, meinst du hier ist noch jemand, der so eine liebreizende Stimme hat?«, ertönte ihre Stimme, während sie hinter dem Holunderbusch hervorkam. Dann sah ich auch ihren unverkennbaren lilafarbigen Hut. Dieser Hut. Ich hatte ihn schon vor dem letzten Besuch gesehen. Jetzt fiel es mir wieder ein. Die alte Dame, in die ich vor meiner Antrittsvorlesung gerannt war – das war Mrs. Kay gewesen! Ich riss die Augen auf. Das konnte doch kein Zufall sein!

»Mrs. Kay, ich weiß, unser letztes Aufeinandertreffen endete … nämlich nicht so schön. Ich bin diesmal allein hier. Ich …« Ich holte den Blaubeermuffin aus seiner Tüte hervor. »Ich habe Ihnen etwas mitgebracht.« Endlich schien ich ihre volle Aufmerksamkeit zu haben, denn nun kam ihre ganze Gestalt hinter dem Busch hervor, in der Hand einen Korb mit geerntetem Vergissmeinnicht und blauem Ehrenpreis.

Sie schnaubte leicht, bevor sie sprach: »Ich hoffe, es ist etwas Gutes. Um euren Abgang vom letzten Mal wieder gut zu machen, benötigt es schon einiges.«

Zerknirscht betrachtete ich den Blaubeermuffin. Ob das wohl reichte? Shit. Ich hoffte es sehr.

Mit einem »Zeig mal her« kam sie auf mich zu.

Ich blickte in wissende Augen, die beim Anblick des Blaubeermuffins zu leuchten begannen. »Oh ja, Mädchen. Das ist eine gute Wahl. Blaubeeren mag ich für mein Leben gern. Na gut«, sie griff sich den Muffin und biss sofort ab, »komm mif inf Hauf.«

Ich schmunzelte und folgte ihr.

Drinnen sah es noch genauso aus wie beim letzten Mal. Der Duft von verschiedenartigen Kräutern schwängerte die Luft und der zerbeulte Teekessel pfiff fröhlich vor sich hin.

»Wenn du einen Tee willst, kannst du dir einen einschenken. Ist ein Frauenmantelaufguss, müsste gegen deine monatlichen Beschwerden gut sein.«

Woher zum Teufel …?

»Schau mich nicht so an. Ich weiß vieles. Und nun raus mit der Sprache: Was willst du schon wieder hier?« Sie zog das ›schon wieder‹ sehr in die Länge.

Ich setzte mich ihr gegenüber hin und sagte mit fester Stimme: »Ich will Antworten.«

» Hört, hört. Sie will Antworten!«, verkündete Mrs. Kay und kicherte leise vor sich hin.

Sie war echt merkwürdig. Aber auf Spielchen hatte ich gerade so gar keine Lust.

»Ich habe den Lapid benutzt und war auf dem Neptun.«

Sofort ruckte ihr Kopf nach oben und ihr Blick bohrte sich in meinen. Ihre Augen hatten jegliche Trübung verloren und ein wunderschönes Blau, durchzogen von bernsteinfarbenen Irisstrahlen, zierte ihren Blick. Ich war in Hab-Acht-Stellung.

»So, so, du meinst also, du warst auf dem Neptun. Interessant«, sagte sie in einem sarkastischen Tonfall.

Doch davon ließ ich mich nicht ablenken. Ich war aus einem bestimmten Grund hergekommen und von meinem Vorhaben brachten mich keine zehn Pferde ab. »Ja, und nicht nur das, ich habe auch Fragen zu folgenden Namen: Wer ist Nereus, wer ist Rhea und was hat Nathan mit dem Ganzen zu tun?«

Diesmal bedachte sie mich mit einem noch längeren Blick als zuvor. Dann endlich sprach sie: »Ich wüsste nicht, warum ich dir das erzählen sollte. Ich bin an all dem nicht mehr interessiert. Und ich habe wirklich keine Lust, darüber zu reden. Außerdem kenne ich keinen Nathan.«

»Aber ich will darüber reden«, brauste ich auf, »Mir reicht es jetzt. Ich brauche Antworten. Mein Hirn braucht Antworten und mein Herz auch. Beim ersten Sprung ist ein junger Mann mit mir zusammen gesprungen und auf dem … auf dem Neptun geblieben. Beim zweiten Sprung habe ich ihn gesucht, aber nicht gefunden. Und dann … dann hatte ich auf einmal ein flammendes Schwert auf dem Rücken, eine Feuerrüstung am Leib, ein riesiger Hippokampus kam aus dem Wasser und ich …«

Mrs. Kay sprang für ihr betagtes Alter ziemlich schnell auf und umrundete den Tisch. Unsanft packte sie meinen Arm und versuchte mich hochzureißen.

»Hey, das tut weh!«, jammerte ich.

»Zieh dich aus!«, befahl sie.

»Was? Nein, auf keinen …«

»Ausziehen habe ich gesagt! Ich will es sehen.«

Leider wusste ich nur zu gut, was sie meinte. Ich sah ihr einen Moment in die Augen, bevor ich nachgab. Seufzend zog ich mein Shirt aus und drehte meinen Rücken zu ihr.

Sie zeichnete mit ihren sehr kalten Fingern den Umriss des Schwertes nach. »Das kann nicht sein«, murmelte sie.

Ich wirbelte zu ihr herum. »Was kann nicht sein? Bitte werden Sie jetzt nicht kryptisch. Dieses Tattoo hatte ich bis gestern Nacht nicht auf meinem Rücken und ich habe das Gefühl, dass mit mir etwas gewaltig nicht stimmt.«

Nachdenklich legte Mrs. Kay ihre Stirn in Falten und musterte mich eindringlich. »Anziehen.«

Mein Gott, dieser Befehlston konnte einem schon richtig auf die …

»Wenn ich dich nerve, dann verschwinde.«

»Nein, nein«, bemühte ich mich sie zu beschwichtigen, bevor sie mich erneut rauswarf. »Können Sie Gedanken lesen?«

»Ich kann so einiges. Auf dem Neptun sagtest du? Wie kommst du darauf?«

Ich schilderte ihr meine Erinnerungen und Mutmaßungen inklusive Sternekonstellationen.

»Ja, hört sich schlüssig an. Dann warst du wohl auf dem Neptun. Die Bestätigung wolltest du doch, oder? Hier hast du sie.«

»Und was ist mit meinem Tattoo? Ich weiß genau, dass Sie wissen, was das alles hier bedeutet. Bitte …«, flehte ich, »bitte helfen Sie mir.«

Wieder betrachtete sie mich mit ihren unergründlichen Augen. Dann seufzte sie lang und gequält, warf die Hände in Höhe und gab ein »Na gut« von sich.

»Oh, danke, danke, danke! Ich könnte Sie glatt küssen.«

Entsetzt hob sie die Brauen. »Jupiter, bewahre. Setz dich wieder hin. Erst mal muss ich wissen, seit wann du auf der Erde bist.«

Jetzt war es an mir die Stirn zu runzeln. »Meinen Sie, seit dem Sprung zum Neptun?«

Wieder verdrehte sie die Augen. »Bitte sag mir nicht, dass du einfältig bist. Ich mag keine einfältigen Menschen. Seit wann du hier auf der Erde lebst. Du siehst deiner Mutter wirklich zum Verwechseln ähnlich. Ich muss blind gewesen sein, dass ich das nicht schon vorher gesehen habe, aber es ist schon so lange her und wer rechnet auch damit, dass …«

»Moment, stopp«, unterbrach ich sie. »Was haben Sie da gerade alles gesagt? Sie meinen, Sie kennen meine Mutter, meine leibliche Mutter?«

Erkenntnis machte sich in Mrs. Kays Augen breit und sie schüttelte leicht den Kopf, legte ihn dann in den Nacken und schloss die Augen. Ihre Augenlider fingen an zu flackern, als ob sie Zuckungen hätten.

Dann schnellte ihr Kopf wieder nach vorne und ihr Blick bohrte sich in meinen. »Ja, ich kannte deine Mutter, aber es ist nicht an mir, dir ihre Geschichte zu erzählen. Lass dir nur gesagt sein, dass ihr Name Rhea war.«

Komplett verdattert blinzelte ich sie an. Ich wollte und konnte nicht glauben, was sie mir da sagte.

Gerade, als ich dachte, meine Sprache wiedergefunden zu haben, sprach sie weiter. »Ich werde dir jetzt eine Geschichte erzählen und dir damit ein paar deiner Fragen beantworten können, aber ich werde danach kein Wort mehr von mir geben. Ich dulde keine weiteren Nachfragen. Ich habe mir bereits vor langer Zeit geschworen, mich aus allen Belangen, die die Götter angehen, herauszuhalten. Wenn ich dieses Versprechen breche, dann nur zu diesen Bedingungen. Hast du verstanden, Mädchen?«

Die Götter? Hatte sie das gerade wirklich gesagt? Sie musterte mich als würde sie auf etwas warten … Sie hatte eine Frage gestellt … Schnell nickte ich, auch wenn ich nicht sicher war, ob mein Hirn bereit war, ihr zu folgen.

»Fast 1200 Jahre herrschten die Römer über ganz Europa. Die römischen Götter hatten ihre Blütezeit. Die Ehrerbietung, der Glaube und die Anbetung machten sie stark. Doch mit dem Beginn der Christianisierung verloren sie immer mehr an Macht und wurden schwächer. Um nicht vollkommen in der Bedeutungslosigkeit zu versinken, beschlossen die Götter, sich auf Planeten zurückzuziehen und fortwährend dort zu leben und zu herrschen. Jeder Hauptgottheit wurde ein Planet unseres Sonnensystems zugeteilt, den sie nach seinen Wünschen und Vorstellungen gestalten konnte. Dies alles wurde auf dem letzten irdischen Rat beschlossen. Ich blieb auf der Erde zurück.«

Ich machte große Augen. Meine Gedanken rasten und bombardierten mich mit Fragen, von denen ich keine einzige zu stellen wagte.

»Mein wahrer Name ist Kybele, ich bin die Erdenmutter. Ich konnte euch arme Schäfchen hier nicht so einfach zurücklassen. Allerdings schwand auch meine Kraft immer weiter, je mehr ich in Vergessenheit geriet. Am Anfang hatte ich noch regen Kontakt zu den anderen Gottheiten … zu einem ganz besonders.«

Ihr Blick glitt zum Fenster und verlor sich in der Ferne, als entführten sie ihre Worte in die Vergangenheit. »Neptun. Er war mein Geliebter. Allerdings war und ist er verheiratet. Unsere Verbindung war nur von kurzer Dauer. Ein wunderschönes Haus in der Nähe des Antonius Walls …«, sie blinzelte und ein verbittertes Lächeln zog über ihre Züge, »… war unser Liebesnest, unser Rückzugsort, vor all dem Irrsinn mit den Novensiles.«

Dieses Wort kam mir irgendwie bekannt vor. Woher nur?

Sie holte noch einmal tief Luft, bevor sie weitersprach: »Ich erschuf die Lapides, die Steine, mit denen die Gottheiten und ihre

Partner zwischen den Planeten reisen konnten. Ich verarbeitete sie als Amulette. Diese bestehen immer aus dem mittig platzierten, großen Heimatstein des jeweiligen Planeten. Zum Beispiel gehört der Lapislazuli zur Erde. Auf dem inneren Ring befinden sich die Symbole der Planeten und diese weisen zu deren kleineren Heimatsteinen. So ist das Symbol der Wellen mit dem Aquamarin des Neptuns verbunden.«

Mit einem wehmütigen Lächeln fügte sie hinzu: »Neptun benutzte sein Amulett oft. Eines Tages kam er mich wieder auf der Erde besuchen. Ich hatte mich wahnsinnig gefreut, ihn wiederzusehen. Aber bereits an seinem Blick konnte ich erahnen, dass etwas nicht stimmte. Er war gekommen, um sich zu verabschieden. Seine Frau Salacia, die ebenfalls einen Lapid besaß, war ihm bei seinem letzten Besuch auf die Erde gefolgt und hatte von uns erfahren. Sie musste ihn zum Tartarus verflucht haben.«

Ein kurzes, freudloses Lächeln erschien auf ihren Lippen und ließ sie um Jahre jünger aussehen. »Wir stritten uns so heftig, dass ich ihm meinen Lapid vor Wut vor die Füße warf und ging, ohne ein weiteres Wort zu verlieren. Kurz darauf hörte ich einen ohrenbetäubenden Lärm. Riesige Wellen kamen kilometerweit aus dem Meer und rissen das gesamte Haus ein. Neptun hatte das Gebäude dem Erdboden gleichgemacht. Mehr als das. Damit durch die Wassermassen keinem Menschen Leid zugefügt wurde, befahl ich der Erde, sich zu teilen und so verschluckte sie die Reste des Hauses, des Wassers, unserer Liebe und meinen Lapid. Der Stein, den dein unverschämter Freund gefunden hat, gehört eigentlich mir. Aber ich will ihn nicht, nicht mehr. Ich will mit den anderen Göttern und ihren ewigen Streitereien und ihrer Missgunst nichts mehr zu tun haben. Deshalb habe ich beschlossen zu altern.«

Sie machte eine kurze Pause und ich fürchtete, dass sie am Ende ihrer Geschichte angelangt war.

Fest blickte sie mir in die Augen.»Ich bin immer noch mit den Schicksalsgöttinnen verwoben und deshalb schließe ich so, wie ich angefangen habe. Es ist nicht an mir, dir deine Geschichte zu erzählen.« Damit stand sie auf und geleitete mich zur Tür. «Ein letztes Wort, bevor du gehst: Die Schicksalsgöttinnen wachen über dich, denn sie führten mich zu dir, auch wenn ich damals noch nicht erkannt hatte, wer du wirklich bist.«

Mein letzter Blick fiel auf den lila Hut. Verwirrt, enttäuscht, frustriert und doch um so vieles schlauer, verließ ich Kybele. Denn wenn mir eins klar war, dann, dass ich wirklich kein weiteres Wort aus ihr herausbekommen würde.

Get The Party Started

Zu Hause angekommen schnappte ich mir wieder Zettel und Stift und begann, die neuen Fakten aufzuschreiben:

1. Ich war nicht irre.

2. Der Name meiner echten Mutter war Rhea.

3. Mrs. Kay hieß in Wirklichkeit Kybele und war die Erdenmutter. Ja, die Erdenmutter, die Göttin der Erde. Noch mal, ich war nicht irre.

4. Kybele erschuf die Lapides, um zwischen den Planeten wandeln zu können. Der Lapid, den Clint und Molly gefunden haben, gehörte eigentlich ihr, aber sie wollte ihn nicht zurück.

5. Sie wusste, was es mit mir, meinem Rücken und der Flammenrüstung auf sich hatte, aber es war nicht an ihr, mir diese Geschichte zu erzählen. Ganz toll.

6. Nathan hatte meine Erinnerungen manipuliert. Falls ich ihn wiedersehen sollte, hatte ich Fragen. Viele Fragen.

Ich dachte über weitere Punkte nach, die ich unbedingt festhalten musste, aber ein Klopfen an der Tür unterbrach mich. Hatte Csilla ihren Schlüssel vergessen? Wahrscheinlich. In Gedanken versunken stand ich auf und öffnete. Mein Herz setzte einen Schlag aus. Fassungslos und ohne Worte starrte ich den Mann an, der vor mir stand. Nathan. Verlegen fuhr er sich durch sein schwarzes, welliges Haar.

»Ähm, hallo. Ich weiß, dass das jetzt komisch ist, dass ich hier vor dir stehe, aber … dürfte ich reinkommen? Ich … wir haben einiges zu besprechen, denke ich.«

Immer noch in einer Schockstarre verharrend, starrte ich ihn an und machte keine Anstalten, ihn in die Wohnung zu lassen. »Du bist wieder da. Ich dachte, ich würde dich nie wiedersehen …«

Zerknirscht senkte er den Kopf und begann langsam zu nicken. »Nein, Liebes. Sobald ich auf dem Neptun war, wollte ich nur zu dir zurück. Mina, ich … du musst mir glauben. Ich konnte nur noch an dich denken. Ich habe nichts von alledem hier geplant. Ich … dürfte ich bitte reinkommen? Das würde ich wirklich ungern alles hier auf dem Flur besprechen.«

Ich konnte nur an dich denken. Mein Herz fing an schneller zu schlagen. Endlich löste ich mich aus meiner Erstarrung und machte ihm Platz.

Er betrat zum ersten Mal unsere Wohnung. Mit einem Blick auf meinen Stichwortzettel beeilte ich mich, vor ihm am Tisch zu sein und den Zettel unauffällig verschwinden zu lassen.

»Ich habe mir Sorgen um dich gemacht, du … wir … als wir von dem Lapid zu diesem unbekannten Ort gezogen wurden, dachte ich, ich würde verrückt werden und hätte dich im Stich gelassen, weil ich einfach mit dem Lapid allein zurückgereist bin.« Verzweifelt sah ich ihn an. »Und jetzt stehst du einfach so vor mir und … es geht dir gut. Du klopfst hier einfach an die Tür. Wo warst du und wie bist du wieder zurückgekommen?«

Er musterte mich lange und aufmerksam, so als ob meine Gefühlsregungen ihm etwas Bedeutsames verraten könnten. »Ich war die ganze Zeit dort, auf dem Neptun, wie du vielleicht inzwischen weißt. Ich habe dich am Strand gesehen, ich saß auf Sagitus, als du in deiner vollen …«

Auf einmal wurde die Tür aufgestoßen und meine herzallerliebste Mitbewohnerin zwängte sich hindurch, voll bepackt mit Einkauftüten.

»Mina. Ich bin zu Hause. Ich … Oh, hallo.« Csillas Augen weiteten sich und blickten forschend zwischen mir und Nathan hin und her. »Das ist er, oder? Oh, bitte sag mir, dass er das ist. Er sieht wirklich richtig, richtig …«

Ich riss die Augen aus und schüttelte energisch den Kopf, um ihr verstehen zu geben, dass sie die Klappe halten sollte.

Der mir bereits bekannte, selbstgefällige Ausdruck trat in Nathans Gesicht. »Ah, du hast ihr also schon von mir erzählt.« Er grinste sein schiefes Grinsen.

Ich verdrehte die Augen. Manche Dinge würden sich wohl nie ändern. »Csilla, könnte ich bitte mit Nathan alleine sprechen, er wollte mir gerade erklären, wo er die ganze Zeit gesteckt hat.«

»Also, ich finde, ich kann bleiben«, sagte Csilla und grinste frech.

Nathan sah mich an und schien wenig begeistert davon. »Ich glaube, dass sollten wir privat besprechen.«

»Csilla, bitte«, flehend blickte ich meine Freundin an. Diese hob ergeben ihre Hände und ging in ihr Zimmer. Die Tüten ließ sie einfach im Flur stehen.

In Erwartung eines längeren Gesprächs führte ich Nathan in unser Wohnzimmer und setzte ich mich auf die Couch. Er wählte den Platz neben mir. Sein muskulöser Oberschenkel berührte mein Bein und es fühlte sich an, als würde meine Haut dort Feuer fangen.

Seufzend stützte er sich mit den Unterarmen auf den Knien ab und schielte mich von schräg unten an. »Mein Name ist Nereus. Ich bin der Sohn von Neptun, dem Meeresgott, und wurde auf dem Neptun geboren.«

Mir klappte die Kinnlade runter. Ich hatte mit vielem gerechnet, aber dass … er ein Gott sein sollte – ein Gott? Ich meine, sein Körper war göttlich, aber nur im übertragenden Sinne und nicht wortwörtlich, oder? Ich war unfähig, einen klaren Gedanken zu fassen. Das Bild des Dreizacks auf seinem Arm tauchte vor meinem inneren Auge auf.

Nathan, ähm, Nereus zögerte, offensichtlich nicht sicher, ob er weitersprechen sollte. Ich nickte ihm zu. Sprechen war mir im Moment nicht möglich.

»Vor vier Jahren wurde ich nach einem Streit mit meinem Vater auf die Erde verbannt und durfte erst zurückkehren, wenn ich es entweder aus eigener Kraft schaffte oder der Bedingung meines Vaters nachgab. Da ich nicht nachgeben wollte, musste ich den Lapid finden. Nun …« Er zuckte mit der Schulter und lächelte freudlos.

Es war nicht nötig, dass er den Satz beendete. Er hatte den Lapid gefunden und benutzt – so wie mich. Und doch hatte er im Wald für mich gekämpft. Ich schluckte.

»Nachdem ich bei meinem Vater im Thronsaal gelandet war und du wieder verschwunden warst, bin ich fast durchgedreht. Ich bat meinen Vater darum, sofort zurückkehren zu dürfen. Doch dafür hätte er mir seinen Lapid geben müssen und das tat er nicht. Als ich dich dann am Strand wiedersah, war ich überwältigt und endgültig sicher. Du bist eine von uns. Eine Göttertochter. Eine …«

»Stopp. Moment. Bitte was? Ich habe schon herausgefunden, dass der Name meiner leiblichen Mutter Rhea war und schon gegoogelt. In Schottland gibt es im näheren Umkreis von Edinburgh 51 mal den Vornamen Rhea. Ich …«

»Deine Mutter war die Göttin der Fruchtbarkeit, Mina«, unterbrach Nereus mich.

Ein Scheppern ließ uns zusammenfahren. »Sorry, ich mach das weg. Ihr könnt ja so lange mit eurer Fruchtbarkeit weitermachen«, rief Csilla durch die geschlossene Tür. Ich hätte mir denken können, dass sie lauschen würde.

»Komm schon raus, du hast ja sowieso alles mitbekommen!«

Nereus seufzte ergeben und fuhr sich mit der Hand übers Gesicht.

Csilla betrat den Wohn-Essbereich und machte ein Gesicht, das mir sagen sollte: ›Warum nicht gleich so?‹

Ich sah wieder zu Nereus und schüttelte leicht den Kopf. Das ergab alles überhaupt keinen Sinn.

»Wenn meine Mutter eine Göttin ist, warum bin ich dann auf der Erde und lebe nicht auf dem Neptun? Oder sonst wo? Warum passiert das alles erst, seit ich dich kenne und Clint diesen vermaledeiten Lapid ausgegraben hat? Warum hat meine Mutter nie nach mir gesucht? Was ist mit meinem Vater? Warum stand ich in Flammen, habe jetzt ein riesengroßes Tattoo auf dem Rücken und …«

Verzweifelt raufte ich mir die Haare. Jetzt wurde es doch etwas zu viel für mich. Wie musste es erst für Csilla sein, sie musste doch denken, dass wir total verrückt waren! Doch das Gegenteil schien der Fall zu sein. Meine Freundin blickte aufmerksam zu Nereus. Ohne ein Anzeichen von Panik, Unglaube, Entsetzen oder Ironie. Vielleicht stand sie unter Schock.

»Csilla? Geht es dir gut?«

Erschrocken fuhr sie zu mir herum und schon überzog beinahe übertriebene Skepsis ihre Miene, ihre Augenbrauen wechselten viel zu schnell zwischen einem sich in die Höhe schrauben, einem Zusammenziehen und ungläubig dreinschauen. Dann atmete sie tief durch und wandte sich Nereus zu.

»Bevor wir dir irgendein Wort glauben«, sie wedelte mit ihrer Hand, »mach doch mal was … Göttliches.«

Nereus stand auf. »Du willst was Göttliches? Das sollst du haben.« Schlagartig kühlte sich die Umgebung so ab, dass das Wasser in der Luft zu kristallisieren begann. Schneeflocken wuchsen daraus, die wild umherflogen und bald den Boden des Raums bedeckten.

»Wow!«, hauchte Csilla, nur um im selben Moment anzumerken: »und wer macht das alles wieder sauber?«

Nereus lächelte verschmitzt, schnipste mit dem Finger und der Zauber war verschwunden. Er hob eine Augenbraue, fixierte uns und fragte: »Göttlich genug?«

Ja, das war allerdings göttlich.

»Ich fand es ausgesprochen cool«, sagte Csilla und ließ verschwörerisch ihre Augenbrauen hüpfen.

›Cool‹, echt jetzt? Mit gerunzelter Stirn betrachtete ich meine Mitbewohnerin und fand, dass sie das alles hier ganz schön locker nahm für jemanden, der gerade erst davon erfahren hatte. Oder tat sie nur so abgeklärt?

»Also, ich mag sie«, ließ Nereus verlauten und grinste.

»Danke, Hübscher, das beruht auf Gegenseitigkeit«, entgegnete Csilla und strahlte ihn an.

Ja, klar. Vielleicht sollte ich den beiden etwas Privatsphäre gönnen. Wenn ich schon dabei war, konnte ich gleich noch Tee und Kuchen servieren und die Palmenwedel für die Erstbegegnung herausholen. Die spannen doch!

Ich atmete tief durch und erhob mich. »Okay. Können wir jetzt bitte weitermachen? Mir schwirrt der Kopf. Ich brauche Klarheit. Also, du sagst Rhea, die Göttin Rhea, ist meine Mutter? Und wer ist dann mein Vater?« Kaum merklich hielt ich den Atem an. Anscheinend war Nereus derjenige, der laut Kybele dafür vorgesehen war, mir meine Geschichte zu erzählen.

Nereus blickte mir direkt in die Augen: »Als wir uns im Garten geküsst haben, da habe ich etwas in deinen Augen gesehen. Ich hätte es sofort wissen müssen, aber ich habe wirklich nicht damit gerechnet, es auf der Erde zu finden. Die bernsteinfarbenen Sprenkel in deinen Iriden haben sich vergrößert. Sie nahmen das gesamte Grün in Beschlag und ließen deine Augen buchstäblich in Flammen stehen. Das kann nur eines bedeuten: Deine Mutter ist Rhea und dein Vater … ist Mars höchstpersönlich.«

Mir wurde gleichzeitig heiß und kalt. Meine Gedanken rasten. Mir wurde schwindelig. Ich sollte kein Mensch sein? Mein Wissen der letzten vierundzwanzig Jahre stritt sich mit all dem, was ich in den letzten Wochen erlebt hatte.

Sue und James gegen Mars und Rhea.

St. Andrews gegen den Neptun.

Dr. Sterling gegen Minerva, die Göttin.

Das jagte mir eine Heidenangst ein. Ich fasste mir unbewusst an die Brust. Mein Herz, ein Götterherz. Die Wärme, die ich bisher immer nur gespürt hatte, wenn ich wütend war, legte sich jetzt wie eine warme schützende Decke um mich. Mein Rücken kribbelte, als wolle er mich bestärken, den richtigen Weg zu gehen. Langsam ebbte meine Beklommenheit ab und eine vertrauensvolle Gewissheit breitete sich in mir aus.

Ichwusste, dass es stimmte. Ich hatte es die ganze Zeit gewusst. Gewusst, dass meine Sehnsucht nach den Sternen nicht »normal«

war. Der Kriegsgott Mars war mein Vater. Ich dachte an mein Kampftraining, daran, wie leicht mir alles immer gefallen war.

»Mars ist mein Vater? Warum …«, ich schluckte langsam und ein Gedanke sprang mir in den Kopf, den ich als Adoptivkind vielleicht immer unterdrückt hatte, »… warum haben meine Eltern mich weggegeben, warum wollten sie mich nicht?«

Nereus Blick wurde sanft und seine Hände zuckten kurz, als wollte er nach mir greifen und auch wieder nicht. »Das weiß ich leider nicht. Aber ich weiß, dass deine Mutter kurz nach deiner Geburt gestorben ist. Allerdings hat Mars bereits eine Tochter. Ihr Name ist Discordia.«

Er rümpfte die Nase, straffte die Schultern und griff nun doch nach meiner Hand. »Wir sollten eine Pause machen. Ich kann dir noch so viel über deine Familie erzählen, aber ich finde, du solltest es schrittweise angehen, damit nicht alles auf einmal über dich hereinbricht.«

Ich stimmte ihm zu; es war wirklich viel. Die Götter waren Wirklichkeit, man konnte zu anderen Planeten springen, Mars war mein Vater und ich hatte eine Schwester. Meine Mutter war tot, ohne dass ich sie jemals kennenlernen durfte. Aber mein Vater lebte und aus irgendeinem Grund wollte er keinen Kontakt zu mir.

Nereus räusperte sich. »So, und nachdem ich dir das jetzt erzählt habe, möchte ich dir etwas anbieten: Komm mit mir auf den Neptun zurück. Ich möchte dir alles zeigen. Mein Vater hat dich bei deinem ersten Sprung auch erkannt. Er meinte, du siehst aus wie deine Mutter. Du musst wissen, Mars hat Rhea vergöttert. Er hätte nie sein eigenes Fleisch und Blut im Stich gelassen. Wir denken, er weiß nicht von dir. Irgendetwas muss bei deiner Geburt passiert sein.« Er stand auf, legte beide Hände an meine Oberarme und streichelte diese sanft. »In einer Woche findet der Rat der Götter auf dem Neptun statt. Dort könntest du Mars kennenlernen. Wir würden uns freuen, dich so lange unseren Gast nennen zu dürfen.«

Vorsichtig ließ er die Hände heruntergleiten und nahm meine Hand. Mit der anderen griff er hinter sich und holte etwas aus seiner Gesäßtasche. »Hier. Das ist für dich. Die offizielle Einladung meines Vaters. Ich weiß, dass das alles wirklich viel ist, aber ich denke, es ist wichtig, dass du herausfindest, wer du wirklich bist.«

Ehrfürchtig öffnete ich die Schriftrolle und meine Augen glitten über das dünne Pergamentpapier auf dem mit einer goldenen, schnörkeligen Schrift geschrieben stand: »Hiermit lädt Neptun, Gott der fließenden Gewässer und der springenden Quellen, Minerva, Tochter des Mars und der Rhea, ein, sein Gast auf dem Neptun zu sein. Hiermit versichert seine Herrlichkeit, dass ihr kein Leid droht und es ihr gut ergehen werde.«

Halleluja, was für ein hochtrabendes Geschwafel. Allerdings gefiel mir der Part mit dem »kein Leid drohen« sehr gut. Ich rollte das Pergament wieder zusammen.

»Ich begleite dich. Ich meine, hey, wie mega abgefahren ist das denn? Können Menschen auf dem Neptun atmen? Überlebe ich da?« Csilla sprang auf und sah ein bisschen aus, als hätte sie gerade eine Woche all inclusive auf den Malediven gewonnen.

Nereus huschte ein Lächeln über die Lippen: »Schätzchen, mein Vater ist ein Gott, er hat die Atmosphäre seinem Willen unterworfen. Ihr werdet sehen, dass neben Menschen auch noch andere tolle Lebewesen auf dem Neptun atmen können.« Er zwinkerte mir zu.

Ich war nicht gerade überzeugt von dieser Idee. »Csilla, du willst wirklich mitkommen? Wir werden zu einem anderen Planeten reisen, nicht in einen entspannten Strandurlaub.«

Meine Einwände trübten das fröhliche Grinsen auf ihrem Gesicht in keiner Weise. »Ernsthaft, Mina, wenn wir jetzt vertauschte Rollen hätten, würdest du hierbleiben? Außerdem habe ich Urlaub, Baby, schon vergessen? Oh …«, sie sah Nereus an, »… wie lange bleiben wir? Mein Jahresurlaub geht drei Wochen, dann müsste ich zurück sein.«

Nereus grinste und meinte: »Auf dem Neptun ist ein Erdentag nur gut 16 Stunden lang, dadurch gewinnst du eine Woche.«

Aufgeregt klatschte Csilla in die Hände und hüpfte auf und ab, als habe sie gerade im Lotto gewonnen. Na ja, vielleicht kam ein Ausflug zum Neptun dem schon irgendwie gleich. Die Chancen standen auf jeden Fall schlechter als für einen Lottogewinn.

»Na gut«, gab ich mich geschlagen, »Aber ich muss hier noch drei Sachen regeln. Ich muss Molly, Clint und meinen … meinen Eltern, Bescheid geben, dass ich verreise und du erklärst mir, warum du meine Gedanken manipuliert hast. Die Zeit muss sein.«

Nereus bekam große Augen und schüttelte grinsend den Kopf. »War ja klar, dass das bei dir Sturkopf nicht lange anhalten konnte.«

»Das ist alles? Mehr hast du dazu nicht zu sagen?«

»Doch. Ich habe deine Gedanken manipuliert, weil ich mich schützen musste. Ich musste schnell eine Entscheidung treffen und dies erschien mir am unkompliziertesten.«

»Wovor soll es dich denn bitte beschützen, wenn ich den Teil des Abends im Wald vergesse?«

»Mina, ich bin ein Gott, der hier auf der Erde ist. Ich hatte gerade vier Typen verprügelt, die mit Obsidian-Dolchen auf dich losgegangen sind und du wolltest die Polizei rufen. Was hätte ich denen denn sagen sollen, wer ich bin?«

Lange fixierte ich ihn und grübelte, wie ich zu seiner Aussage stand. Nereus wartete geduldig. Ich könnte ihm jetzt eine Szene machen, wie unfassbar übergriffig es war, meine Erinnerungen zu manipulieren, aber ich konnte seine Erklärungen rational nachvollziehen.

»Dieses eine Mal lasse ich es dir durchgehen, aber solltest du es je wieder wagen, mich zu manipulieren, dann werde ich dich nicht so glimpflich davonkommen lassen.«

»Ich verspreche dir, ich werde es nie wieder tun. Ich wollte dich davon abhalten, mit mir auf den Neptun zu springen, aber es hat nicht geklappt, sonst hättest du deine Erinnerung nicht wiederbekommen und wärst nicht mit mir gesprungen. Ich habe wirklich lange darüber nachgedacht, warum es nicht funktioniert hat, aber ich werde schon noch hinter dein Geheimnis kommen.« Verschwörerisch zwinkerte er mir zu.

***

Ich war allein in meinem Zimmer. Csilla packte schon begeistert und fragte sich, was für sexy Kleidungsstücke wohl gerade auf dem Neptun in waren, während Nereus sich die Beine vertrat. Ich musste mich sortieren. Eins nach dem anderen, Mina. Wie erklärte ich meinen Eltern sowie Molly und Clint glaubhaft, dass ich mit Csilla einen Spontantrip machen würde, ohne Handy. Ich holte tief Luft und pustete geräuschvoll aus. Sie noch einmal zu sehen, bevor ich … zum Neptun ging, war unmöglich, ich würde mich verraten oder doch nicht fahren, weil ich kalte Füße bekommen würde. Aber ich wusste tief in mir, dass ich die Antworten, nach denen ich suchte, nur durch diese Reise erhalten würde.

Ich setzte mich auf mein Bett und wählte die Nummer meiner Eltern, bevor ich es mir doch noch anders überlegen konnte. Es erklang ein Freizeichen. »Hey, Schatz. Was gibt's?«

Sehnsüchtig lächelte ich und fühlte mich gleich etwas ruhiger. Ich liebte die Stimme meiner Mom. Und egal, wer auch immer meine leiblichen Eltern waren, Sue und James würden immer an erster Stelle kommen. Immer.

»Hey, Mom. Ich habe tolle Neuigkeiten, die dich von den Socken hauen werden. Csilla und ich machen einen Spontanurlaub nach ...« Ja, wohin denn? O Mann, Mina. Was für eine grandiose Darbietung. »… nach Transsilvanien. Abgeschieden, ohne Netz, ein Abenteuer.«

»Transsilvanien?«, die Stimme meiner Mom kletterte eine Oktave höher, »Wie kommt ihr denn auf die Idee? Ich meine, klar, wir haben davon gesprochen, dass du mal was erleben sollst, aber Transsilvanien? An das hatte ich nun wirklich nicht gedacht. Und nur du und Csilla? Ohne Handy?«

»Nein, Mom. Wir haben einen Guide … Das ist quasi eine geführte Wanderung, aber wir haben extra eine handyfreie Tour gebucht«, log ich ungeniert. Dafür würde ich in die Hölle kommen, wenn es sowas überhaupt gab.

»Aha«, sagte meine Mom nüchtern.

O nein, sie roch den Braten. Ich musste irgendwas unternehmen. »Kannst du dich noch an Bram Stoker‘s ›Dracula‹ erinnern? Csilla und ich haben uns den gerade noch mal angeschaut. Und die weibliche Hauptfigur, die heißt doch auch Mina, also Wilhelmina. Wir fanden es irgendwie witzig, auf Draculas Pfaden zu wandeln und uns diese fantastische Landschaft anzuschauen …«

Es herrschte immer noch der Aha-Zustand auf der anderen Seite der Leitung.

»Okay, es wird uns noch jemand begleiten. Du weißt doch … der Typ, von dem Molly erzählt hat, über den ich erst nicht reden wollte – Nathan. Er kommt auch mit und ich … wir … es sieht so aus, als ob wir uns mögen. Also, glaube ich.«

»Oh, Mina, das sind ja fantastische Neuigkeiten! Ein Liebesurlaub. Wie romantisch! Aber warum hast du das denn nicht gleich gesagt?«

Ich konnte mir lebhaft vorstellen, wie meine Mutter gerade innerlich jubilierend auf und ab hüpfte.

»Mina, das wird toll. Ich werde es nachher deinem Vater erzählen. Der wird ganz aus dem Häuschen sein. Aber eine Bedingung habe ich.« Ich schluckte. »Wenn ihr zurück seid, dann hoffe ich erstens, dass wir noch keine Großeltern werden und zweitens, dass du uns Nathan vorstellst, ja?«

Ich musste grinsen und erwiderte: »Ja, Mom, ich hoffe, dass ich deine beiden Bedingungen erfüllen kann.«

»Minerva Sterling, ich bin noch zu jung, um Oma zu werden! Ich hoffe, dass du mit ihm schon über Verhütung gesprochen hast. Das ist nicht nur Frauensache. Nimmst du noch die Pille? Ich …«

»Mom, ich muss jetzt auflegen. Wir müssen schnell packen. Bitte sag Dad, dass ich ihn lieb hab und drück ihn von mir, ja? Und dich habe ich natürlich auch lieb. Ich freu mich darauf, euch bald wieder zu sehen und euch alles … zu erzählen.«

»Wir lieben dich auch, Schatz. Ich wünsche dir eine ganz tolle Zeit. Mach viele Fotos, das sind die besten Erinnerungen.« Tja, das würde wohl schwierig werden.

»Ja, natürlich. Bis dann.« Ich legte auf und presste mein Handy an meine Brust. Ich würde sie wiedersehen und ich würde ihnen dann die Wahrheit sagen. Und ich würde ihnen Nereus vorstellen, falls wir dann überhaupt sowas wie ein Paar sein sollten. Darüber konnte und wollte ich gerade nicht auch noch nachdenken. Das Abenteuer meines Lebens wartete auf mich.

Das Telefonat mit Molly und Clint war erstaunlich kurz. Die beiden hatten anscheinend gerade andere Probleme, als meine mehr als dünne Story in Frage zu stellen. Ich klärte noch kurz, wie Clint wieder an die Ausstellungsschlüssel gelangen konnte und dann … dann war da Stille.

Ich blickte aus dem Fenster meines Zimmers in den Garten, in dem Nathan – Nereus – und ich uns geküsst hatten. Danach hatte er mich verlassen. Er wollte gehen. Ich war ihm egal gewesen. Und nun war er zurückgekehrt.

Ich vergrub mein Gesicht in den Händen. Ich würde gleich zum Neptun reisen. Zum Neptun. Mit Nereus. Ja, ich war bereits zwei Mal dort gewesen, aber diesmal hatte ich keinen Stein, um schnell wieder zu verschwinden. Diesmal musste ich Nereus komplett vertrauen. Tat ich das? Ich wusste es nicht. Außerdem hatte ich Verantwortung für Csilla. In was hatte ich sie da nur hineingezogen? Sie hatte natürlich recht – wenn wir in unterschiedlichen Rollen gewesen wären, hätte ich auch keine Sekunde gezögert mitzukommen.

Ich musste mich jetzt zusammenreißen. Was sollte man mit auf den Neptun nehmen? Ich machte die Tür zur Küche auf, ließ die Musik rein und fing an zu packen.

Das Seepferdchen, das Blumen schenkte

Ich schüttelte den Kopf, um das Gefühl der Verwirrung loszuwerden, das mich jedes Mal überkommen hatte, wenn ich mit einem Lapid gereist war.

Csilla ließ meine Hand los, die sie während der Teleportation hatte halten müssen, drehte sich einmal im Kreis und rief voller Erstaunen: »Wow, ist das schön hier!«

Ich sah Nereus an, der immer noch meine andere Hand in seiner hielt. Stolz spiegelte sich in seinem Gesicht, der seine kräftigen Wangenknochen noch stärker hervortreten ließ. Ich gönnte mir einen Moment, um ihn genauer zu betrachten und entdeckte eine kleine Narbe, die seine linke Augenbraue teilte. Zu gern wäre ich mit meinen Fingern darübergefahren. Meine Finger? Die hielten ja immer noch ganz verzückt Nereus‘ Hand. Langsam zog ich sie zurück und seine Finger streckten sich, so dass sie über jeden

Zentimeter meiner sich zurückziehenden Hand strichen. Diese sachte Berührung jagte mir einen Schauer über den Rücken.

Ich öffnete gerade den Mund, um die Situation mit einem Scherz aufzulockern, als die Tür zum Thronsaal schwungvoll aufgestoßen wurde. Durch sie hindurch schritt ein älterer Mann in einer blauen Toga, die kunstvolle Stickereien in schwarz zierte. Ich erkannte ihn sofort wieder, er hatte mich bei meinem ersten Sprung »Rhea« genannt und wohl mit meiner Mutter verwechselt. Er kam schnellen Schrittes auf uns zu und nahm mich ins Visier. Mit weit ausgebreiteten Armen sagte er breit lächelnd: »Willkommen auf dem Neptun, Minerva. Wir freuen uns, dich als unseren Gast begrüßen zu dürfen.«

Nereus wandte sich an uns: »Mina, Csilla ... ich möchte euch meinen Vater vorstellen«, er machte eine Geste in Richtung des immer noch lächelnden Mannes, »Das ist Neptun, der Gott der fließenden Gewässer, der springenden Quellen …«

»Ja, ja, und des Wetters und, und, und …« Er machte eine abwiegelnde Handbewegung und schien sich in Bescheidenheit zu üben. »Ich herrsche über alles Mögliche, ich bin ein Gott.«

Nereus trat schnell einen Schritt an seinen Vater heran und raunte etwas in sein Ohr. Auch wenn ich mich anstrengte, konnte ich nichts verstehen. Neptuns Blick ruhte einen Augenblick auf meiner Freundin, bevor er nickte. Was auch immer Nereus da flüsterte, ich konnte schlecht die ganze Zeit stumm wie ein Fisch herumstehen.

»Herzlichen Dank für eure Gastfreundschaft …?« Das Blut schoss mir in die Wangen; ich hatte keine Ahnung wie ich einen Gott ansprechen sollte. O. Mein. Gott. Ich sprach gerade mit einem Gott. Die Situation drohte mich zu überwältigen und ich sog zittrig meinen Atem ein.

Neptun schmunzelte und legte einen Arm um meine Schulter. »Du musst nicht nervös sein, Minerva. Nenn mich einfach Neptun, wir Götter sind doch alle eine große Familie.«

Ich nickte dankbar. Mich gewählt bei Hofe auszudrücken, war keine Stärke von mir, dafür hätte ich Clint gebraucht.

»Wenn ich meinen Sohn richtig verstanden habe, ist das hier alles für dich noch ganz neu. Ich schlage vor, Nereus zeigt dir und deiner Begleitung eure Zimmer und ihr entspannt euch noch etwas, bevor wir zum Abendessen zusammenkommen.«

Nereus führte uns treppauf in einen der Besuchertürme. Nachdem er für Csilla eine Tür geöffnet hatte, hinter der ihre Räumlichkeiten lagen, legte er eine Hand auf meinen unteren Rücken und dirigierte mich sanft weiter den Flur entlang. Sein unverkennbarer Duft nach Meer in Kombination mit der Wärme seiner Haut machte mich ganz willenlos. Mit jeder unserer Begegnungen fühlte ich mich mehr zu ihm hingezogen. Wir schritten durch die langen Gänge und erklommen eine steile Treppe. Ich hätte ewig so neben Nereus schlendern können.

Schließlich angekommen, öffnete er eine schwere Holztür in der obersten Etage und ließ mir den Vortritt. Offensichtlich ein Schachzug, um mich zu beeindrucken, und er war meisterlich aufgegangen. Fassungslos bestaunte ich die Schönheit des Raumes. Ich trat in das runde Zimmer, das den gesamten Turm einnehmen musste. Es waren in jede Himmelsrichtung riesige, bodentiefe Fensteröffnungen eingelassen, die von den Wänden nur schmale Säulen übrigließen. Sie waren mit aufwändigen Mosaiken verziert, die Unterwasserszenen darstellten.

Angenehm warmer Wind wehte durch den Raum und spielte mit den zarten Vorhängen, die in regelmäßigen Abständen herabhingen. Der Fußboden war mit großen Steinplatten ausgelegt, die aber zu einem großen Teil von dicken Teppichen bedeckt waren, die himmlisch weich aussahen.

In der Mitte des Raumes befand sich ein monumentales Himmelbett mit weißen, dichten Vorhängen, an dessen Fußende eine schwere, alte Truhe stand. Neben einer der Fensteröffnungen standen ein bequemer Sessel und ein Tischchen. Auf der gegenüberliegenden Seite war ein antiker Schminktisch mit dazu passender Bank platziert worden. Das einfallende Licht war angenehm kühl und legte einen zarten Blauton über alles, so dass ich mir wie ein Fisch in einem Aquarium vorkam. Auf der Suche nach dem Ursprung dieses Phänomens legte ich meinen Kopf in den Nacken und blickte empor. Über mir wölbte sich eines der Kuppeldächer, die ich schon gestern Nacht auf meiner Flucht bemerkt hatte. Da hatte ich nur nicht sehen können, dass sie aus blauem Glas bestanden, durch das nun die Abendsonne hereinfiel.

»Das ist atemberaubend schön«, wandte ich mich an Nereus, »aber wo ist denn das, ähm … Badezimmer?«

Er vollführte eine Drehung mit seiner rechten Hand, so dass die Handfläche nach oben wies und sagte: »Badezimmer.«

Sofort strukturierte sich der ganze Raum um, das Bett verschwand und an seiner Stelle erschien eine Badewanne samt Anschlüssen für fließendes Wasser, aus dem kleinen Sessel wurde eine offene Dusche und Toilette mit Waschbecken erschienen statt des Schminktisches.

»Wow, ich bin sprachlos …«

»Das ist nur kleine Haushaltsmagie, der Palast ist gern jedem behilflich«, wiegelte Nereus ab.

Ich dachte einen Moment nach. »Ist das nicht schrecklich unpraktisch? Was, wenn ich etwas im anderen Zimmer vergesse?«

Nereus zuckte nur mit den Schultern, kam auf mich zu geschlendert und hob mit seinem Zeigefinger leicht mein Kinn, so dass er mir tief in die Augen schauen konnte.

»Liebes, das ist eben der Preis, den man bezahlt, wenn man Räume erschafft, die sogar dich sprachlos machen.« Er zwinkerte mir zu, bevor er den Raum verließ und die Tür hinter sich schloss.

Ob er mein »Blödmann!« noch gehört hatte, blieb unklar.

***

Es klopfte an meiner Tür, die im gleichen Moment auch schon geöffnet wurde und Csilla wirbelte herein. Sie hatte sich umgezogen und trug nun ein hellblaues, ärmelloses Kleid. Über ihre linke Schulter war ein dunkelblaues Tuch drapiert, das in der Taille durch einen schmalen goldenen Gürtel gehalten wurde. Dazu trug sie flache Sandalen mit hoher Schnürung. Sie sah aus, als würde sie hierher gehören. Schon wieder fühlte ich mich sprachlos. Ich musste aufpassen, dass das nicht zur Gewohnheit wurde.

»Csilla, das ist jetzt schon grotesk, dass du in deinem zugegeben wirklich riesigen Kleiderschrank auch noch das passende Outfit für den Neptun hattest.«

»Nein, du Schäfchen, hast du deine Ankleidetruhe noch nicht geöffnet?«

»Meine was?«

Csilla sah sich um. »Ach, du bist ja noch im Badezimmer-Modus. Mach das mal weg«, sagte sie und wedelte mit einer allumfassenden Geste Richtung Badezimmer.

»Wie denn? Nereus hat mir nur gezeigt, wie ich das Bad bekomme, nicht, wie es wieder verschwindet.« Ich hob frustriert meine Hände.

Csilla sah mich an und schüttelte den Kopf. »Nur, weil wir auf dem Neptun sind, musst du doch das Denken nicht einstellen. Wie bekommt man denn das Badezimmer?«

Mir ging ein Licht auf. Ich machte eine drehende Bewegung mit der Hand und als meine Handfläche nach oben zeigte, sagte ich: »Schlafzimmer.«

Kaum ausgesprochen, wandelte sich der Raum wieder zurück und das Bett erschien an seinem alten Platz. Als ich die Truhe öffnete, quoll mir ein ganzer Berg an Kleidung entgegen. Ich sah Kleider, Hosen, Oberteile verschiedenster Art und Schuhe für jeden Anlass.

Csilla zog ein Kleid heraus, das ihrem sehr ähnlichsah, nur war der Grundton ein dunkles Grün und es wurde mit einem schwarzen Tuch kombiniert, das goldene Stickereien besaß.

Nachdem wir Haare und Make-up zu unserer Zufriedenheit gerichtet hatten, machten wir uns auf den Weg nach unten und wurden von einem wartenden Diener in Richtung Thronsaal geführt. Inzwischen war die Dämmerung so weit fortgeschritten, dass die Bediensteten Fackeln in den Gängen entzündet hatten, und ich erzählte Csilla von meinen Abenteuern der vergangenen Nacht.

Das Timing war perfekt, ich hatte gerade meine Erzählung beendet, als wir den Saal erreichten. Die lange Tafel war gedeckt und zwischen den schweren Kerzenleuchtern standen Platten mit verschiedenem Obst und Gemüse. Es gab auch Fischplatten und einen großen Vogel, von dem ich hoffte, es wäre eine Gans.

Langsam traten wir näher. Am Ende der langen Tafel thronte Neptun, zu seiner linken saß Nereus und neben ihm eine umwerfend schöne, junge Frau. Die beiden steckten die Köpfe zusammen und unterhielten sich vertraut. Bei diesem Anblick zog sich mein Magen zusammen.

»Lächeln«, raunte Csilla mir zu und ich setzte mein schönstes falsches Lächeln auf. Als ich zurück zu Neptun sah, bemerkte ich, dass er Nereus und diese Frau mit gerunzelter Stirn betrachtete, während die Frau neben ihm das Paar freundlich anlächelte.

Ein Bediensteter räusperte sich und verkündete mit lauter Stimme: »Minerva und Csilla von der Erde, Eure Gottheit.«

Alle Gespräche verstummten und jeder einzelne Gast starrte uns an. Meine Mundwinkel schmerzten schon vom verkrampften Lächeln, als sich Neptun erhob, auf die beiden leeren Plätze neben der Frau an seiner Seite deutete und sagte: »Nochmals herzlich willkommen auf dem Neptun. Nehmt bitte neben meiner Gemahlin Salacia Platz.«

Ich betrachtete die hagere Frau mit der schmalen, langen Nase. Das war also Salacia, von der mir Kybele erzählt hatte. Sie war der Grund, warum sie sich endgültig von Neptun losgesagt hatte. Mir war es unangenehm, dass ich mit dem Wissen um die Affäre ihres Mannes nun neben ihr sitzen sollte.

Während wir die Tafel entlangschritten, hätte man eine Stecknadel zu Boden fallen hören können. Kaum hatten wir unsere Plätze eingenommen, bemerkte Neptun: »Bitte verzeiht die Neugier unserer anderen Gäste, aber dein Erscheinen, Mina, ist etwas … überraschend für sie.« Und an den Rest gewandt sagte er: »Fahrt fort, esst, trinkt und lacht.« Sofort setzte das Geplauder wieder ein.

Ich hörte, wie sich Csilla an ihren Platznachbarn wandte und kokett lächelnd meinte: »Hallo, ich bin Csilla. Sind alle Männer auf dem Neptun so gut gebaut wie du?« Okay, um Csilla musste ich mir keine Sorgen machen.

Ich beobachtete die Menschen um mich herum. Dabei bemerkte ich, wie sich der Teller eines Herren von selbst füllte. Ob das wohl auch palasteigene Magie war? Ein perlendes Lachen lenkte mich von meiner Überlegung ab.

Die Schönheit neben Nereus warf ihren Kopf in den Nacken und präsentierte so geschickt ihren makellosen Hals und ihr umwerfendes Dekolleté. Sie hatte die Hand auf seinen Arm gelegt und schien keinerlei Pläne zu hegen, sie dort in nächster Zeit wieder wegzunehmen. Der unbändige Wunsch, ihr an ihre zarte Kehle zu gehen, brandete in mir auf. Sie strich sich ihr langes grünes Haar nach hinten und entblößte nicht nur ein spitzes Ohr, sondern auch Teile eines verschlungenen Musters in zarten Blautönen. Es lief ihren grazilen Hals hinab und verschwand im Stoff ihres Kleides.

Ich hatte sie wohl einen Moment zu lange beobachtet, denn sie lächelte mich zuckersüß an und deutete an die Decke: »Sollte ich dir bekannt vorkommen, da oben siehst du die Erklärung.« Und mit einem Augenzwinkern in Nereus' Richtung fügte sie hinzu: »Ich habe dem Künstler Modell gestanden. Bei so etwas muss man sich seines Körpers sehr sicher sein.«

Sie war die Wassernymphe, die ich auf dem Deckengemälde gesehen hatte, nackt, wie Gott … ähm … Neptun sie erschaffen hatte. Aber nicht allein deshalb erschien mir ihre Silhouette seltsam vertraut. Dieses Wiederkennen brachte eine Saite in mir zum Schwingen. Die beiden so eng nebeneinander, ich hatte das doch so ähnlich schon mal gesehen … und dann dämmerte es mir. Das war ja wohl der Gipfel: Nicht nur, dass jeder sehen konnte, dass diese Person einen atemberaubenden Körper hatte, sie hatte ihn auch noch an Nereus gepresst, in der Nacht am Strand auf dem Hippokampus.

Um von ihrem perfekten nackten Körper als Gesprächsgegenstand abzulenken, fragte ich: »Wie funktioniert das mit den gefüllten Tellern?«

Neben mir zischte Salacia: »Nicht einmal das weiß das Erden-Mädchen.«

Ich zuckte und wollte gerade zu einer flammenden Verteidigungsrede ansetzen, als Nereus samtige Stimme mein Ohr streichelte: »Mutter, bitte. Woher soll sie das denn wissen?«

Er beugte sich über den Tisch und erklärte: »Du muss es dir einfach nur wünschen, Mina.«

»Warum kann ich nicht einfach etwas von den Platten nehmen?«

»Sie sind die Speisekarte, alles was du auf ihnen siehst, kannst du dir heute wünschen. So bekommt jeder, was er möchte und keiner geht leer aus.«

Gut, also wünschen. Ich brauchte dringend einen Schluck Wein. Mit konzentriertem Blick starrte ich meinen Kelch an und in der nächsten Sekunde war er gefüllt. Ich nahm einen tiefen Schluck.

Den Rest des Essens durfte ich damit verbringen zuzusehen, wie sich diese Wassernymphe Nereus schamlos an den Hals warf. Fehlte nur noch, dass sie versuchte, ihm auf den Schoß zu klettern. Das vertraute Feuer auf meinem Rücken versuchte ich mit Wein zu ertränken, der mir langsam, aber sicher zu Kopf stieg.

Erleichtert seufzte ich, als die Tafel aufgelöst wurde und die Gäste sich verabschiedeten. Als ich Neptun eine gute Nacht wünschte und mich mit Csilla auf den Weg zu unseren Zimmern machte, sah ich von Nereus und seiner Tischdame keine Spur mehr.

An Csillas Tür angekommen drehte sie sich zu mir und sagte: »Weißt du, ich bin wirklich froh, dass ich dich begleitet habe. Die Zimtschnecke von Arzt bei uns zu Hause sah schon lecker aus, aber da wusste ich ja noch nichts von interstellaren Jagdgebieten.«

Ich gab ihr einen Gute-Nacht-Kuss auf die Wange und fügte hinzu: »Man muss immer mal wieder seinen Horizont erweitern.«

Ich erreichte meine Tür und streckte gerade meine Finger zur Klinke, als sich eine Hand auf meine Schulter legte. Ich wirbelte herum und sah in Nereus' azurfarbene Augen. »Was willst du hier? Hatte deine Wasserhexe kein Interesse mehr?«, fauchte ich.

»Sinja ist eine Nymphe, keine Hexe, und es hatte nichts mit dieser Art von Interesse zu tun.« Ein süffisantes Lächeln umspielte seine Mundwinkel. »Sie ist die Oberste der Wassernymphen und deshalb wichtig für uns, außerdem sind wir zusammen aufgewachsen. Es war ein Geschäftsessen.«

»Wenn Geschäftsessen hier so aussehen, dann will ich nur noch solche.« Und ich fügte leicht nuschelnd hinzu: »Aber nicht mit so einem Kerl wie dir.«

Nereus trat näher und ehe ich mich versah, presste sich mein Rücken gegen die Tür. Er stemmte seine Arme rechts und links neben mir gegen den Rahmen und senkte den Kopf zu mir herunter. Mein Herz raste, als ich seinen warmen Atem auf meiner Haut spürte. Sein Blick lag auf meinen Lippen, fast schon konnte ich seinen Kuss fühlen.

Nereus senkte den Kopf noch tiefer und raunte mit dunkler Stimme: »Liebes, wenn du dir heute Abend nicht vorgenommen hättest, die Weinkeller meines Vaters allein zu leeren, dann würde ich dir endlich zeigen, was für eine Art von Mann ich bin. Aber ein zweites Mal gehe ich nicht das Risiko ein, dass du in meinen Armen einschläfst, bevor du in Ektase meinen Namen schreist, bis dir die Stimme versagt.« Dann hauchte er mir einen Kuss auf die Stirn und ging.

Mit zitternden Knien und einem Herzen, das mir aus der Brust zu springen drohte, lehnte ich meinen Hinterkopf an die Tür. Wir hatten keinen Sex gehabt. Ich konnte die ungestillte Lust in meinem Schoß pulsieren fühlen und hätte für Befriedigung in diesem Moment alles gegeben. Frustriert schlug ich mit der flachen Hand gegen die Tür, stieß mich danach ab und verschwand in meinem Zimmer.

***

Nach einem leichten Katerfrühstück machte ich mich auf den Weg, Nereus zu suchen, um die gestrige Szene zwischen uns zu klären. Trotz des Katers fühlte ich mich erstaunlich erfrischt, denn ich hatte das erste Mal, seit ich denken konnte, durchgeschlafen.

Csilla hatte ich auf dem Weg an einen gutaussehenden Wachmann verloren, den sie wahrscheinlich gerade erfolgreich von der Arbeit ablenkte.

Ich hielt einen Bediensteten an und erkundigte mich nach Nereus. Der wies mir den Weg in den Garten. Ich folgte einem gewundenen Pfad, der durch dichte Bäume führte und auf einer Lichtung endete. In ihrer Mitte lag ein kleiner See und bei näherem Hinsehen bemerkte ich Kleidungsstücke, die auf den Steinen am Ufer lagen.

Neugierig näherte ich mich gerade, als ein Kopf das Wasser durchbrach und Nereus mit kräftigen Zügen zum Ufer schwamm. Bald darauf erreichte er auch schon flacheres Gebiet und stellte sich auf, so dass ihm das Wasser nun bis zur Taille reichte. Glitzernde Tropfen rannen über seine wohl definierte Brust und seine Bauchmuskeln spielten unter der Haut, als er seine Hände hob, um sich die Haare aus dem Gesicht zu streichen. Mit geschlossenen Augen stand er einfach nur einen Moment da und schien die Sonne zu genießen. Ich hingegen genoss Nereus.

Völlig ungeniert starrte ich ihn an. In Gedanken fuhren meine Hände seine Brust hinab, strichen über seinen flachen Bauch und machten sich auf die aufregende Entdeckungstour weiter nach unten.

»Hat dir niemand beigebracht, dass es unhöflich ist, nackte Männer anzustarren?«

Ertappt fuhr ich zusammen. »Nackt?« Hitze schoss mir ins Gesicht und mein Blick flog unwillkürlich zur Wasseroberfläche. In meiner Träumerei eben hatte ich mir immerhin noch den Bund einer Hose vorgestellt, die ich spielerisch hatte öffnen wollen.

Er grinste genießerisch und erwiderte: »Ja, nackt, und dir wird gefallen, was du siehst.«

Trotzig blieb ich stehen und blickte ihm in die Augen. Langsam stieg er aus dem Wasser, reckte das Kinn und lächelte süffisant. Jeden Zentimeter, den der Wasserspiegel sich senkte, verfolgte ich gebannt. Automatisch wanderte mein Blick immer weiter an seinem Körper herunter, bis er auf seinen aufragenden … O Mann, was war mir in dieser Nacht entgangen.

Ich schnappte nach Luft und mit feuerrotem Kopf flog mein Blick nach oben. Ich konnte die Spannung nicht mehr ertragen und drehte mich nun doch um. Ich musste irgendetwas sagen. »Hör mal, wegen gestern Abend ...«

»Mach dir keine Sorgen, deine Eifersucht ist doch ein Kompliment.« Ich konnte sein selbstsicheres Grinsen geradezu in seiner Stimme hören.

»Ich war nicht eifersüchtig. Das war der Wein, die Aufregung, die …«

»Okay, dann war es halt der Wein. Das habe ich dann wohl fehlinterpretiert«, fügte er sarkastisch hinzu.

Ich schnaubte gereizt und ballte die Fäuste. Dieser Mann brachte mich zum Glühen!

»Du kannst dich jetzt wieder umdrehen, ich bin angezogen.« Er saß nun auf den Felsen, die das Ufer säumten. Einladend klopfte er auf den Stein neben sich.

Mich neben ihm niederlassend, blickte ich zum Waldrand und sagte: »Übrigens, danke für dein … nacktes Kompliment.« Ich ließ mir dir Haare ins Gesicht gleiten, um meine roten Wangen zu verbergen.

Nereus lachte schallend auf und fragte: »Mina?«

Ich sah ihn verlegen an und er strich mir sanft mit seiner Hand die Haare aus dem Gesicht.

Er sprach mit belegter Stimme: »Gerne. Aber du verdienst noch so viel mehr als das.« Mit diesen Worten glitt er mit seinen Lippen an meiner Wange entlang und entfachte ein Feuer in mir.

Dieses Thema wollte ich jetzt nicht vertiefen und so stellte ich eine der Fragen, die mir schon länger auf dem Herzen lagen: »Wenn ich die Tochter eines Gottes bin, habe ich dann bestimmte Kräfte? Kann ich fliegen? Oh, bitte, sag, dass ich fliegen kann, das wäre sowas von cool!«

Nereus schmunzelte, schüttelte aber den Kopf. »Nein, das leider nicht. Die Kräfte von uns Götterkindern hängen von unseren Eltern ab. Mein Vater ist Neptun, also kann ich …«

»Das Wasser beherrschen«, fiel ich ihm ins Wort.

Anstelle einer Antwort hielt mir Nereus seine Hand hin, die Innenfläche nach oben gewandt. Zunächst dachte ich, es würde nichts geschehen, doch dann sah ich eine schmale Wassersäule aus dem See aufsteigen und sich in anmutigem Bogen auf ihn zu zubewegen. Eine kleine, perfekte Wasserkugel entstand in seiner Hand. Ich wollte schon applaudieren, da verdeckte er mit seiner Linken die Kugel kurz, pustete zart auf seinen Handrücken und zog sie dann wieder zurück. Dort, wo eben noch die Kugel lag, schwebte nun ein kleines, durchsichtiges Seepferdchen. Als sei das noch nicht genug, griff es in seine Bauchtasche, zog eine Wasserblume daraus hervor und überreichte sie mir mit einer eleganten Verbeugung. Ich griff danach und konnte sie tatsächlich einen Moment halten, bevor sie mir zwischen den Finger zerrann.

»Wie bezaubernd. Dankeschön.«

»Nicht annähernd so bezaubernd wie du, würde ich jetzt gern sagen, doch ich fürchte, du würdest es als leeres Kompliment abtun. Also gern geschehen, Liebes.« Nereus lächelte mich warm an und zwinkerte mir zu.

»Und was beherrsche ich als Tochter des Mars?«

»Du solltest das Feuer beherrschen können«, antwortete er mir.

»Müssen wir dann ein Feuer machen? Du hast ja das Wasser eben aus dem See geholt.«

Nereus schüttelt den Kopf, grinste verschämt und meinte: »Das war nur Angeberei, genau wie das Pusten. Du kannst die Energie aus deiner Umgebung und aus dir selbst ziehen. Schau.« Nereus ließ Wasser aus seinen Fingerspitzen fließen.

Nachdenklich betrachtete ich meine Hände und versuchte mir vorzustellen, sie stünden in Flammen.

»Glaub an dich«, raunte mir Nereus ins Ohr und legte mir seine Hand auf den Arm. Das war jetzt nicht hilfreich.

Ich schüttelte sie ab und murrte: »Lenk mich nicht ab.« Ihn ignorierend starrte ich weiter hochkonzentriert auf meine Fingerspitzen und dachte an das Feuer, das auf meinem Rücken gebrannt hatte, als ich das Schwert das erste Mal gezogen hatte. Winzige Funken stoben aus meinen Fingerkuppen und ich zuckte zurück.

»Konzentrier dich, nicht nachlassen.«

Ich fokussierte mich erneut und stellte mir vor, wie das Feuer über meinen Rücken vorsichtig in meine Hände floss. Echte Flammen entstanden nun. Begeistert sah ich zu Nereus und streckte ihm meine brennende Hand entgegen. Er wich zurück.

»Vorsicht, ich bin entflammbar.«

Hastig zog ich meinen Arm wieder zurück.

»Versuch jetzt, dem Feuer eine Form zu geben«, sagte er und hielt mir seine Wasserkugel entgegen, »Dann hast du auch was, das du Mars auf dem Ball zeigen kannst.«

»Auf dem Ball?«

»Ja, mein Vater fand die Gelegenheit passend.«

Okay, ich hoffte, er meinte trotzdem unter vier Augen und nicht vor allen Gästen.

Jetzt wollte ich mich nicht mehr mit Anfängerkugeln aufhalten. Nereus hatte etwas viel Komplexeres zustande gebracht, das konnte ich ja wohl auch. Mit was könnte ich auf ein blumenschenkendes Seepferdchen reagieren? Ich würde ein wunderschönes Einhorn formen. So ein plüschiges wie auf den Pantoffeln, die mir meine Mutter geschenkt hatte.

Ich konzentrierte mich auf meine Mitte, so wie es mich Meister Hoshi gelehrt hatte, schloss die Augen, visualisierte dieses süße Einhorn vor meinem inneren Auge und ließ meine ganze Kraft hineinfließen.

Ein dröhnendes Brausen traf meine Ohren und Wind zerzauste mein Haar, als ich Nereus voller Schrecken rufen hörte: »Ein riesiges Einhorn? Mina. Im Ernst?«

Das war jetzt definitiv nicht die Reaktion, mit der ich gerechnet hätte, eher mit Staunen und Verzücken, weil ich so etwas so schnell hinbekommen hatte. Moment … riesiges Einhorn? Das war nicht der Plan gewesen.

Nachdem mir diese Gedanken in Sekundenschnelle durch den Kopf geschossen waren, beschloss ich nun doch, die Augen zu öffnen. Nereus war inzwischen aufgesprungen. Das erschien mir eine gute Idee, denn nicht weit von ihm entfernt stand ein Einhorn, dessen Größe der eines Hippokampus in nichts nachstand.

»Aber ...« war alles, das ich hervorbrachte. So war das nicht geplant. Mein Einhorn sollte niedlich sein; das, was da gerade den Kopf senkte und Nereus mit seinem Flammenhorn bedrohte, war jenseits von niedlich. Es hatte blutrote Augen, Mähne und Schweif brannten lichterloh und auch aus den Nüstern schossen Flammen. Es war ein Einhorn aus der Hölle.

Mit offenem Mund starrte ich die Kreatur an, die nun mit ihren brennenden Hufen scharrte, feurig schnaubte und mit einem beherzten Satz auf Nereus zu preschte. Der benötigte einige

Sekunden, um zu reagieren. Erst kurz bevor das Monster-Einhorn ihn aufspießen würde, sprang er mit einem kräftigen Satz zur Seite, rollte sich ab und kam wieder auf die Füße.

»Mina, halt es an! Lass es wieder verschwinden!«, schrie er.

»Ich kann nicht!«, rief ich voller Schrecken.

Das Einhorn hatte einen Bogen geschlagen und galoppierte laut wiehernd wieder auf Nereus zu. Er wich in Richtung Wasser zurück und als er sicher war, dass das Untier nicht mehr bremsen konnte, tauchte er mit einem weiten Kopfsprung unter. Das Einhorn versuchte zu halten und stemmte die Hufe in den Boden, doch sein Schwung trug es auf die Wasserfläche hinaus, wo es zischend und brodelnd erlosch.

Ein paar Meter weiter entfernt tauchte Nereus auf, schwamm an Land und schlenderte auf mich zu. Komplett ignorierend, dass er klatschnass war und ihm das Wasser aus den Haaren lief, setzte er sich auf den Stein von vorhin, klopfte auf den neben sich und meinte: »Machen wir es noch mal, aber diesmal versuchst du dich doch bitte erst einmal an einer Kugel.«

Die Waffen einer Frau

Fröhlich schlenderte ich am nächsten Morgen die Gänge entlang in Richtung Thronsaal und einem reichhaltigen Frühstück entgegen. Csilla und ich hatten gestern Abend noch stundenlang über unseren Tag geredet und uns gegenseitig auf den neuesten Stand der Dinge gebracht. Sie hatte Tränen gelacht, als ich ihr vorspielte, wie Nereus vor dem Einhorn aus der Hölle geflüchtet war. Im Gegenzug dazu hatte sie mir davon berichtet, wie die Männerwelt des Neptuns so tickte. Csilla nannte es »Feldforschung der modernen Frau« und war heute Morgen schon zu ihrer eigenen kleinen Expedition aufgebrochen.

Neben dem Durchgang zum Thronsaal hing eine monumentale Wandmalerei. Ich blieb stehen, um sie genauer zu betrachten. Zwölf Gestalten waren darauf zu sehen: Männer und Frauen, die auf im Kreis angeordneten Thronen saßen. Einer der Männer kniff sich gerade mit Daumen und Zeigefinger entnervt in die Nasenwurzel, während ein anderer entschuldigend mit den Schultern zu zucken schien. Ich trat näher, um die Gesichter genauer zu studieren und erkannte Neptun unter ihnen. Ob meine leiblichen Eltern wohl auch abgebildet waren? Ich betrachtete die Gesichter langsam, eins nach dem anderen.

Ein fast schon süßer Schmerz fuhr in mein Herz, als ich plötzlich meinte, in den Spiegel zu schauen. Dort, neben einem Mann mit granatroten Augen und kräftiger Statur, saß die Frau, die meine Mutter sein musste. Ich hatte ihre smaragdgrünen Augen geerbt und auch den weichen Schwung der Lippen erkannte ich wieder. Ihr Haar war ebenfalls wellig und lang, nur hatte es einen wunderschönen Haselnusston. Wehmütig dachte ich gerade darüber nach, dass ich nie ihre Stimme würde hören können, als hitzige Worte meine Gedankengänge störten. Sie drangen aus dem Thronsaal zu mir herüber.

»Ich verstehe einfach nicht, warum diese Person … dieses Erden-Mädchen, hier im Palast wohnen muss!«, fauchte eine weibliche Stimme.

»Salacia, sie ist Mars‘ Tochter, wir können sie schlecht bei den Schweinen wohnen lassen«, dröhnte Neptun.

»Du weißt doch gar nicht, ob dieses ungebildete Gör tatsächlich seine Tochter ist. Sie war ihr ganzes Leben lang auf der Erde. Was hat sie da gemacht? Himmel, sie stinkt ja richtig nach diesem götterverlassenen Gesteinsbrocken.«

»Salacia, bleib bitte sachlich. Sie hat eine frappierende Ähnlichkeit mit ihrer Mutter und Nereus hat gesehen, wie sie das Flammenschwert gezogen hat. Was willst du denn noch für Beweise?«

»Das ist ja auch noch so ein Punkt. Ich will nicht, dass er immer um dieses viel zu menschliche Ding herumscharwenzelt. Ich würde eine Verbindung mit Sinja weit mehr begrüßen. Die beiden wären ein bezauberndes Paar und der Einfluss der Wassernymphen ist nicht zu unterschätzen.«

»Also, jetzt wirst du wirklich albern. Du kannst doch nicht ernsthaft eine Verbindung mit den Wassernymphen vorziehen, nur, weil es da mal einen winzigen Fehltritt gegeben hat.«

»Als einen winzigen Fehltritt würde ich das nicht bezeichnen.« Ihre Stimme schraubte sich in ungeahnte Höhen.

»Um der Sterne willen, Salacia, ich bitte dich! Das ist rund 1.500 Jahre her und du trägst es mir immer noch nach.« Neptun klang nun eindeutig zerknirscht.

Ich wandte mich ab, diese Unterhaltung wurde mir dann doch zu privat. Aber im Weggehen konnte ich Salacia noch zischen hören: »Und wenn ich dir nicht hinterher gereist wäre und den Kopf gewaschen hätte, würdest du diesen Fehltritt noch immer begehen.« Auch Neptuns tiefes Seufzen entging mir nicht.

Mein Appetit hatte sich davongemacht.

Wütend stapfte ich durch den Gang, der mich nach draußen führen würde. Ich brauchte dringend frische Luft. Dass die blöde Schnepfe über die Affäre mit Kybele sauer gewesen war, konnte ich verstehen. Aber nach 1.500 Jahren immer noch alles, was irdisch war, zu verdammen, erschien mir reichlich überzogen. Dann hätte sie ihn eben rausschmeißen sollen, wenn sie nicht vergeben konnte oder wollte.

Sie hatte gesagt, ich stank. Mir wurde vor Ärger ganz heiß. Oder roch ich wirklich so unangenehm für eine göttliche Nase? Ich schaute mich rasch um. Als ich festgestellt hatte, dass ich allein war, lüpfte ich den Ausschnitt meines Oberteils, steckte die Nase hinein und roch an mir. Unsinn!

Ich verließ den Palast und trat in den Innenhof. Im Schatten einiger Bäume blieb ich stehen und lauschte. Das Klirren von Metall auf Metall schwebte mit der frischen Seebrise zu mir herüber. Vorsichtig umrundete ich einen mächtigen Stamm und spähte zu einem Kampfplatz hinüber.

Nereus und ein Gardist der Wache lieferten sich dort offenbar einen Trainingskampf, denn sie lachten. Ich drückte mich flach gegen den Stamm, damit sie mich nicht bemerkten, denn den Anblick, der sich mir dort bot, wollte ich bis ins Letzte auskosten. Der Gardist kämpfte in voller Montur, während Nereus nichts weiter trug als eine leichte schwarze Hose. Schweiß rann ihm den breiten Rücken hinunter und ließ seine Haut in der Sonne glänzen. Die beiden Männer kämpften mit langen Schwertern und schlugen mit diesen unerbittlich aufeinander ein. Nereus bewegte sich mit der eleganten Geschmeidigkeit einer Katze. Seine kraftvollen Drehungen ließen mich an einen Panther denken. Ich betrachtete seinen Kampfstil aufmerksam: Er war schnell, präzise, tödlich, aber das wusste ich bereits aus dem Dojo. Nur war dieses Spektakel noch mal eine Nummer heißer.

Alles, was ich in diesem Augenblick wollte, war dort hinüberzustürmen und mir mit Nereus den Zweikampf meines Lebens zu liefern. Schwerter müssten dabei nicht unbedingt eine tragende Rolle spielen. Mina, benimm dich. Mit ihm im Kampf auf Tuchfühlung zu gehen reichte erst mal.

Gedacht, getan. Zügig ging ich auf die kämpfenden Männer zu und schlug vor: «Wie wäre es mit einem neuen Trainingspartner? »

Der Gardist ließ sein Schwert in die Scheide gleiten, salutierte vor Nereus, verbeugte sich leicht vor mir und verließ den Kampfplatz.

»Woher bekomme ich ein Schwert?« Ich sah mich suchend um.

Nereus, der sich gerade mit einem Tuch über den Oberkörper fuhr, deutete mit seinem Kinn nickend auf mich. »Du hast dein Schwert doch immer bei dir.«

»Wie aktiviere ich es?« Unruhig trat ich von einem Bein auf das andere. Ich wollte loslegen – jetzt gleich.

»Du kannst es einfach rufen. Stell es dir bildlich vor und es wird erscheinen. Starke Emotionen können dabei helfen.«

Ich schloss die Augen und stellte mir mein wunderbares flammendes Schwert vor. Die vertraute Wärme floss über meinen Rücken, verstärkte sich aber nicht zu diesem heißen Brennen, das ich das letzte Mal gespürt hatte. Gut, ich benötigte also eine starke Emotion. Ich rief mir das Gespräch zwischen Neptun und Salacia wieder ins Gedächtnis und mein Rücken begann leicht zu brennen. Das genügte offensichtlich nicht. Okay, das Schwert war zweimal erschienen. Einmal hatte ich furchtbare Angst vor dem Hippokampus gehabt und beim anderen Mal hatten ich und Nereus uns geküsst.

Ich sah ihn an und forderte ihn auf: »Du sagtest, ich brauche eine starke Emotion … küss mich.«

Mit einem Wimpernschlag hatte er die Distanz zwischen uns überwunden. Behutsam legte er beide Hände an meine Wangen und flüsterte: »Nichts lieber als das.«

Seine Augen verdunkelten sich zu einem tiefen Blau, während er sich langsam zu mir hinab beugte. Sein Daumen zog eine liebevolle Linie über meine Lippen, die sich daraufhin erwartungsvoll teilten. Wir waren uns so nah, dass ich seinen Atem auf meiner Haut spüren konnte. Neckend hauchte Nereus mir einen zarten Kuss auf die Lippen, nur um hinterher einmal aufzuseufzen und mich dann mit einer Gier zu küssen, die an Verzweiflung grenzte.

Es schien, als hätte er alle Vorsicht fahren lassen, als er mit seiner Zunge nach meiner suchte und sie umeinander tanzten. Ein wundervolles Ziehen breitete sich zunächst in meiner Brust aus und wanderte dann zielstrebig in Richtung meines Schoßes. Ich umschlang Nereus und ließ meine Finger seinen nackten Rücken hinauf wandern, während ich mich an seinen harten Körper drückte. Als meine Brüste ihn berührten und unsere Hüften aufeinandertrafen, entfuhr ihm ein tiefer grollender Ton, fast so, als würde er knurren. Seine Hände fuhren gerade zu meinen Hüften, um mich noch stärker gegen seine Härte zu pressen, da brannte mein Rücken, als stünde er in Flammen.

Ich machte einen taumelnden Schritt rückwärts, griff hinter mich, zog mein Schwert und jubelte ein wenig atemlos: »Es hat geklappt!« Sofort schärfte sich mein Blick und ich sah auch kleinste Details, wie die Sandkörner am Boden, kristallklar.

Nereus stützte sich schwer atmend auf seine Knie, sah mich verlangend an und sagte mit rauer Stimme: »Du machst mich fertig, Kleines.«

Ich grinste ihn an und wog das Schwert in meiner Hand. Es fühlte sich gut an. Vorsichtig machte ich ein paar Probeschwünge und geriet wegen des ungewohnten Gewichts ein wenig aus der Balance. Es war doch etwas anderes als das Kendoschwert.

Nereus war sofort da und stützte mich, damit ich das Gleichgewicht wiederfand. »Lass mich dir zeigen, wie man mit einem Schwert umgeht.« Er stellte sich hinter mich und legte seine Hände auf meine, die das Schwert hielten, so dass ich in seinen Armen gefangen war. Genießerisch sog ich seinen Duft ein.

»Nereus? Sag mal … stinke ich nach der Erde?«, fragte ich mit roten Wangen.

Ich konnte sein tiefes Lachen dicht an meinem Ohr hören und spürte wie er mit der Nase meinen Hals hinabfuhr. Eine Gänsehaut breitete sich über meinem Körper aus. »Du duftest wundervoll. Nach Sonnenschein und Blumenwiese.«

Nereus zeigte mir ein paar Bewegungsabläufe, die ich mir mit Leichtigkeit einprägte. Das Kendo-Training hatte mich gut vorbereitet. Bald war ich so weit, dass ich mich sicher genug fühlte, einen Kampf gegen ihn auszutragen.

Wir stellten uns einander gegenüber auf dem Platz auf. Nereus griff in die Luft neben seinem Oberarm und der blauschimmernde Dreizack seines Tattoos materialisierte sich in seiner Hand. Irgendwie hatte ich mir vorgestellt, dass er auch ein Schwert haben würde. Aber der Dreizack ergab natürlich Sinn.

Er machte einen Schritt und griff an, ich parierte seinen Schlag. Mit meiner Supersehkraft hatte ich den Schlagrichtung vorhergesehen. Das Feuerschwert lag warm und sicher in meiner Hand.

Obwohl ich nicht den Eindruck hatte, Nereus würde mit voller Kraft kämpfen, drängte er mich langsam mit seinen energischen Hieben zurück.

»Warum bist du nach unserem ersten Kuss verschwunden?«, fragte ich ihn zwischen Angriff und parieren, teils um ihn abzulenken, teils, weil es tatsächlich an mir nagte.

»Ich war irritiert«, antwortete er. »Als ich sah, dass deine Augen bernsteinfarben wurden, ahnte ich, dass du ein Götterkind bist. Das hat mich durcheinandergebracht.«

Für den Moment reichte mir diese Antwort, auch wenn ich das Gefühl hatte, dass da noch mehr dahintersteckte und so griff ich nun meinerseits an. Unser Kampf glich inzwischen eher einem wüsten und brutalen Tanz, bei dem wir herumwirbelten, uns immer wieder umeinanderdrehten oder auseinanderstrebten, nur um funkenschlagend wieder zusammenzutreffen. Diese Choreografie der Gewalt machte mich ganz kribbelig, ich fühlte mich gewaltig. Ich war euphorisch und hatte gleichzeitig einen schier unstillbaren Hunger danach, Nereus gleich hier und jetzt zu vernaschen.

Dem wollte ich lieber nicht nachgeben und lenkte mich mit dem Erstbesten ab, das mir in den Kopf schoss: »Ich möchte gern einen Hippokampus reiten.« Mit diesen Worten ließ ich mein Flammenschwert auf seinen Dreizack niedersausen.

Seine Waffe mit beiden Händen festhaltend, parierte er meinen Hieb und nur ein fast unmerkliches Senken seiner Arme zeigte mir, mit welcher Wucht ich ihn getroffen haben musste. Mein Schwert mühelos zur Seite schlagend, verneinte er meine Bitte.

»Auf gar keinen Fall! Das ist viel zu gefährlich. Diese Tiere können unberechenbar sein.«

Nereus versuchte eine Finte, aber ich duckte mich unter seinem Arm hindurch.

»Lass uns wetten. Wenn ich dich schlage, reiten wir aus.« Ich täuschte einen Schlag gegen sein Bein an und versuchte mit einer schnellen Drehung seine Deckung zu unterlaufen, wie ich es auch beim Kendo getan hätte.

Mit dem Blocken meines Angriffs setzte er ein extrem selbstsicheres Grinsen auf. »Geht klar, Liebes. Ich lege noch ein Dinner obendrauf.«

Nun zeigte Nereus sein ganzes Können. Seine blauen Funken vermischten sich mit meinen feuerfarbenen und hinterließen qualmende Löcher auf unserer Kleidung. Er drosch mit so schnellen Hieben auf mich ein, dass ich sie kaum noch wahrnehmen konnte.

So überließ ich mich ganz meinen Instinkten, tänzelte mal hierhin und wich mal dorthin aus, täuschte, parierte und griff meinerseits an. Ich gab mein Bestes, aber Nereus trieb mich trotzdem unaufhaltsam vor sich her. Bald musste eine Entscheidung her oder meine Kräfte würden mich verlassen.

Wir hatten gerade etwas Abstand voneinander gewonnen, als ich plötzlich mein Schwert sinken ließ und sich blankes Entsetzen auf meinem Gesicht ausbreitete. Mit weit aufgerissenen Augen und offenem Mund deutete ich schräg hinter Nereus.

»Da …«

»Was siehst du, Mina?« Er hatte sofort seinen Kopf in die von mir gedeutete Richtung gewandt.

»Ich sehe einen Ausritt und ein exquisites Dinner«, sagte ich mit zuckersüßer Stimme, während ich ihm meine Schwertspitze unters Kinn drückte.

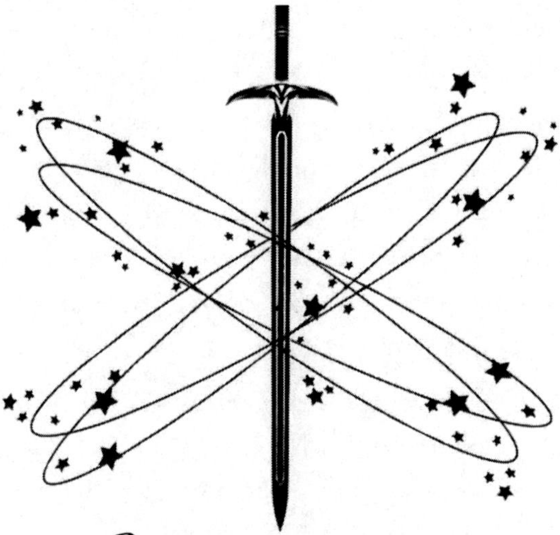

Urbs Aquae

Die Tage zogen schnell an mir vorbei. Ich trainierte täglich mit Nereus, wir sprachen viel und ich genoss jede Minute mit ihm. Trotz der schönen Zeit, die ich hier verbrachte, blitzten in meinem Geist immer wieder Fragen über Mars auf. Würde er mich mögen? Würde ich ihn mögen? Was würde er von mir nicht nur als seiner Tochter, sondern auch als Götterkind erwarten? Da ich nicht eine dieser Fragen beantworten konnte, schob ich sie immer wieder konsequent zur Seite.

Ich verbrachte aber nicht nur Zeit mit Nereus, sondern auch mit Csilla. Gestern hatte sie sich eine Auszeit von ihren »Forschungen« genommen und wir hatten die Umgebung erkundet. Nach einem Spaziergang entlang der beeindruckenden Steilküste, an der der Palast lag, waren wir auf einen kleinen Ort getroffen und hatten ihn erkundet.

Eine Szene war mir besonders lebhaft in Erinnerung geblieben: Wir hatten im sonnenwarmen Sand gesessen und auf das Meer geschaut, als ich strandabwärts auf eine Schar Kinder aufmerksam wurde, die laut lachten und jubelten. Ein Wassermann hatte sich zu ihnen gesellt und den Kindern kleine Tiere aus Seetang geflochten. Ich hatte nicht schlecht gestaunt, als ich Nereus neben ihm erkannt hatte. Nacheinander hatte er die Seetang-Tierchen angehoben und ihnen Leben eingehaucht. Gemeinsam war er danach übermütig mit den Kindern und den Tierchen über den Strand getollt. Ich hatte diesen Anblick geliebt. Das war also sein wichtiger Termin, hatte ich gedacht und in mich hineingeschmunzelt.

Nachdem ich durch das Palasttor ins Freie getreten war, wartete ich eine Weile, bis sich meine Augen an die Helligkeit gewöhnt hatten. Im Palast herrschte ein eher angenehmes Dämmerlicht. Gleichzeitig spürte ich, wie die sirrende Vorfreude meinen Körper vibrieren ließ. Heute würde ein Traum für mich wahrwerden: Ich würde einen Hippokampen reiten.

Im Innenhof stehend nahm ich nun wahr, dass Nereus an dem großen Baum lehnte und mich intensiv musterte. Gerne hätte ich meiner einsetzenden Unsicherheit nachgegeben und meine Kleidung kontrolliert, aber diese Blöße wollte ich mir nicht geben. Also drückte ich die Schultern zurück und hob das Kinn. Es fiel mir schwer, meine unterschiedlichen Emotionen zu kontrollieren. Mal würde ich mich am liebsten auf ihn stürzen, um ihn leidenschaftlich zu küssen, mal war ich einfach nur unsicher. Er war witzig und aufmerksam, das war nicht zu leugnen und ich war seinem Charme schon einmal erlegen, obwohl ich ihn eigentlich überhaupt nicht gekannt hatte. Ja, ich fand ihn körperlich anziehend, doch das, was sich während unserer Kämpfe in mir abspielte, war mir vollkommen neu. Irgendwie schien die kämpferische Auseinandersetzung mein Blut so richtig in Wallung zu bringen. Ob das mit Mars' kriegerischem Erbe zusammenhing?

Diese Gedankengänge waren mir zu verdreht, also wischte ich sie beiseite und ging auf Nereus zu.

»Weißt du eigentlich, dass du atemberaubend aussiehst, wenn das Morgenlicht in diesem Winkel auf dein Gesicht fällt? Es ist fast so, also würde in deinen Augen ein grünes Feuer brennen«, begrüßte er mich mit warmer Stimme. Dabei griff er sich eine meiner Haarsträhnen und wickelte sie langsam um seinen Zeigefinger.

Ich nahm die Strähne und zog sie ihm weg. »Dann pass besser auf, dass du dich nicht verbrennst.« Leider verlor meine Erwiderung einiges von ihrer Coolness dadurch, dass sich ein unabsichtliches Kieksen in meine Stimme eingeschlichen hatte.

Mit einem Schmunzeln bot mir Nereus seinen Arm. »Mylady, seid unbesorgt, seit meinem heroischen Kampf gegen ein bestimmtes Feuerungetüm habe ich eine Menge dazu gelernt. Darf ich Euch nun zu unserem Gestüt geleiten?«

Dankbar über diese kleine Witzelei legte ich meine Hand auf seinen Arm, warf die Haare schwungvoll zurück und antwortete: »Ihr dürft Mylord, bringt mich nun zu meinem Schlachtross.«

Mit einer angedeuteten Verbeugung führte mich Nereus zu der kleinen Tür auf der anderen Seite des Kampfplatzes. Sie führte zu einer abschüssigen Treppe, mit deren Hilfe man die Steilküste gefahrlos hinabsteigen konnte.

Er deutete auf ein Gebäude, das an einen Stall erinnerte. »Dort unten halten wir die Hippokampen.«

Es hatte nur insofern etwas mit einem Stall im üblichen Sinne gemein, als dass es ein Holzgebäude mit großen doppelflügeligen Türen war, deren oberer Teil sich separat öffnen ließ. Allerdings war dieses hier riesig und stand auf seinen Pfählen und ohne Boden komplett im Meer.

»Hippokampen können sich zwar auch an Land fortbewegen, ihre wahre Heimat ist und bleibt aber das Wasser«, fügte er hinzu, da er meinen verwunderten Blick bemerkt hatte.

Am Fuß der Treppe angekommen, führte unser Weg zu dem breiten Steg, der sich an der Längsseite des Stalls entlang zog. Nun konnte ich erkennen, dass das lange Gebäude durch Querwände unterteilt war. Türen reihten sich aneinander und ich hörte das Planschen und Wiehern der Hippokampen.

Nereus öffnete eine der Türen und deutete in die dämmrige Dunkelheit. »Hier bewahren wir ihr Futter auf. Sie lieben frisches Seegras.«

Ich spähte hinein und mir entfuhr ein kleiner Aufschrei, als mir aus der Dunkelheit ein wohlbekanntes gelbes Augenpaar entgegen blinzelte. »Vorsicht. Da drinnen sitzt das Vieh, das mich durch die Dünen gejagt hat und fressen wollte.« Ich zog an seinem Arm, um ihn von der Tür wegzuholen.

Nereus sah erst in die Dunkelheit und dann mich an. Er runzelte die Stirn und kommentierte: »So, so, du sagst, es hat dich gejagt und wollte dich fressen?«

»Hörst du schlecht? Genau das habe ich gerade zu dir gesagt. Lass uns verschwinden oder zieh deinen Dreizack und mach kurzen Prozess mit dem Höllenvieh.«

Wieder blickte er in den Stall hinein. »Ich werde mich der Bestie jetzt stellen.«

»Mach keine Dummheiten!«, rief ich noch, doch er war schon im Inneren der Vorratskammer verschwunden.

Ich lauschte auf Kampfgeräusche, doch ich vernahm nur ein Rascheln und dann schließlich Nereus Stimme: »Komm raus, du Untier, und kämpfe!«

Nichts geschah. Gerade, als ich mich entschlossen hatte, zur Hilfe zu eilen, erschien Nereus wieder in der Tür. »Ich habe deinen gefährlichen Widersacher bezwungen. Sieh her.« Mit großer Geste hob er meinen Verfolger hoch, der mir in jener Nacht so einen Schrecken eingejagt hatte.

Mir blieb angesichts der Erkenntnis, was Nereus da festhielt, der Mund offen stehen und ich legte den Kopf leicht schief, als ich dieses Wesen betrachtete. Es war so … niedlich. Es war ein kleines Tierchen mit braunem, flauschigem Fell und erinnerte mich stark an einen Hasen, hätte es nicht die Flügel und den Schwanz eines Auerhahns gehabt. Mit zitterndem Näschen schnupperte es in meine Richtung, fing an zu zappeln und gab ein fröhliches Gurren von sich. Es entwand sich Nereus' Griff und flitzte, kaum, dass die kleinen Pfoten den Boden berührt hatten, auf mich zu, nur um sich genüsslich an meinem Bein zu reiben.

Nereus bog sich inzwischen vor Lachen. »Das ist ein Skvader. Sie sind sehr neugierig und zutraulich. Wahrscheinlich wollte er in dieser Nacht nur deine Bekanntschaft machen. Siehst du, er erkennt dich wieder.«

Der Skvader hatte sich auf seine Hinterbeine gestellt und die Pfötchen gegen mein Bein gestemmt; ganz eindeutig eine Aufforderung, hoch genommen zu werden. Ich fügte mich und hob auf. Er stupste mich unters Kinn und begann sich zu drehen, bis er eine bequeme Position fand, legte sich hin und schloss mit kleinen glucksenden Lauten die Augen.

»Hattest du mir nicht erzählt, dieses Monster sei hüfthoch?« Nereus wischte sich eine Lachträne aus dem Augenwinkel.

»Er muss auf einem Hügel gesessen haben. Es war stockfinster. Ich hatte ja keine Ahnung, was sich bei euch nachts alles so rumtreibt.«

Frustriert betrachtete ich das flauschige Tierchen auf meinem Arm. Super, Mina mit dem Flammenschwert flüchtete vor einem Plüschhasen. Soviel zum kriegerischen Erbe des Mars …

Wir gingen über den Holzsteg weiter aufs Meer hinaus, nachdem ich den schlafenden kleinen Skvader zurück in sein Nest aus Seegras gelegt hatte. Der Wind hatte aufgefrischt und ließ meine welligen Strähnen tanzen.

Nereus hielt vor der letzten Tür und öffnete sie. »Hier hat Sagitus sein Zuhause. Seine Box erstreckt sich weit ins Wasser hinein, so dass er sich auch dann genug bewegen kann, wenn ich nicht auf ihm ausreite.«

Nereus pfiff und das Schnauben und Plätschern kam näher, bis sich ein riesiger Pferdekopf mit blauschwarzem Fell durch die Öffnung streckte. Ihm folgte ein massiger Hals mit bronzefarbener Rückenflosse und eine muskulöse Brust. Elegant stieg der Hippokamp aus dem Wasser und auf den Steg hinaus. Nereus streichelte Sagitus, der ein zufriedenes Schnauben ausstieß, liebevoll über den Hals.

Ich wollte ihn ebenfalls berühren, also streckte ich meine Hand aus. Doch der Hippokampus scheute und warf wiehernd den Kopf zurück, wobei seine messerscharfen Zähne in der Sonne aufblitzten.

»Sagitus hat ein kämpferisches Temperament, genauso wie eine andere, hier anwesende Person.« Schmunzelnd zwinkerte Nereus mir zu und fuhr fort: »Gib ihm erst etwas Seegras, damit beruhigst du ihn.«

»Nicht, dass du das bei mir auch probierst«, murmelte ich, als ich das mir dargebotene Gras entgegennahm. Nereus strich mit seiner Hand langsam meinen Rücken hinab und flüsterte mir mit tiefer Stimme ins Ohr: »Mmhh … bei dir würde ich gern ganz andere Dinge ausprobieren …«

Heiße Schauer durchfuhren mich und eine Armada von Schmetterlingen erhob sich in meinem Bauch. »Ich kenne Sagitus«, lenkte ich ab. »Warum war eigentlich Sinja in der Nacht am Strand bei dir?« Ich gab dem Hippokampus das Seegras. Während er es kaute, ließ er sich tatsächlich streicheln. Sein schimmerndes Fell war weich wie Seide.

»Ich hatte sie als Botschafterin der Wassernymphen gerade abgeholt. Und glaube mir, ich wäre bei deinem Anblick, als du das Feuerschwert gezogen hast, beinahe vor Erstaunen von Sagitus heruntergefallen und hätte Sinja hinter mir mitgerissen.«

Ich musste grinsen, als ich mir bildlich vorstellte, wie Nereus, dem alles so mühelos zu gelingen schien, dort oben um seine Balance gekämpft hatte. Schade, dass Sinja nicht wie ein nasser Sack ins Meer geplumpst war.

»Und auf wem werde ich reiten?«, fragte ich, um wieder zurück zu unserem Ausritt zu kommen.

»Wir werden beide auf Sagitus reiten. Ich habe dir schon vor ein paar Tagen gesagt, dass es gefährlich ist.«

»Das ist nicht fair! Die Wette lautete, dass wir einen Ausritt machen und nicht, dass ich wie Gepäck hinter dir aufgeladen werde.« Es fehlte nicht viel und ich hätte mit dem Fuß aufgestampft, doch zum Glück konnte ich mir diese kindische Geste gerade noch verkneifen.

»Vollkommen richtig«, kam da schon Nereus Antwort. »Wir haben um einen Ausflug auf einem Hippokampen gewettet.« Nereus lachte und machte eine Abwärtsbewegung mit der Hand, so dass Sagitus in die Knie ging. Dann legte er beide Hände um meine Taille und hob mich mühelos auf den Rücken des mächtigen Tieres.

»Außerdem behalte ich mein wertvollstes Gepäck lieber im Auge«, fügte er mit einem hauchzarten Kuss auf meinen Hals hinzu, nachdem er hinter mir aufgesprungen war.

Mein Rücken lehnte an seiner harten Brust, als er die Zügel aufnahm. Ich rückte ein kleines Stückchen nach vorn, um Nereus mehr Platz zu verschaffen. Doch sofort schlang sich sein Arm um meine Taille und zog mich zu ihm zurück.

»Schön hiergeblieben. Du bist mein wertvollstes Gepäck, schon vergessen, Liebes?« Er ließ seine Hand auf meiner Seite ruhen und strich mit dem Daumen sanft über den dünnen Stoff meines Oberteils. Das fühlte sich so verdammt richtig an, dass ich keinerlei Einwände erhob, sondern einfach nur diese Umarmung genoss. Er bedeutete Sagitus schnalzend anzutraben und eingehüllt in Nereus' Wärme begab ich mich auf meinen ersten Ritt auf das offene Meer hinaus.

Es war magisch, sagenhaft und unglaublich. Wir flogen nur so über die Wellen und Gischt spritzte uns entgegen. Ich spürte Sagitus' kraftvollen Körper unter mir und fühlte mich in Nereus' Umarmung sicher und geborgen. Im Rausch der Geschwindigkeit erlebte ich ein nie dagewesenes Gefühl der Freiheit.

Sagitus wurde auf Nereus Geheiß langsamer und hielt spielerisch auf den Wellen tänzelnd.

»Bereit für einen Tauchgang, Liebes?« Der Druck seiner Umarmung verstärkte sich und er strich mir das Haar zurück. Ich sah ein Versprechen in seinen unglaublich blauen Augen und nickte nur.

Auf einen Schenkeldruck von Nereus hin tauchte Sagitus in einer fließenden Bewegung kopfüber ab. Wir versanken rasch im Meer und ich wappnete mich gegen das Gefühl des kalten Wassers. Doch in dem Moment, in dem das Wasser mich eigentlich hätte treffen sollen, sah ich, dass es zurückwich. Nicht ein Tropfen berührte Nereus oder mich, auch nicht, als wir vollständig vom Meer umgeben waren.

Ich atmete tief ein und füllte meine Lunge mit kühler, frischer Luft und erkundigte mich dann. »Wie machst du das?«

»Ich halte das Wasser von uns fern. Den darin enthaltenden Sauerstoff allerdings nicht, sonst würde uns ziemlich schnell die Luft ausgehen.«

Ich lehnte mich zufrieden an Nereus' Brust und betrachtete die völlig veränderte Umgebung. Bunte Fischschwärme zogen an uns vorbei und ich meinte, weit entfernt von uns eine Schule Delfine im Wasser spielen zu sehen.

»Nereus, wenn wir die Kinder von Göttern sind, wieso müssen wir dann diese Blase haben? Kann ich nicht einfach beschließen, unter Wasser atmen zu können?«

Er legte sein Kinn auf meinem Kopf ab und brummte. »Ganz so einfach ist das nicht. Ich könnte auch unter Wasser atmen, denn ich beherrsche dieses Element. Deins ist es aber nicht, du brauchst diesen Schutz. Wir sind nicht ganz so göttlich, wie unsere Eltern. Wenn wir uns verletzten, bluten wir.« Und nach einem kurzen Lachen fügte er hinzu: »Es ist nur verdammt schwer, uns zu verletzen.«

»Schau mal, eine Robbe!«, rief ich entzückt.

»Das ist keine Robbe, sieh genau hin.« Ich konnte das Lächeln in Nereus warmer Stimme hören.

»Oh. Die hat ja grüne Augen.« Ich war mir absolut sicher, dass Robben normalerweise dunkelbraune, fast schwarze Augen hatten.

»Das liegt daran, dass es eine Selkie ist. Im Wasser siehst du nur die Robbe, aber wenn sie an Land geht, streift sie das Fell ab und ist eine wunderschöne Frau.«

»Ja, davon habe ich schon gelesen«, sagte ich eifrig nickend. Während ich die Selkie mit meinen Augen verfolgte und ihre leichten, eleganten Bewegungen bewunderte, ließ ich meine Gedanken schweifen. So vieles, das ich nur aus Büchern kannte, war nun plötzlich Wirklichkeit geworden. Sogar die Götter existierten tatsächlich.

»Nereus?«

»Ja?«

»Wie können sich die Götter auf den Planeten aufhalten? Die Mythen der Menschen berichten, dass sie auf der Erde gelebt haben oder zumindest in deren unmittelbarer Nähe.«

Ich lehnte mich wieder zurück an seine Brust und spürte augenblicklich danach den sanften Druck seines Kinns auf meinem Kopf.

»Tatsächlich beginnt die Geschichte der Götter wirklich auf der Erde«, begann Nereus. »Nachdem sie die Welt nach ihren Vorstellungen erschaffen und geformt hatten, lebten sie eine sehr lange Zeit glücklich und zufrieden. Die Menschen verehrten sie und brachten ihnen Opfer dar. Die Götter vertrieben sich ihre Zeit mit Liebeleien, Intrigen, Kämpfen und dem einen oder anderen guten Krieg, in den sie die Menschen schickten. Im Römischen Reich waren sie auf dem Olymp ihrer Macht angekommen.«

Er kicherte und fügte hinzu: »Entschuldige das Wortspiel, der Olymp ist griechisch. In der Blüte seiner Zeit hat das Römische Reich Griechenland zu seiner Provinz gemacht. Aber weiter in der Geschichte: Leider zeigten sich dann aber dunkle Wolken am Götterhimmel. Ein neuer Gott trat auf, den die Menschen zunehmend verehrten und der keine anderen Götter neben sich duldete. Immer mehr Menschen wandten sich von den ursprünglichen Göttern ab und damit schwand deren Macht, war sie doch an die menschliche Hingabe gebunden. Einige kleinere Gottheiten lösten sich sogar völlig auf.«

»Das ist ja schrecklich!«

»So empfanden es auch unsere Eltern. Deswegen berief Jupiter, der oberste der Götter, den letzten Rat der Zwölf auf Erden ein. Er setzte sich zusammen aus deiner Mutter, Salacia, Jupiters Frau Juno, Kybele und den Hauptgöttern, die die meisten Menschen heutzutage nur noch als Planetennamen kennen. Sie beratschlagten, wie man dem fortschreitenden Monotheismus entgegentreten könnte. Die Vorschläge waren vielfältig und beinhalteten Krieg genauso wie die Umstimmung der Menschen durch alle möglichen Verführungen. Jupiter lehnte beides kategorisch ab. Sie hatten in der Vergangenheit zu viel gekämpft und zu wenig gewonnen. Wohin Verführung die Menschen treiben konnte, sah man in dieser Zeit unter der Obrigkeit des Römischen Reiches sehr genau: geradewegs in die Dekadenz. Nein, für Jupiter gab es nur einen Ausweg: Die Götter mussten die Erde verlassen. Das Konzept des Monotheismus schien aufzugehen und so beschlossen alle Götter, sich ihre eigenen Welten neu zu erschaffen, nicht länger im Verborgenen zu bleiben und fortan dort alleine mit den Ihrigen zu herrschen. Sie benannten die Planeten nach sich selbst und so kam Jupiter auf den Jupiter, Neptun auf den Neptun, Mars auf den Mars … Du kannst dir ja denken, wie die Liste weitergeht.«

Ich nickte und fragte: »Sie waren alle dieser Meinung?« Ich musste an Kybele denken.

»Nein, von den Zwölfen waren tatsächlich Kybele und Pluto anderer Meinung. Kybele wollte die ihr anvertraute Erde nicht verlassen und weiterhin über sie und die Menschheit wachen. Pluto war schlicht unzufrieden mit dem Planeten, den Jupiter ihm zugeteilt hatte und fühlte sich übervorteilt. Das liegt in seiner Natur, er ist ein neidischer Kleingeist.«

»Und das war es? Sie kamen nie zurück?«

»Nur ein einziges Mal, aber das ist eine lange Geschichte. Ansonsten leben sie seitdem mit ihren zurückgekehrten Kräften zufrieden in ihren eigenhändig geschaffenen Welten, die sie nach Gutdünken mit Menschen, Tieren und Fabelwesen bevölkert haben.«

»Da gibt es etwas, das mich schon beschäftigt, seitdem ich den ersten Schritt auf dem Neptun tat. Dein Vater ist der Gott des

Meeres. Warum in aller Welt liegt dieser Planet nicht komplett unter Wasser?«

Ich spürte Nereus‘ Schmunzeln an meiner Wange, als er sich vorbeugte. »Eine gute Frage, und es gibt zwei Antworten darauf. Zunächst einmal war Neptun bewusst, dass Menschen nicht fürs Wasser geschaffen waren, also musste er jeder seiner Spezies gerecht werden. Weiterhin ging es auch um die anderen Götter und ihre Kinder. Jeder Planet sollte einen Ort haben, an dem ein Zusammentreffen problemlos möglich wäre. Außerdem vergisst du, dass Meer und Land im Einklang stehen. Sie sind miteinander verbunden und das wollte Neptun nicht trennen.« Er drückte mich noch näher an sich und ich dachte über seine Worte nach.

Schweigen senkte sich über uns, als jeder seinen Gedanken nachhing. Es war ein freundliches, verbundenes Schweigen, das sich vertraut anfühlte.

Entzückt beobachtete ich gerade, wie zwei Walkälber sich gegenseitig um ihre Mütter jagten, als ich bemerkte, dass sich der Meeresboden in einiger Entfernung veränderte. Konnte ich bis dahin in dem blauen Zwielicht, das hier unten herrschte, noch recht weit in die flache Landschaft sehen, so wurde mein Blick nun von größeren, runden Erhebungen gestoppt, die vor einer Bergkette lagen.

Ich wies mit meinem Arm in Richtung der Rundungen und fragte: »Was ist das da hinten?«

»Das ist das Ziel unseres Ausritts. Es ist die Hauptstadt der Wassermenschen.«

»Hat sie einen Namen?«, fragte ich neugierig.

»Urbs Aquae. Das bedeutet in der alten Sprache: die Stadt des Wassers.«

Zugegeben, nicht gerade einfallsreich für eine Stadt unter Wasser, aber so wie Nereus es aussprach, klang es wunderschön.

Beim Näherkommen sah ich, dass es keine echten Hügel waren, sondern große Korallen. Sie waren offenbar dazu gebracht worden, so miteinander zu verwachsen, dass sie sich zu Häusern zusammenfügten. Massive Vertreter bildeten die Rahmen von Eingängen oder stützten die ganze Konstruktion. Andere hatten sich mit ihren zarten Ästen zu Wänden und Dächern verflochten. Manche dieser Häuser hatten aber auch ein Dach aus Algen, die sich leicht in der Strömung wiegten. Hier und da bildete eine Öffnung im Geflecht ein Fenster, durch das Fische munter ein und aus schwammen. Die Korallenbauten standen fröhlich zusammengewürfelt auf einer großen Ebene, die im Halbrund von schützenden Felsen umgeben war. Die Vorboten des Bergmassivs, das nicht weit entfernt aufragte.

Diese Häuser zu betrachten, war eine Wohltat für das Auge. Die Korallen schillerten in allen erdenklichen Farben. Ich sah knallgrüne, leuchtend orange und dunkelrote Bauten, aber auch einige in strahlendem Violett oder Weiß mit zarten fliederfarbenen Maserungen.

Aus einem dieser zart gemusterten Bauten trat gerade eine Frau, die einen Clownsfisch durch die Tür scheuchte. Ihre langen, weißen Haare umflossen anmutig ihren schlanken, fast durchsichtigen Körper. Ihr Gesicht sowie ihre ganze Erscheinung war von ätherischer Schönheit.

»Das ist aber keine Wasserfrau, oder?«, fragte ich Nereus leise. Ich wollte nicht, dass sich dieses unglaubliche Wesen von mir beleidigt fühlte, weil ich nicht wusste, wer es war.

»Nein, Wasserfrauen erkennst du an ihren Fischschwänzen. Diese bezaubernde Gestalt ist eine Vila. Sie sind mit den Nymphen verwandt. An der Oberfläche wirst du sie meistens nur in ihrer Schwanengestalt antreffen.«

Nereus klang schwärmerisch. Ich konnte es ihm nicht verdenken. Auch mir ging ihre Schönheit ans Herz und ich musste seufzen. Die Vila sah auf und als sie Nereus erkannte, erstrahlte ein Lächeln auf ihrem Gesicht. Sie hob die Hand und winkte uns grazil zu.

»Bist du häufiger hier unten?«, fragte ich.

»In den letzten Jahren nicht mehr, aber davor schon. Ich habe diesen Ort vermisst«, sagte er und seufzte schwermütig.

Ich glaubte ihm aufs Wort, vor allem, als ich mich weiter umsah. Die Wege und Pfade dieser unglaublichen Ansiedlung waren von Wassermännern und -frauen bevölkert, die geschäftig hin und her eilten. Einige trugen Körbe voller Seegras, zu denen Sagitus voller Hoffnung hinschielte, andere hatten große Seepferdchen vor schlittenartige Gefährte gespannt und transportierten damit die unterschiedlichsten Waren.

Einige von ihnen waren aber auch bei der Gartenarbeit. Zu jedem Haus gehörte offenbar ein kleines Grundstück, in dem verschiedene Meerespflanzen angebaut wurden. Ich beobachtete einen Wassermann, der dicht über dem Meeresboden schwamm, seine Schwanzflosse dazu nutzend, die Position zu halten. Er jätete hingebungsvoll in einem Beet dessen Algen mich an Salat denken ließ.

In einem unbeobachteten Moment streckte Nereus blitzschnell seine Hand aus, durchstieß unsere Blase, rupfte ein Büschel von dem »Meersalat« ab und lenkte Sagitus geschickt um die nächste Kurve. Er reichte mir eines der durchscheinend grünen Blätter. »Probier mal. Man sagt, dass die Vila ihre Schönheit dem Meersalat verdanken.« Er zwinkerte mir schelmisch zu und bemerkte: »Nicht, dass du nicht bereits schön genug wärst.«

Ich lachte und schlug ihm tadelnd auf den Arm. »Deine Charme-Offensive in allen Ehren, aber das war jetzt wirklich dick aufgetragen.«

»Einen Versuch war es wert«, murmelte er in mein Haar, als er es zur Seite nahm und genießerisch mit der Nase meinen Hals entlangfuhr. »Mmmh … Du duftest auf alle Fälle schon wie eine Vila.«

Geschmeichelt aß ich Nereus‘ Beute. Es schmeckte nach Salz und Meer, Frische und Freiheit. Ich liebte es.

Wir ritten an weiteren Korallenbauten vorbei. Gerade hatten wir einen passiert, dessen Fensteröffnungen mit Seeanemonen geschmückt waren, als sich ein runder Marktplatz vor uns auftat. Viele Händler mit unterschiedlichsten Waren hatten hier ihre Stände aufgebaut, zwischen denen sich die Einwohner hindurchschlängelten. Als wir auf den Platz kamen, wandten sich einige Köpfe neugierig in unsere Richtung und ich bemerkte, wie sie sich tuschelnd zusammensteckten. Nereus ritt weiter und erntete dabei etliche Verbeugungen. Offensichtlich hatte man ihn auch hier erkannt.

Wir saßen ab und ich blieb an einem Stand stehen, der wunderschönen Schmuck feilbot. Ich war ganz begeistert von einem Paar Ohrringe. Sie waren aus Silber gefertigt und an einer zarten Kette hingen tropfenförmige Seeopale herab. Ich musste sofort an den Blick auf ein Südseeatoll von oben denken. In den Tropfen waren genau dieselben Farbverläufe von Blau- und Grüntönen.

Ich wollte eben die Hand danach ausstrecken, als schlanke, zartgrüne Finger hervorschossen und die Ohrringe aus der Auslage pflückten. Dazu drangen helle Klänge an mein Ohr, die mich stark an Walgesang erinnerten. Ich verstand kein Wort, war mir aber sehr sicher, dass die Person neben mir recht ungehalten war.

Bevor ich wusste, wie mir geschah, hatte mich Nereus auch schon am Arm gepackt und ein Stück fortgezogen. Verblüfft blickte ich zurück zum Stand und konnte die Frau genauer sehen, die mir den Schmuck streitig gemacht hatte. Sie sah beeindruckend aus:

Auf Höhe ihres Bauchnabels veränderte sich ihr durchtrainierter Körper und ging fließend in einen Schlangenleib über. Als sie die Ohrringe bezahlte, erinnerte ich mich, schon von ihr gelesen zu haben.

»Das ist Melusine«, raunte ich Nereus zu und fuhr beeindruckt fort: »Sie ist die Wasserfee, die dir zu Reichtum und Macht verhelfen kann.«

»Wenn Melusine verärgert ist, dann werden dir allerdings weder Macht noch Reichtum etwas nützen«, flüsterte Nereus und dirigierte mich schnell zurück zu Sagitus.

Nachdem wir Urbs Aquae verlassen hatten, blickte ich noch einmal zurück, um mir die Silhouette der Korallenbauten einzuprägen. Ich wollte kein Detail vergessen, damit ich zu Hause davon berichten konnte.

Ein sehnsüchtiger Schmerz legte sich auf mein Herz, als ich an meine Lieben dachte. Ging es Molly gut? War der kleine Indy inzwischen vielleicht sogar schon geboren? Buddelte sich Clint wohl gerade durch die Ausgrabung? Trank Dad in diesem Moment ein Bier und stellte Mom sich vor, wie ich mit meinem neuen Freund und Csilla auf Draculas Spuren wandelte? Zu dem Schmerz mischte sich mein schlechtes Gewissen, sie allesamt angelogen zu haben. Ich seufzte und tröstete mich mit dem Gedanken, sie bald wiederzusehen und ihnen die Wahrheit über meine unglaubliche Reise zu berichten.

Ein lautes Magenknurren durchbrach meine trüben Gedanken. Nereus strich mir zärtlich über den Bauch und meinte: »Klingt so, als müsste ich etwas zu essen besorgen, meine Schöne.«

Sagitus' beeindruckender Kopf durchbrach die Wasseroberfläche und kurz darauf sah ich einen einsamen, strahlend weißen Sandstrand vor uns liegen. Er ging in dichten Urwald über, der am Rand von großen Palmen gesäumt war.

Während unseres Rittes dorthin hatte Sagitus für uns einige Fische gefangen. Seine spitzen Zähne dienten eigentlich dazu, das störrische Seegras abzutrennen, zum Jagen und Festhalten der glitschigen Fische waren sie aber auch hervorragend geeignet.

Dort, wo das Wasser seine Beute dem Strand übergab, fanden wir einige trockene Stücke Treibholz, die ich mit meinem Feuer schnell in Flammen setzen konnte. Wir spießten die ausgenommenen Fische auf schmale Stöcke und brieten sie.

Satt und zufrieden ließ ich mich wenig später in den weichen Sand fallen. Die Sonne schien so angenehm warm, dass ich mein Oberteil hochzog, um sie auf der Haut zu spüren.

Eine leichte Erschütterung deutete mir an, dass Nereus sich neben mich hatte fallen lassen, doch ich machte mir nicht die Mühe, die Augen zu öffnen, sondern lächelte stattdessen und sagte: »Es ist wundervoll hier. Danke für diesen fantastischen Ausflug.«

»Ich wollte dir etwas bieten, das deiner würdig ist«, antwortete er mit samtiger Stimme.

Seine Fingerspitzen begannen zart, meinen Bauchnabel zu umkreisen. Hitze stieg in mir auf und meine Haut fühlte sich plötzlich an, als würde jede seiner Berührungen kleine elektrische Impulse aussenden. Es war ein wundervolles Gefühl.

Um nicht unter seinen Berührungen dahinzuschmelzen, setzte ich mich auf. Mit schiefgelegtem Kopf und Welpenaugen fragte ich: »Kann ich Sagitus nicht doch mal alleine reiten? Nur ganz kurz? Bitte?«

Nereus lachte über meine kleinen Theatereinlage, aber ich sah, dass er weich wurde. »Kannst du denn überhaupt reiten?«, fragte er immer noch zögernd.

»Natürlich. Ich habe früher Reitstunden gehabt.« Dazu nickte ich bekräftigend und sah ihn noch mal mit dem berühmten Bitte-bitte-Blick an. Als ich das Schmunzeln in seinen Mundwinkel sah, wusste ich, dass ich gewonnen hatte.

Nur Minuten später saß ich auf Sagitus‘ breitem Rücken und ließ mich über das Meer tragen. Ich jubelte laut und genoss das Glücksgefühl der Freiheit, doch dann ging ein Ruck durch den Hippokampen, der ein Seegrasfeld entdeckt hatte und abrupt abbremste. Noch während ich in hohem Bogen über seinen Kopf flog, und dabei das tiefe Wasser unter mir betrachtete, dachte ich: »Zwei Wochen Ponyhof haben wohl doch nicht gereicht …«

Sex on the Beach

Nach einer langen Dusche, die ich nahm, um mir das Salzwasser und den Sand abzuspülen, trat ich in den warmen Luftzug, der mein Badezimmer durchströmte. Mit einem flauschigen Handtuch drückte ich mir das Wasser aus meinen langen Haaren und begann sie gedankenverloren zu kämmen. Das anstehende Dinner beschäftigte mich. Nein, das stimmte nicht. Es ging mehr um Vergangenheit und Zukunft.

Die letzten Tage mit Nereus hatten mir vor Augen geführt, wie viel ich inzwischen für ihn empfand. Jedes Mal, wenn er den Raum betrat, begann mein Herz zu hüpfen. Wenn er mich ansah, konnte ich die Liebkosung seines Blickes spüren und wenn er mich berührte, schärften sich meine Sinne und ich wollte immer mehr.

Dieses »mehr« hatten wir ja schon fast gehabt und da lag das Problem. Ich konnte mich immer noch nicht komplett an unsere gemeinsame Nacht erinnern. Verdammt, warum hatte ich nur so viel getrunken? Hätte ich nicht ahnen können, dass ich ausgerechnet an diesem Abend einen beinahen OneNightStand haben würde? Das nagte an mir und machte es nicht leicht, an das heutige Dinner zu denken.

Somit war ich bei meinen Gedanken über die Zukunft angekommen, auch wenn es eine sehr naheliegende Zukunft war. Die Sonne hatte den Zenit schon lange überschritten und wir hatten verabredet, dass wir uns bei Sonnenuntergang am Strandpavillon treffen würden. Ich freute mich schon darauf, diesen Strandabschnitt im letzten Tageslicht wiederzusehen.

In diese Freude mischte sich aber auch ein riesiger Haufen Nervosität. Ich war nicht dumm und mir war klar, dass Nereus unsere Mulan-und-Eric-Begegnung gern wiederholen würde. Welcher Moment wäre dafür wohl passender als ein Dinner am Strand? Ein aufgeregtes Kribbeln erhob sich in meiner Mitte. Wie es wohl wäre, mit ihm im Bett zu landen? Ich dumme Nuss hatte es ja beim ersten Mal vergeigt.

Ich schüttelte mich und beschloss, dass es Zeit war, mich für das Dinner anzuziehen.

Nachdem sich mein Badezimmer zurückverwandelt hatte, war nicht nur mein Bett wiederaufgetaucht, sondern es hatte auf mysteriöse Weise Zuwachs bekommen. Oben auf der Bettdecke lag eine große Muschel mit einer goldenen Schleife. Unter dem Geschenkband entdeckte ich eine Karte, die ich neugierig aufklappte. In schwarzer Tinte stand auf dem schweren Papier: »Ich dachte mir, das könnte wunderschön an dir aussehen.« Unterschrieben war der Satz mit einem schwungvollen »N«.

Gespannt, was Nereus mir geschickt hatte, klappte ich die Muschel auf. Im Inneren lag ein seidig glänzender, goldener Stoff. Als ich ihn herauszog, entpuppte es sich als ein wadenlanger, glockenförmiger Rock. An seinem Bund waren seitlich lange

Stoffstreifen befestigt, deren Enden schmal zuliefen und etwa so breit waren wie eine Männerhand.

Ratlos drehte und wendete ich ihn. Wieso hatte Nereus mir nur einen Rock geschickt und nicht das passende Oberteil dazu? Auch bei der Verwendung der Bänder war ich total überfragt. Ich brauchte Csilla. Wenn sich jemand mit Mode auskannte, dann sie. Ich zog schnell Hose und Shirt über, um sie in ihrem Zimmer zu besuchen.

Schwungvoll riss ich meine Zimmertür auf, nur um gleich danach eine Faust auf mich zufliegen zu sehen. Eine rasche Drehung zur Seite rettete mich vor einem üblen Veilchen, dass ich heute nun gar nicht gebrauchen konnte.

»Csilla, was soll denn das?!«, rief ich entgeistert.

»Entschuldige! Ich wollte doch nur klopfen und fragen, ob ich dir Gesellschaft leisten soll, wenn du dich für dein Date mit Mr. Sexy fertig machst.« Csilla war ganz zerknirscht.

»Dich schickt der Himmel.« Ich eilte zu meinem Bett und hob den Rock hoch. »Mr. Sexy, wie du ihn nennst, hat mir das geschickt, aber das Oberteil hat er vergessen. Selbst Nereus kann nicht glauben, dass ich oben ohne zu einem Dinner gehe.«

»Schäfchen«, tadelte mich Csilla liebevoll. »Du brauchst wirklich dringend Nachhilfe in Modefragen. Zieh dich mal aus.«

Sie schüttelte ergeben den Kopf, während ich aus Hose und Shirt schlüpfte. Nun stand ich in Unterwäsche vor ihr. Sie musterte meine feinen Dessous und mir schoss die Erinnerung durch den Kopf, wie ich vor nicht allzu langer Zeit meinen rosa Baumwollschlüpfer von einer Nachttischlampe geangelt hatte. Das würde nicht noch einmal passieren. Nächstes Mal wäre es ein sexy String, dachte ich innerlich grinsend.

»Schöne Wäsche. Jetzt schlüpf mal in den Rock und zieh deinen BH aus«, fuhr Csilla mit ihren Anweisungen fort. Was hatte sie bloß gegen Unterwäsche?

»Habt ihr euch denn alle gegen mich verschworen? Ich gehe nicht halbnackt.« In gespielter Verzweiflung warf ich die Arme in die Luft, zog dann aber artig auch den BH aus.

Csilla war inzwischen an mich herangetreten und legte den rechten Stoffstreifen seitlich von vorne über meine linke Schulter, machte dasselbe mit dem linken, kreuzte die Bänder hinter meinem Rücken, um sie mir dann vorne mit einer Schleife zu schließen. »Das nennt sich Wickeltop, Süße. Siehst du? Alles ist bedeckt und nichts blitzt raus.«

Ich sah in den Spiegel und musste ihr recht geben. Ein atemberaubend tiefer Ausschnitt war entstanden, der zwar großzügig den Ansatz meiner Brüste zeigte, aber alles zu Private verdeckte.

Ich setzte mich vor die Frisierkommode und Csilla griff in mein Haar. Was sie wohl sagen würde, wenn sie das Tattoo meines Flammenschwertes sehen würde? Ich begann mir schnell eine plausible Geschichte auszudenken, dachte an eine Nacht mit zu viel Alkohol und einem Tätowierer, der sein Handwerk gut verstand. Doch Csilla steckte mir meine Haare einfach hoch und verlor dabei kein Wort über das Tattoo, das nun gut sichtbar auf meinem Rücken prangte. Sie ließ es sich auch nicht nehmen, mir ein farblich passendes Make-up zu zaubern, indem sie meine smaragdgrünen Augen mit goldenem Lidschatten zum Funkeln brachte.

Zum Abschluss hauchte sie mir ein Küsschen auf die Wange, sagte mit bester BoxtrainerStimme: »Mach ihn fertig, Tiger!« und entließ mich aus der Tür mit einem Klaps auf meinen Po.

Barfuß, meine Sandalen in der Hand, schlenderte ich den mir schon bekannten Weg durch die Dünen entlang zum Strand. Ich hätte auch den direkten Weg durch den Haupteingang des Palastes gehen können, aber ich hatte dank Csillas Hilfe noch ein wenig Zeit und sah mir die Umgebung, durch die mich der Skvader gehetzt hatte, neugierig an. Ich hatte so viel Zeit mit dem Training verbracht, dass ich noch gar nicht dazu gekommen war.

Die Dünen wölbten sich sanft und waren hier und da mit Gräsern bewachsen. Traf ein Sonnenstrahl in der richtigen Position auf den Sand, schillerte er in allen Farben des Regenbogens. Ich musste unbedingt Nereus nach diesem Phänomen fragen.

Ein Seufzer entfuhr mir … Nereus. Mein Herz hüpfte aufgeregt, wenn ich an ihn dachte und mein ganzer Körper spielte in einer Mischung aus Nervosität und Vorfreude verrückt. Vor ihm hatte es natürlich schon andere Männer in meinem Leben gegeben und Jungfrau war ich auch schon lange nicht mehr, aber … Ich musste wieder seufzen. Das mit Nereus war anders, intensiver. Das war etwas wirklich Großes. Gleich am Anfang hatte ich ihn unwiderstehlich sexy gefunden. Ich schämte mich auch inzwischen nicht mehr, gleich mit ihm ins Bett gegangen zu sein. Es hatte sich wie Schicksal angefühlt.

Aber diese Anziehungskraft, dieses Sehnen, das Gefühl einer tiefen inneren Verbindung hatte unter meinem Blackout nicht gelitten. Im Gegenteil, es war nur immer stärker geworden, so stark, dass es schon fast schmerzte, wenn er nicht bei mir war. Ich hatte es immer furchtbar kitschig gefunden, wenn ich in einem Buch las: Und als sie sich küssten, schien die Erde stillzustehen. Inzwischen war ich davon überzeugt, dass unsere Küsse ganze Welten aus den Angeln heben konnten.

Ich erreichte den Strand nahe dem Pavillon. Nereus lehnte mit der Schulter an einem der Pfeiler und hatte die Füße lässig übereinandergeschlagen. Seine schwarze Leinenhose und das azurblaue kurzärmelige Hemd wehten in der leichten Brise, die vom Meer heranzog. Er hatte die Arme vor der Brust verschränkt und seine definierten Oberarmmuskeln weckten in mir den unbändigen Wunsch, diese Hügel und Täler mit meinen Händen entlangzufahren.

»Hallo, Schönheit«, grüßte er und strahlte er mich an. Er strich mir eine Strähne, die sich gelöst hatte, aus dem Gesicht und fuhr dann mit den Fingerspitzen meinen Hals entlang. »Ich freue mich, dass dir mein Geschenk so gut steht.« Genießerisch ließ er den Blick über mich wandern.

»Danke, es ist wunderschön«, hauchte ich zurück.

»Ich hoffe, du hast Appetit mitgebracht.«, sagte er, dabei ließ er seine Hand wieder sinken und streifte scheinbar unabsichtlich meine Brust. Sofort durchschoss mich ein prickelnder Schauer.

Mit erhitztem Gesicht antwortete ich: »Nicht nur Appetit, ich habe Hunger.«

Nereus verschlang mich mit seinen Augen. »Mein Hunger schreit danach, gestillt zu werden.« Mit diesen Worten raffte er den hellen Vorhang zur Seite und ließ mich eintreten.

Der quadratische Innenraum des Pavillons war mit dicken Teppichen ausgelegt. Die zarten, bodenlangen Vorhänge ließen ein geheimnisvolles Dämmerlicht herein und raschelten leise bei jedem Windhauch. In der Mitte stand ein niedriges Tischen, das von weichen Sitzkissen umgeben war.

Wir ließen uns an den gegenüberliegenden Seiten nieder und Nereus schenkte Wein in bauchige Gläser. Er erhob seins und sagte: »Auf einen unvergesslichen Abend. Noch nie habe ich so gern eine Wette verloren.«

Lächelnd prostete ich ihm zu und wir begannen zu essen.

In mir war eine berauschende Leichtigkeit, die nicht am Wein lag. Nereus hatte diese Wirkung auf mich. In seiner Gegenwart fühlte ich mich lebendiger und die Welt war bunter. Er gab mir ein Gefühl der Geborgenheit, ich wusste einfach, ich konnte ihm bedingungslos vertrauen. Sonst wäre ich wohl auch nie gleich in der ersten Nacht mitgegangen. Vorsichtshalber nippte ich nur an dem Wein, heute Abend sollten meine Sinne klar bleiben.

»Was hast du eigentlich getan, um auf die Erde verbannt zu werden?«

»Manche Väter verbannen eben ihre Söhne, nur, weil sie nicht ihrer Meinung sind.«

»Dein Vater hat dich einfach so verbannt, weil ihr euch gestritten habt?« Ich dachte an meinen Dad, er würde so etwas nie tun. Nun ja, nichts Vergleichbares, er war nun mal kein Gott.

»Etwas mehr als Streit war es schon. Ich war nicht bereit, einem strikten Befehl von ihm zu folgen. Also hat er mich ohne Lapid auf der Erde zurückgelassen.« Nereus fuhr sich nervös durch die Haare und ein dunkler Schatten flog über sein Gesicht. Kein Wunder, wenn man an so einen grausamen und despotischen Akt zurückdenken musste.

Vorsichtig fragte ich weiter: »Und du durftest nicht wieder nach Hause kommen?«

»Oh, ich hätte nur meine Meinung ändern müssen und wäre mit offenen Armen empfangen worden. Mein Vater war noch großherzig genug, hinzuzufügen, dass ich auch bleiben dürfte, wenn ich es aus eigener Kraft wieder auf den Neptun schaffen würde.«

»Wusste er denn von dem Lapid, den Clint gefunden hat?« Ich konnte es mir nur schwer vorstellen, aber wenn nicht, dann war dieses Angebot extrem kaltherzig gewesen.

»Ich denke nicht«, knurrte Nereus. »Er hatte mich aber immerhin in Südspanien abgesetzt, dort ist wenigstens das Klima angenehm.«

Ich lachte und erkundigte mich dann: »Wenn die Hitze dort unten für dich angenehm ist, was um Himmels willen hast du dann in Schottland getrieben?«

Er streckte seine Hand über den Tisch aus und streichelte zärtlich über meine Wange. Mit glänzenden Augen raunte er: »Dich finden.«

Zwei Worte. Drei Silben. So simpel. Aber das Schönste, das ich jemals gehört hatte. Sprachlos und überglücklich lächelte ich ihn an. Ich hätte wohl bis in alle Ewigkeit so dagesessen, hätte Nereus nicht meine Hand ergriffen und mich aus dem Pavillon gezogen.

»Ich habe noch eine Überraschung für dich. Als wir auf dem Neptun ankamen, stellten wir fest, dass aufgrund des hohen atmosphärischen Drucks der Kohlenstoff in der Luft kristallisiert. Wir haben diese Eigenart bei der Neugestaltung mit einbezogen. Was dabei herauskommt, kannst du jetzt beobachten.« Ganz dicht stand er neben mir, ergriff meine Hand und deutete mit ihr zum Himmel.

Ich legte den Kopf in den Nacken. Die Luft begann an vielen tausend Stellen zu flimmern und kleine, durchsichtige Perlen materialisierten sich aus dem Nichts heraus. Sie schwebten langsam zu Boden. Eine Wolke, die die untergehende Sonne kurzzeitig verdeckt hatte, verzog sich und ich konnte nicht anders, als mir vor Erstaunen die Hand vor den Mund zu schlagen. Millionen von winzigen Regenbögen waren dort entstanden, wo die Sonnenstrahlen auf die niederschwebenden Perlen trafen und sich an ihnen entzündeten.

Ich ließ Nereus' Hand los und rannte mit weit ausgebreiteten Armen in diesen seltsamen Regen hinein. Die unglaublich vielen winzigen Regenbögen schwebten auf mich herab und an mir vorbei, um dann mit dem schillernden Sand zu verschmelzen. Sacht legten sie sich auf meine Arme, meine Schultern, mein Haar. Ich hob die Hände und kam aus dem Staunen nicht mehr heraus. Verblüfft wirbelte ich herum, lief zu Nereus zurück und hielt ihm eine der glitzernden Perlen hin.

»Sind das etwa Diamanten?«

Er grinste breit, nickte und sah mich mit funkelnden Augen an.

»Ich habe in einem Diamantenregen gebadet.« Jubelnd fiel ich Nereus um den Hals.

Er legte seine Hände mit festem Druck an meine Taille und sagte mit rauer Stimme: »Weißt du eigentlich, dass du unwiderstehlich bist, wenn du dich freust?« Ohne auf meine Antwort zu warten, beugte er sich hinab und küsste mich. Der Druck seiner Lippen war sanft. Aber als ich leise seufzend meine Lippen für seine Zunge öffnete und sie einließ, wurde der Kuss drängender. Meine Hände vergruben sich in seinem Haar und die aufflammende Leidenschaft in mir trieb mich dicht an seinen Körper.

Ohne den Kuss auch nur eine Sekunde zu unterbrechen, drängte mich Nereus zurück in den Pavillon. Atemlos lösten wir uns voneinander. Er ließ mich nicht aus den Augen, als er mit seiner Fingerspitze an dem Seidenband meines Kleides entlangfuhr, hinunter in mein Dekolleté. »Ist das in Ordnung für dich?«, fragte er zärtlich.

Ich nickte nur, während meine Haut unter seiner Berührung brannte. Nereus legte den Kopf schief und ein verwegenes Lächeln blitzte in seinen Mundwinkeln auf, während seine Hand weiter auf Wanderschaft ging. Diesmal fuhr er über den seidigen Stoff, der meine Brust verhüllte. Als er meine Brustwarze berührte und sie sich aufrichtete, durchzog mich ein verlangender Schmerz. Mein Stöhnen erstickte er mit einem neuerlichen, leidenschaftlichen Kuss. Seine Finger, die langsam über meiner Brustwarze kreisten, steigerten mein Verlangen noch mehr und der süße Schmerz wanderte zwischen meine Beine.

»Wenn du so weitermachst, garantiere ich für nichts«, hauchte ich zwischen zwei Küssen atemlos.

»Gut«, murmelte Nereus, während er die Grube unter meinem Ohr liebkoste. Er trat ein wenig zurück und zog an der Schleife, die mein Oberteil zusammenhielt. Kaum hatte sie sich gelöst, streifte er mir die Bänder von den Schultern und bedeckte meine Brüste mit heißen Küssen. Ich bog den Rücken durch, gestützt von seiner Hand. Seine Zunge umkreiste meine Höfe und tanzte spielerisch über sie hinweg.

Ich konnte nicht länger warten, ungeduldig fuhr ich mit meinen Händen zum Saum seines Hemdes und zog es ihm über den Kopf. Mit beiden Händen tat ich endlich das, wovon ich schon so lange geträumt hatte. Ich fuhr ihm über seine Brustmuskeln und den harten, flachen Bauch. Als ich die Fingerspitzen spielerisch unter den Bund seiner Hose gleiten ließ, zuckten seine Bauchmuskeln und Nereus hielt die Luft an. Ich sah ihn an, als ich mit meiner Hand langsam über den Stoff strich und zu seiner Mitte fuhr, bis ich seine prachtvolle Härte umschloss. Er legte den Kopf in den Nacken und stöhnte dunkel auf. Ich presste mich an seinen Körper und konnte seine heiße Haut an meinen bloßen Brüsten spüren. Bei dieser Berührung gab Nereus einen knurrenden Laut von sich und hob mich auf seine Arme. Mit zwei langen Schritten trug er mich zu den Sitzkissen und legte mich vorsichtig nieder. Ich sah Begeisterung und Begierde in seinen Augen, als er meinen halbnackten Körper betrachtete.

»Du bist perfekt.« Mit diesen Worten legte sich Nereus neben mich und erkundete meinen Körper weiter. Er ließ kleine Küsse eine Straße auf meinen Bauch zeichnen, die immer weiter hinab führte. Seine Hand fuhr über meine Hüfte und mein Bein entlang. Dann strich er die Innenseite meines Schenkels wieder hinauf, bis er zwischen meinen Beinen angekommen war.

Federleicht strich er über den dünnen Stoff meines Höschens. Ich hob die Hüfte an, um mehr von dieser Berührung zu bekommen.

Ich wollte mit ihm verschmelzen und eins sein. Nereus' Finger glitten nun unter den Stoff und mit kreisenden Bewegungen begann er, meine empfindlichste Stelle zu streicheln. Lust explodierte in mir und baute sich zu einer Welle auf. Ich wand mich unter seiner Berührung, wollte ihm entgegenkommen, wollte, dass er weitermachte, wollte mehr spüren als nur seine Finger.

Voller Verlangen sah er mir in die Augen und sagte mit vor Lust dunkler Stimme: »Du raubst mir den Verstand. Ich will dich.«

Ich konnte nicht mehr denken, war nur noch Begierde, die gestillt werden musste. »Und ich dich«, flüsterte ich ihm zu.

Seine Augen flammten auf, als er mir mein Höschen auszog. Langsam senkte er seinen Kopf zwischen meine Beine und ich konnte seinen heißen Atem auf meiner zarten Haut fühlen. Ich konnte es nicht mehr erwarten, auch seine Zunge zu spüren.

»Nereus? Bist du irgendwo hier draußen?«, Salacias hohe Stimme durchschnitt die eben noch knisternde Luft zwischen uns und wir erstarrten.

»Nereus, antworte mir. Ich weiß doch, dass du hier irgendwo bist. Sinja ist da und sucht dich.« Ihre Stimme war deutlich nähergekommen, bald würde sie hier sein.

Verflucht. Nicht auszudenken, wenn mich die alte Hexe hier halbnackt fand. Ich löste mich aus meiner Erstarrung, setzte mich hastig auf und wickelte die Bänder um mich herum.

Auch Nereus zog sich schnell sein Hemd wieder an und fuhr sich durch die zerzausten Haare. »Ich gehe ihr besser entgegen, dann kannst du dich rausschleichen, wenn die Luft rein ist«, flüsterte er mir ins Ohr und verschwand in der immer dunkler werdenden Dämmerung.

Ich stutzte und ließ nachdenklich meine Fingerspitzen über meine vom Küssen geschwollenen Lippen streichen. Nereus war einfach gegangen. Kein Kuss. Kein Blick zurück. Einfach weg.

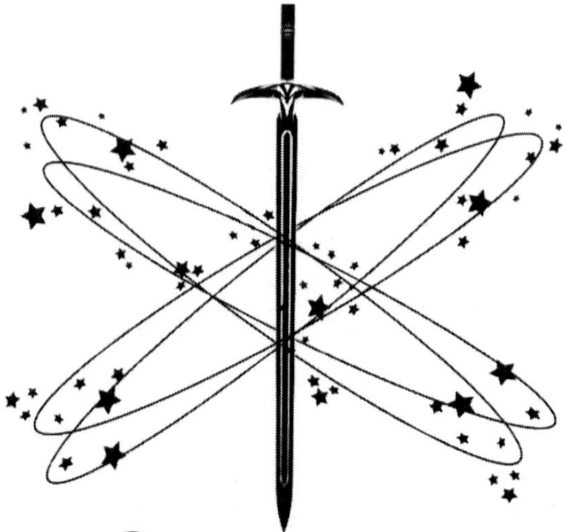

Schwanensee

Immer noch stand ich da und streichelte nachdenklich meine Lippen, ließ die Erinnerung an die leidenschaftlichen Küsse, die wir uns eben erst geschenkt hatten, wieder aufflammen.

»Minerva«, durchschnitt eine kalte Frauenstimme die hereinbrechende Dunkelheit.

Erschrocken drehte ich mich um und starrte in das Gesicht von Nereus‘ Mutter. »Sieh an, sieh an, macht sich das kleine Erden-Mädchen etwa Hoffnung?«

»Wovon redest du?«, gab ich zurück.

»Es gab schon andere vor dir, die sich an Nereus herangeworfen haben. Es ist ihnen nicht gut bekommen.«

Ich verstand immer noch nicht, wovon sie redete, und ich wollte mir diesen Abend nicht kaputt machen lassen, also machte ich kehrt und ging.

»Weißt du, wer Vanya war?«

Abrupt hielt ich inne. Vanya? Ich drehte mich um und sah in das Gesicht der süffisant grinsenden Salacia.

»Also nicht«, sagte sie und klang erstaunlich erfreut. »Lass mich dir von ihr erzählen«, bot sie an.

Eigentlich hätte ich mich jetzt umdrehen sollen und wirklich gehen müssen, aber meine Neugier siegte. Ich sah sie auffordernd an.

Salacia holte tief Luft und begann ihre Erzählung: »Vanya war eine der wunderschönsten Vila, die ich jemals gesehen habe. Nereus und sie waren von klein auf unzertrennlich. Gemeinsam mit Sinja gingen sie durch dick und dünn und hielten den Palast in Atem. Mit den Jahren wandelte sich die Freundschaft zwischen Nereus und Sinja langsam und wurde intensiver, liebevoller. Doch als Vanya 16 wurde, kam der Zeitpunkt, ihr graues Schwanenkükenkleid abzulegen. Wie jede Vila kehrte sie in der nächsten Vollmondnacht zu ihrem Geburtsort zurück, dem Vila-See. Er liegt tief versteckt im Wald, südwestlich unseres Palastes. Vanya schwamm in ihrer Schwanengestalt um Mitternacht zum Zentrum des Sees. Als die Strahlen des Vollmonds ihr graues Schwanenkleid streichelten, stoben tausende kleine Schneeflocken aus ihm hervor und verhüllten Vanyas Gestalt vor Sinjas und Nereus' Blicken. Als sich die federleichten Flocken gelegt hatten, erstrahlte ihr Gefieder in gleißendem Weiß. Es war so hell, dass sich ein strahlender Lichtkranz um sie bildete.

Verzaubert beobachteten Sinja und Nereus, wie sie über den spiegelglatten See auf sie zu schwamm. Als Vanya das Ufer erreichte, verwandelte sie sich zurück in ihre nun frauliche Gestalt und trat aus dem See heraus. Ein Blick von Nereus auf sie reichte und aus Freundschaft wurde Liebe, die Vanya zu erwidern schien.«

Innerlich keuchte ich auf. Mein Herz zog sich schmerzhaft zusammen. Wir waren doch heute gerade an einer Vila vorbeigeritten. Und er hatte mir gesagt, dass ich wie eine Vila riechen würde. Na, das schien er ja ganz genau zu wissen. Wie konnte ich denn mit diesem unerreichbaren, ätherischen Wesen konkurrieren?

»Obwohl Neptun und ich es nicht billigten, verbrachten die beiden immer mehr Zeit allein miteinander. Obwohl sie eine Vila war, die normalerweise wie Schmetterlinge von Blüte zu Blüte hüpfen, konzentrierte sie sich erstaunlicherweise nur auf Nereus. Auch Sinja wäre es sicherlich lieber gewesen, er hätte ihr seine Aufmerksamkeit geschenkt. So blieb ihr erst mal nur der Platz der Freundin an seiner Seite. Sein Vater und ich erklärten ihm eindringlich, dass er sich Vanya aus dem Kopf schlagen müsse, denn eine nicht standesgemäße Heirat war undenkbar. Vanya war zwar wunderschön, aber sie war eben nur eine dahergelaufene Vila. Da Nereus nicht hören und die Verbindung nicht kappen wollte, mussten wir drastischere Schritte einleiten.«

Gespannt hörte ich zu und mich beschlich ein ungutes Gefühl, wie die Geschichte weitergehen könnte.

»An dem Tag, der der vorerst letzte Tag auf dem Neptun für Nereus werden sollte, baten wir Vanya zu uns in den Thronsaal. Sie schien bereits zu ahnen, was auf sie zukommen würde, denn ihre Hände zitterten, als sie vor uns vor den Stufen stehen blieb. Neptun stellte sie vor die Wahl, Nereus‘ Gefühle für sie zu zerstören oder den Tod zu finden.«

Ich holte scharf Luft und konnte nicht glauben, was ich da hörte. Ich legte meine Finger auf die Lippen, um ein »Nein« zu unterdrücken. Wie konnte man nur so grausam sein?

»Natürlich gab sie ihre ach so große Liebe zu Nereus sofort auf. Wir hatten nichts anderes erwartet.«

Wut kroch meinen Nacken hoch. »Und du verachtest sie, weil sie das Leben gewählt hat? Das hätte ich auch getan.« Und dann hätte ich einen anderen Weg gefunden, um bei ihm zu sein. Wenn man für die Liebe in den Tod ging, hatte man nicht nur die Liebe, sondern auch noch das Leben verloren.

Salacia warf mir einen abschätzigen Blick zu, ihre Lippen kräuselten sich und sie sagte: »Das dachte ich mir, deshalb erzähle ich dir diese Geschichte. Und jetzt hör ganz genau zu.«

Ihr Tonfall jagte mir einen kalten Schauer über den ganzen Körper und gerade deswegen hielt ich ihrem Blick trotzig stand.

»Wir riefen auch Nereus in den Thronsaal. Als er eintrat, flog sein sorgenvoller Blick über das Geschehen und blieb an Vanya hängen. Sie senkte die Augen, doch Neptun forderte sie auf, ihr Versprechen zu halten und so gestand Vanya, dass sie Nereus nicht lieben würde.

Mein Sohn, der Narr, bewegte sich auf sie zu und sagte, dass er ihr nicht glauben würde. Aber sie streckte abwehrend eine Hand in seine Richtung und beteuerte, dass es der Thron gewesen wäre, der ihn so attraktiv gemacht hätte. Daraufhin geriet Nereus völlig aus der Fassung, packte Vanya an beiden Schultern und schüttelte sie. Laut bezichtigte er sie der Lüge, sagte ihr, er könne nicht glauben, dass ihre Liebe nur ein Spiel gewesen sein sollte. So außer sich hatte ich meinen Sohn noch nie gesehen.

Und dann besiegelte er ihr Schicksal, indem er beteuerte, er würde ihr nicht glauben und an seiner Liebe für sie festhalten. Als mein letzter Blick auf sie fiel, sah ich ihre vor Angst geweiteten Augen. Sie wusste, was jetzt passieren würde.

Ich nickte meinem Gemahl zu, der daraufhin mit einem einfachen Schnipsen das Leben dieser Kreatur auslöschte. Die Schultern, die Nereus eben noch gepackt hatte, verwandelten sich unter seinen Händen zu Wasser, so wie der Rest des Körpers. Es stürzte zu Boden und zerrann zwischen den Steinfliesen. Nereus fiel auf die Knie und griff mit seinen Händen in das verschwindende Wasser. Dabei rief er verzweifelt ihren Namen.«

Ich war fassungslos. Und dann überkam mich ein unbändiges Mitleid für Nereus. Was hatte er erleiden müssen? Dieser Moment musste ihm das Herz zerrissen haben. Ich konnte mir gar nicht vorstellen, wie schmerzhaft es sein musste. Prinz Eric … Hatte er diesen Namen ihr zu Ehren gewählt?

Salacia war jedoch noch nicht am Ende ihrer Geschichte angelangt. Sie seufzte, dann fuhr sie fort: »Was nun folgte, hatten wir nicht so geplant. Wie ein Berserker ging Nereus auf Neptun los und schrie ihn an. Daraufhin bannte Neptun unseren Sohn, damit er vernünftig mit ihm reden konnte. Er erklärte ihm, dass die Vila seine Geschöpfe sind, und wenn es ihm beliebe, könne er sie auch auslöschen.

Neptun hatte höher gesteckte Ziele für unseren Sohn und das wusste Nereus. Trotzdem er sich durch den Bann nicht bewegen konnte, zitterte er vor Wut. Er schrie, dass er sich niemals Neptuns Willen beugen würde. Daraufhin brachte mein Gatte Nereus zur Erde, um ihn zu bestrafen.«

Ich wusste nun also, welcher Konflikt Nereus auf die Erde gebracht hatte.

»Wissend, dass der einzige Lapid auf der Erde seit 1.500 Jahren unter einem riesigen Schutthaufen begraben lag, ließ er ihm die Wahl, entweder seinem Willen nachzugeben oder es aus eigener Kraft nach Hause zu schaffen. Einmal im Jahr begab sich Neptun zur Erde, um Nereus erneut vor die Wahl zu stellen. Mein sturer Sohn lehnte jedes Mal ab und wählte die Verbannung. Ich wusste, dass wir so nicht weiterkommen würden und beschloss, Nereus einen Hinweis zu geben, wo er den Lapid finden könnte. Ich besuchte ihn heimlich und erzählte ihm, dass Kybele, dieses ehebrecherische Weibsstück, einen Lapid besessen hatte und in Schottland lebte.«

»Warum, um der Sterne willen, ist er zurückgekehrt, nach allem, was ihr ihm angetan habt?« Es war mir unbegreiflich, warum Nereus zu dieser Familie zurückwollte.

Herablassend lächelte Salacia und erwiderte: »Kindchen, hast du es denn immer noch nicht verstanden?« Sie machte eine theatralische Pause, die schwer auf mir lastete. »Zu wem ist er denn gerade gerannt, als er bloß ihren Namen hörte? Meinst du nicht, sie werden da anknüpfen, wo sie damals durch Vanya unterbrochen wurden?« Sie funkelte mich drohend an und fügte hinzu: »Und jetzt hör auf damit, meinen Sohn verführen zu wollen, sonst werde ich dir solche Qualen bereiten, dass du dir wünschst, sterblich zu sein.«

Mein Blut kochte. Ich war ein Götterkind und es war an der Zeit, das klarzustellen. Ich ging einen Schritt auf Salacia zu. »Droh mir noch einmal oder schreibe mir vor, wie ich mit Nereus umzugehen habe, und du wirst es bitter bereuen.«

Damit drehte ich mich um und ließ sie stehen.

***

Ich stand am Fenster meines Zimmers und betrachtete den weiten Garten, in dem morgen der Ball stattfinden sollte. In dem nächtlichen Anlage waren schon deutliche Spuren der geschäftigen Betriebsamkeit, die den ganzen Tag geherrscht hatte, zu sehen. Versteckte Lichter waren angebracht worden, so dass Blumen, Büsche und Bäume in zartem Blau, Türkis und Grün schimmerten. Der Anblick schien mich in eine romantische Lagune zu entführen. Das meeresartige Leuchten lag auch über dem großen Parkett, das als Tanzfläche aufgebaut worden war und an dessen Rand runde Tische standen.

Für gewöhnlich hätte mich dieser traumhafte Anblick beruhigt, aber ein Gedanke nagte mit spitzen Zähnen an mir: Liebte er Vanya noch immer?

Diese Frage konnte mir nur einer beantworten, und ich musste sie ihm so bald wie möglich stellen.

Und was Sinja betraf: Ja, er war ihr gefolgt, aber alles, was wir vorher geteilt hatten, würde ich mir nicht von Salacia vergiften lassen.

Es war in Ordnung, wenn er einer guten Freundin folgte, die er seit Kindesbeinen kannte und die ihn brauchte, egal, welche Gefühle dort vor Jahren gewesen sein sollten. Und wie Salacia zu mir stand, wusste ich. Ich würde mich von ihr nicht manipulieren lassen.

Sirenengesänge und Offenbarungen

Als ich am nächsten Morgen aufwachte, blieb ich im Bett liegen. Ich starrte an die Decke. Meine Gedanken kreisten um die Frage, die ich Nereus stellen musste. Während ich mich dafür wappnete, dass er »Ja« sagte, ließ ich in meiner Handfläche eine Feuerkugel entstehen. Konnte ich ihm glauben, wenn er »Nein« sagte? Aus der Kugel entsprang ein kleiner Feuerspatz, der sich flatternd in die Höhe schraubte.

Und wenn er mir gar keine Antwort gab, was sollte ich dann tun? Mit einer Handbewegung ließ ich die Flügel des Spatzens wachsen. Der gesamte Körper verformte sich, bis ein gewaltiger Phönix durch das Zimmer rauschte.

Frustriert warf ich nun doch die Decke zurück und ging hinüber zu den bodentiefen Fenstern meines Zimmers. Mit einem beiläufigen Gedanken ließ ich den Phönix wieder verschwinden. Ich blickte aufs Meer hinaus und zu den Sanddünen, in deren

Nähe wir gestern unser Dinner eingenommen hatten. Beim Gedanken an Nereus' feurige Blicke und seine Berührungen wurde mir wieder warm. Er war genauso erregt gewesen wie ich, daran bestand kein Zweifel. Egal, was Salacia gesagt hatte. Ich beschloss, mich für diesen wichtigen Tag fertig zu machen und begab mich auf den Weg zu Csilla.

Während ich die Gänge entlangschlenderte, überlegte ich kurz, ob ich nicht doch gleich mit Nereus sprechen sollte, aber ich entschied mich dagegen. Das würde kein einfaches Gespräch werden und dafür brauchte ich Seelenstärkung von Csilla.

Als ich vor ihrer Tür stand und gerade klopfen wollte, hörte ich das glockenhelle Lachen meiner Mitbewohnerin und eine mir unbekannte, tiefe Stimme. Ich hielt inne. Auf einmal kam Bewegung in die Geräusche und ich überlegte, ob ich noch schnell fliehen könnte, aber … es war zu spät. Die Tür wurde schwungvoll aufgerissen und ein leicht bekleideter Kerl mit Csilla um den Hals stand vor mir.

»Oh, äh, ähm …«

Mann, wenn ich weiterhin nur Laute von mir gab, würde das hier noch peinlicher werden.

Csilla lachte und bemerkte: »Mina, darf ich vorstellen? Das ist Eras, Neptuns persönliche Leibwache. Eras, das ist Mina.«

Der wirklich gutaussehende, braunhaarige Muskelprotz grinste wie ein Honigkuchenpferd und setzte Csilla, die er mit einem Arm hochgehalten hatte, ab. »Freut mich, dich kennenzulernen, Mina.« Er reichte mir seine Hand. Ich musste grinsen und schüttelte sie.

»Sooo«, sagte ich, »und ihr zwei …?«

Csilla gluckste vergnügt, bevor sie klarstellte: »Wir zwei verabschieden uns gerade, denn ich werde dich heute für den Ball herausputzen, meine Liebe. So, Eras, und nun husch, husch.«

Dabei gab sie ihm einen Klaps auf seinen Allerwertesten. »Du hältst uns nur auf.«

Er lachte ein raues Lachen, verbeugte sich vor Csilla, nahm ihre Hand und gab ihr einen ziemlich langen Kuss auf ihren Handrücken.

»Eras, du musst jetzt wirklich gehen.« Sie schob ihn sanft durch die Tür und schloss diese hinter ihm.

»Ähm, Csilla, braucht der Gute nicht noch sein Hemd und seine Uniform?«

»Oh, Mist. Moment.« Hastig suchte sie alle seine Sachen zusammen – und das waren beachtlich viele. Hier schien es ja heiß hergegangen zu sein. Dann ging sie schnellen Schrittes zur Tür, machte sie auf und drückte Eras die Kleidung in die Hand. Der hatte breit grinsend darauf gewartet, dass sie bemerkte, dass sein halber Hausstand noch in ihrem Zimmer lag. Er stahl sich noch einen Kuss und Csilla schloss nun endgültig die Tür.

Seufzend ließ sie sich dagegen fallen. »Was für eine Nacht. Eras ist wirklich unersättlich. Mina, hast du seine Muskeln gesehen? Was für ein Kerl.«

»Oh, oh, und was ist mit Ben?«

»Ben?«

»Jetzt sag mir nicht, dass du deine Zimtschnecke vergessen hast.«

»Oh, Ben. Ja, mmh. Also, was soll ich sagen, Eras ist sowas wie mein Urlaubsflirt. Und mit Ben ging ja noch nicht so viel.«

»Noch nicht so viel? Du hast von überhaupt gar nichts berichtet. Nur, dass du ihn mega heiß findest.«

»Ja, also, nach seiner super wichtigen OP sind wir uns im Umkleideraum etwas nähergekommen, aber wir wurden unterbrochen …war ein bisschen Gefummel.«

Ich seufzte und kommentierte: »Das kommt mir bekannt vor … also, das Unterbrochen werden …«

»Oh nein, Mina. Wo steht mir der Kopf?« Sie kam schnell auf mich zu und fasste mich bei den Händen. »Wie war dein Date mit Nereus? Er muss doch über dich hergefallen sein, so bezaubernd, wie du aussahst.«

»Tja, was soll ich sagen, das ist er auch und es war wirklich gut und echt heiß, aber dann kam seine Mutter, diese blöde Kuh, und zu allem Übel ging er schnurstracks davon und ließ mich zurück.«

»Er hat was? Das ist doch nicht dein Ernst. Hast du gehört, was seine Mutter wollte, dieses Biest?«

»Ja, Sinja«, ich betonte ihren Namen überdeutlich, «hat angeblich nach ihm gesucht. Ich meine, hallo, diese alte Ziege wusste ganz genau, dass wir ein Date hatten. Das hat sie mit voller Absicht gemacht.«

Die Informationen, die ich über Vanya erhalten hatte, behielt ich für mich. Das musste ich erst mit Nereus klären.

Csilla zog eine Schnute und blickte mich mitleidig an. »Ach Süße, das tut mir leid. Was für ein Trottel. Wenn ich nicht wüsste, dass du ihm und er dir bereits total verfallen ist, würde ich sagen, schieß ihn zum Himmel.«

Bei ihrer Wortwahl musste ich schmunzeln. »Wenn er mich noch mal so stehen lässt, stehle ich einfach den Lapid seines Vaters und setz ihn auf dem Mond ab … Kommt man da überhaupt mit dem Lapid hin?«, fragte ich.

»Nein, das geht nicht. Man kann nur zwischen den Planeten springen.«

Verwundert blinzelte ich Csilla an und fragte sie: »Woher weißt du das denn?«

Ich stupste ihr in die Seite. Csilla wurde rot und stand abrupt auf. Mit der einen Hand strich sie sich über ihren Arm. »Eras … Eras hat mir gestern diese Frage beantwortet. Wir haben nicht nur rumgemacht, weißt du.«

Ja, na klar. Warum sollten sie auch nicht reden. Warum betonte sie das so?

«So, und nun will ich alle schmutzigen Details wissen. Wobei wurdet ihr unterbrochen? Musste er aus dir …«

»Csilla! Das geht dich nichts an, jedenfalls nicht alle Details.« Wir mussten beide lachen, und ich erzählte ihr bei einem gemeinsamen Frühstück, welches sie herbeiwünschte, die wichtigsten Fakten.

»Du hast vorhin gesagt, dass du glaubst, er sei mir verfallen ... Meintest du das ernst?«

Csilla funkelte mich amüsiert an. »Natürlich, sieh dich an! Du bist eine tolle junge Frau, mit Witz, Charme, Hirn und gutem Aussehen. Jeder Mann, der nicht total auf den Kopf gefallen ist, ist dir verfallen. Und, Sweety, die Blicke, die er dir zuwirft, wenn du nicht darauf achtest, sagen alles. Ja, er ist dir mit Haut und Haar verfallen. Und du ihm auch, stimmt's?«

Ich zögerte. »Ja … ja, ich glaube, du hast recht. Ich muss permanent an ihn denken, seine Anwesenheit macht mich wahnsinnig, dieses Kribbeln, wenn wir uns sehen. Und von meinem Bauch ganz zu schweigen. Es fühlt sich an, als ob ein unsichtbares Band mich immer zu ihm zieht, ich …«

»Was hast du gesagt?« Csilla sah mich mit großen Augen an. Was hatte ich gerade gesagt, das sie so alarmierte?

»Ähm, mein Bauchgefühl zieht mich zu ihm …?«

Csilla nickte und wich meinem Blick aus. »Du bist verliebt. Das ist sehr schön.«

Verdutzt runzelte ich die Stirn. »Sehr schön? Gut funktionierende Waschmaschinen sind sehr schön. Was ist los mit dir?«

Csilla seufzte, dann gab sie zu bedenken: »Ich musste nur gerade daran denken, was passiert, wenn unser Urlaub hier zu Ende geht. Wirst du hierbleiben?«

Diese Frage hatte ich mir tatsächlich noch nicht gestellt. Csilla hatte recht. Wie würde ich mich entscheiden? Waren meine Gefühle für Nereus wirklich so stark? Wollte ich überhaupt hier leben? Wollte Nereus für immer hier leben, bei allem, das ihm durch seine Eltern widerfahren war?

»Csilla, ich … ich weiß es nicht.« Auf einmal brach eine weitere Erkenntnis über mich herein: Heute Abend würde ich meinen leiblichen Vater kennenlernen. Was würde er sagen? Wie würde er reagieren? Verzweifelt raufte ich mir die Haare. Ich hatte alles so sorgfältig beiseitegeschoben, dass es mich jetzt wie ein Bumerang einholte und ordentlich am Hinterkopf erwischte.

»Csilla, ich … ich habe über so vieles nicht nachgedacht. Ich war so berauscht von diesem Ort, von Nereus, von dem Lapid, ich … ich glaube, ich habe eine Panikattacke.«

Csilla beugte sich vor und nahm mich in den Arm. Sofort beruhigte sich mein Herzschlag ein wenig. Das war eine besondere Fähigkeit von Csilla. Bei ihr fühlte ich mich fast so geborgen wie bei meiner Mom.

»Atme tief in den Bauch, so wie Meister Hoshi es dir beigebracht hat und hör mir zu.«

Ich tat ihr den Gefallen.

»Es wird sich alles fügen. Mars kann gar nicht anders, als begeistert von dir zu sein. Nach allem, was Nereus gesagt hat, muss es stimmen, dass du seine Tochter bist. Und was das ›Hierbleiben‹ anbelangt, musst du doch jetzt noch keine Entscheidung treffen. Und wer sagt denn, dass du uns nicht ganz oft besuchen kommen kannst? Mit diesen ›Steinen‹, diesen …«

»Lapides«, half ich aus.

»Ja, mit diesen Lapides, da kannst du doch hin und her, wie es dir beliebt.«

»Aber was ist mit Mom und Dad? Ich … ich habe mich gar nicht richtig verabschiedet. Ich werde ihnen das Herz brechen … Das haben sie nicht verdient. Sie sind die besten Eltern, die man sich wünschen kann. Sie haben alles für mich getan. Und Molly und Clint und der kleine Indy – ich werde ihn nicht aufwachsen sehen. Was bin ich denn bitte für eine Freundin?«

Verzweifelt schlug ich mir die Hände vors Gesicht und ließ den Tränen freien Lauf. Csilla wiegte mich in ihren Armen und strich mir sanft über den Rücken. »Mina, vertrau mir. Alles wird gut. Du bist so stark, du kannst alles schaffen und vor allem wirst du deine Freunde und deine Familie wiedersehen, da bin ich mir sicher. Und wenn du mit ihnen redest, werden sie Verständnis für dich haben. Sie werden sich für dich freuen. Sie lieben dich.«

Bei diesen Worten fing ich nur noch mehr an zu schluchzen und krallte mich an Csilla fest. Eine kleine Ewigkeit verharrten wir in dieser Pose. Dann versiegten die Tränen und ich löste mich ein wenig von ihr. »Danke, Csilla. Das habe ich gebraucht.«

Liebevoll lächelte Csilla mich an und erwiderte: »Ich werde immer für dich da sein. Hörst du? Egal, was passiert.« Sie betonte die Worte, als würde sie mir damit so viel mehr sagen wollen, als die wenigen Silben ausdrückten.

»Danke, was würde ich nur ohne dich machen?«

Csilla winkte ab. »Wir müssen dich für den Ball fertig machen. Ich freue mich schon die ganze Zeit darauf, wie eine Diamantenregenkönigin.« Sie zwinkerte mir liebevoll zu und schob mich Richtung Frisiertisch.

Aufgeregt fragte ich sie: »Du hast den Diamantenregen auch gesehen? Ist er nicht fantastisch?«

Csilla nickte grinsend. »Allerdings. Und nun müssen wir etwas gegen deine verquollenen Augen unternehmen. Badezimmer, bitte.«

Nachdem Csilla mich mit diversen Eiswürfeln, Quarkpackungen und Gurkenscheiben malträtiert hatte, sah ich wieder einigermaßen vorzeigbar aus. Es gab ja Frauen, die wunderschön aussahen, auch wenn sie heulten, aber leider zählte ich nicht zu dieser Kategorie. Nach einem heißen Bad und Csillas verwöhnender Kopfmassage fühlte ich mich wie neugeboren. Ich genoss diesen Tag mit meiner Freundin sehr.

»Sag mal, wann willst du dich denn fertig machen und wann kann ich das alles hier zurückgeben? Massage, Gurkenscheiben, eine Schulter zum Anlehnen …?«

Csilla grinste und meinte lediglich: »Schätzchen, ich werde heute nicht zum Ball gehen. Ich habe später noch eine Verabredung mit Eras. Er hat heute Abend nämlich ausnahmsweise frei und glaub mir, dass lasse ich mir nicht entgehen.«

Ihre Augenbrauen hüpften auf und ab und ich konnte nicht anders als loszukichern, auch wenn ich einen kleinen Stich spürte, wenn ich daran dachte, dass ich da heute Abend allein durchmusste. »Du bist unmöglich, echt.« Ich knuffte ihr in den Arm.

»Au! Los, komm. Wir müssen in dein Zimmer und ein Kleid aussuchen.«

»Oh ja, Modenschau! Wie bei ›Sex and the City‹.«

Csilla und ich hatten die Serie verschlungen, auch wenn sie schon älter war.

Ich warf gekünstelt meine langen, schwarzen Haare hinter mich und blickte über meine Schulter zurück zu Csilla. »Kommst du, Samantha?«

Csilla schnaubte und jammerte: »Wieso bin ich Samantha?«

»Also, Csilla, das muss ich dir nun wirklich nicht erklären, oder?« Diesmal war es an mir zu lachen und eine griesgrämig dreinblickende Csilla hinter mir her zu schleifen.

In meinem Zimmer angekommen, wartete eine Überraschung auf mich. Auf dem Bett lag, wie gestern auch, eine goldene Muschel, aber diesmal ohne Brief. Dafür mit einer perfekten kleinen Eisblume daneben. Wieso schmolz sie nicht? Ich musste ihn das unbedingt fragen. Aufgeregt hüpfte ich auf der Stelle.

Csilla war bereits dabei, die besondere Schachtel zu öffnen.

»Hey, Finger weg! Das ist meine Überraschung.«

»Ich tue nichts, was Samantha nicht auch getan hätte«, sagte sie, streckte mir die Zunge raus und öffnete unverfroren mein Geschenk.

Mit einem Schmollmund und verschränkten Armen beobachtete ich sie. »Und? Was ist drin, Samantha?«

Csillas Augen funkelten mich an. »Oh wow«, hauchte sie, »Es ist wunderschön.«

Ich trat neben sie. »Zeig her, ich … Oh. Mein. Gott. Es ist der Wahnsinn!« Ich zog einen bodenlangen, rot-goldenen Traum von einem Kleid aus der Muschel. Ganz im Empirestil war unterhalb der Brust eine gewobene goldene Kordel angebracht, die mit Diamanten verziert war. Csilla half mir, es anzuziehen. Der Ausschnitt war nicht zu tief und betonte perfekte meine Kurven.

»Warte«, sagte Csilla, »hier liegt noch etwas in der Muschel.«

Sie zog eine goldene, zarte Schleppe aus der Schachtel, die so fein gewoben war, dass sie fast durchscheinend wirkte und zwei wunderschöne, goldene Oberarmreifen, die mit Aquamarinen und Granaten besetzt waren.

»Oh«, hauchte ich und war absolut sprachlos.

Csilla befestigte die Schleppe links und rechts an meinen Schultern und streifte mir die Armreifen über. Ich sah aus wie eine römische Göttin, was wohl auch irgendwie so war.

Csilla holte nun als Letztes einen goldenen Haarreif aus der Schachtel und machte sich ans Werk, meine Haare in kunstvoller

Weise um den Haarreif zu drapieren. »Mina, du bist so wunderschön. Wenn deine Mutter dich so sehen könnte, sie würde vor Stolz und Liebe überquellen.«

Waren das Tränen in Csillas Augen? Ich runzelte die Stirn und bemerkte: »Also, Samantha würde mir jetzt heiße Tipps geben, wie ich Nereus heute rumkriegen könnte«, neckte ich sie.

Lachend umarmte Csilla mich von hinten. »Du brauchst keine Tipps, das schaffst du schon von ganz allein. Und jetzt steh auf. Schau dich mal in voller Pracht im Spiegel an.«

Mit zwei Schritten stand ich vor dem bodentiefen Wandspiegel und betrachtete mich. Okay, ich musste Csilla applaudieren. Mein Spiegelbild zeigte eine römische Gottheit. Ich war eine Erscheinung. Was Kleider, Haare und Make-up doch alles ausmachen konnten. Mein Kleid bewegte sich fließend im warmen Luftstrom, der durch das Zimmer wehte. Goldene und rote Stoffbahnen wechselten sich ab und ließen das Kleid so erscheinen, als ob es in Flammen stünde. Mein schwarzes Haar war kunstvoll hochgesteckt und kleine Zöpfe waren um den wunderschönen Haarreif geflochten. Die beiden Armreifen funkelten um die Wette.

Ich holte tief Luft, bevor ich begeistert ausstieß: »Csilla, du bist eine Meisterin! Woher kannst du das alles nur?«

Csilla blickte mich an. »Manche Nachtschichten im Krankenhaus sind mega langweilig, und da ist YouTube dein bester Freund.« Sie zwinkerte mir zu. »Und nun komm, es ist Zeit.«

Mit einem Blick nach draußen wurde mir schlagartig bewusst, dass es schon dämmerte. Wie war der Tag nur so schnell vergangen? Ein aufgeregtes Kribbeln regte sich in meinem Bauch. Ich würde gleich meinen Vater treffen. Meinen echten Vater, den Gott Mars, der noch nichts von seinem Glück wusste. Ich hoffte inständig, dass Neptun sich das gut überlegt hatte. Wie würde er reagieren?

Würde Nereus an meiner Seite sein? Ich hoffte es, hatte er mir doch dieses atemberaubende Kleid geschenkt. Die Oberarmreifen waren auch ein eindeutiges Indiz dafür, dass wir zusammengehörten. Aquamarin und Granat. Neptun und Mars. Nereus und Mina.

Mit einem Lächeln straffte ich die Schultern und umarmte Csilla ein letztes Mal. »Und du willst wirklich nicht mitkommen?«

Csilla lächelte und entgegnete mir: »Nein, Eras lasse ich mir heute Abend nicht nehmen.«

Ich drückte ihre Hand. »Okay, dann … gehe ich mal, oder?«

Csilla nickte, dann forderte sie: »Morgen will ich alles ganz genau wissen, hörst du?«

In dem Moment klopfte es an der Tür.

Ich öffnete.

Nereus' Augen weiteten sich und auf seinem Gesicht schien die Sonne aufzugehen. Er deutete eine Verbeugung an und stellte fest: »Du bist wunderschön.« Er nahm meine Hand und hauchte einen zarten Kuss auf meinen Handrücken. »Ich würde gern sofort da weitermachen, wo wir gestern aufgehört haben. Du bringst mich um den Verstand.«

Seine Stimme war rau und mindestens zwei Oktaven tiefer als sonst. Die Region unterhalb meines Bauchnabels zog sich lustvoll zusammen. Mein Herz schlug schneller und ich sah ihm direkt in die azurblauen Augen. Das Verlangen und die Gefühle, die ich dort sah, ließen mich lächeln.

»Du siehst auch gut aus. Sehr gut sogar«, hauchte ich.

Nereus trug die Farben seiner Familie. Seine Kleidung, bestehend aus einer traditionellen Toga mit Tunika, war mit azurblauen Mustern verziert. Seine Augen schienen mit den blauen Stickereien um die Wette zu strahlen. Die Haare trug er in feuchten Wellen nach hinten gestrichen. Was mein Herz noch höherschlagen ließ, waren seine Oberarmreifen, die genauso aussahen, wie meine, nur, dass sie massiver gefertigt waren. Nereus' perfekt definierten Oberarme kamen in diesem Outfit wunderbar zur Geltung. Die Sandalen, die er trug, waren schwarz und lange Lederbänder wickelten sich um seine Waden. Er sah wirklich aus wie eine römische Gottheit. Meine römische Gottheit?

»Komm, wenn wir noch länger hier verharren, kommen wir nicht beim Ball an.«

Da stimmte ich ihm zu. Ich drehte mich noch einmal zu Csilla um und strahlte sie an. Sie lächelte zurück und zwinkerte mir zum Abschied zu.

Nachdem wir die Tür geschlossen hatten, zog Nereus mich in eine leidenschaftliche Umarmung und presste seine Lippen auf meine. Er raubte mir den Atem.

»Das konnte ich nicht länger unterdrücken, sonst wäre ich geplatzt.«

Ich lächelte an seinem Mund und schlang meinerseits die Arme um seinen Hals. Ich ließ meine Zunge über seine Unterlippe gleiten.

Nereus knurrte und dieser Laut brachte mich fast um den Verstand. »Mina«, sagte er leicht außer Atem, »ich habe es ernst gemeint«, er grinste an meinen Lippen, »Wenn wir jetzt nicht gehen, werde ich dich hier und jetzt an der Wand nehmen und nichts und niemand wird mich davon abhalten.«

Das Ziehen zwischen meinen Beinen wurde unerträglich. Ich wollte so unwahrscheinlich gerne auf sein Angebot eingehen, aber mein letzter Funke Verstand meldete sich zu Wort und ließ mich meine Lippen noch einmal fordernd auf seine pressen, bevor ich mich widerwillig von ihm löste.

Wir beide schauten uns schwer atmend an und er legte seine Stirn an meine. »Was machst du nur mit mir? In deiner Gegenwart bin ich ein hoffnungsloser Fall.«

»Tja, dann sind wir wohl schon zwei.«

Er nahm meine Hand und führte mich den Gang entlang. Sein Daumen strich dabei die ganze Zeit in kleinen Kreisen über meinen Handrücken. Es hatte eine beruhigende Wirkung. Mein Puls verlangsamte sich und mein Atem ging gleichmäßiger. Wie sollte ich diesen Abend bloß überstehen, ohne ständig daran zu denken, wann ich endlich über Nereus herfallen durfte? Eine Sache brannte mir noch auf der Seele, aber bevor ich sie ansprechen konnte, kam Nereus mir zuvor:

»Mina, mit gestern Abend … Es tut mir wirklich leid, dass der Abend so geendet hat. Leider war es eine vollkommen banale Angelegenheit und ich habe mich schwarzgeärgert, dass ich dich zurückgelassen habe. Kannst du mir verzeihen?« Er strich sich seine Haare zurück und machte ein zerknirschtes Gesicht.

»Ich konnte gar nichts von dem leckeren Buffet essen«, maulte ich und schaute ihn vielsagend an.

Er lächelte und strich mir eine verlorene Haarsträhne hinters Ohr. Seine Berührung jagte ein angenehmes Kribbeln über meinen Rücken.

Aber eines musste er noch wissen. »Ich kann dir sagen, warum die Angelegenheit so banal war: Deine Mutter wollte eigentlich mit mir sprechen.«

Verdutzt blieb er stehen. »Was wollte sie denn von dir?«

Ich holte tief Luft und erklärte: »Sie hat mir von Vanya erzählt.«

Dieser Name verfehlte seine Wirkung nicht. Er wurde aschfahl. »Sie hat was?«

Ich drückte seine Hand, sah ihm in die Augen und sagte: »Es tut mir so leid. Ich kann mir gar nicht vorstellen, was das für dich bedeutet haben muss.«

Er ließ meine Hand los, raufte sich die Haare und schloss die Augen. »Mina, ich …«

»Liebst du sie noch? Es tut mir leid, aber ich muss es wissen.«

Erschüttert legte er mir beide Hände an die Wangen und sah mir tief in die Augen, bevor er erwiderte: Liebes, es tut mir leid, dass du das fragen musst.« Zitternd sog er die Luft ein. »In den vier Jahren auf der Erde habe ich gelitten wie ein Hund, aber dann kamst du.« Er sah mir unverwandt in die Augen. »Und mit dir das Licht in meine Dunkelheit.«

Seine Worte streichelten meine Seele und mein verkrampftes Herz entspannte sich. Er gab mir einen zarten Kuss und zog mich in eine Umarmung.

»Du kannst mir vertrauen, ich bin genau da, wo ich sein möchte.« Diese Worte hinterließen einen wohligen Schauer und fühlten sich so richtig an. Dann murmelte er in mein Haar: »Komm, lass uns jetzt den Abend genießen.« Das ließ ich mir nicht zweimal sagen und nickte lächelnd.

»Bist du aufgeregt, deinen Vater heute kennenzulernen?«

Ich schluckte hörbar. »Ja, allerdings. Ich habe absolut keine Ahnung, was ich zu ihm sagen soll oder wie diese ganze Situation werden wird. Wird er es glauben? Wie wird er reagieren? Ich hoffe, dein Vater hat ihn schon darauf vorbereitet. Auch für Mars muss es ein Schock sein.«

Nereus blickte mich von der Seite an, sagte aber nicht gleich etwas. «Er wird dich lieben, Mina. Vater sagt, du bist Rhea wie aus dem Gesicht geschnitten und Mars hat Rhea vergöttert. Seit ihrem Tod soll er nicht mehr derselbe sein.«

Langsam kamen wir zum Ende des Ganges, der zur großen Seeterrasse führte. Sanfte Gesänge drangen an meine Ohren. Fragend legte ich den Kopf schief.

»Das ist der göttliche Sirenenchor. Neptun hat sich heute nicht lumpen lassen. Er hat sie eigentlich nur für sich erschaffen, aber heute ist eine besondere Nacht. Hör genau hin, jede der fünf Sirenen kann vierstimmig singen.«

Ich blieb stehen und lauschte der Melodie. So etwas Schönes hatte ich noch nie gehört. Es klang, als würden verschiedene Harmonien in Wellen über das Meer ziehen, sich zum Höhepunkt steigern, gegen Felswände prallen und wieder zurück an meine Ohren strömen. Ich setzte mich wieder in Bewegung und wollte noch näher an diese Geschöpfe heran, um mich in ihren Gesängen zu verlieren. Auf einmal packte mich eine Hand.

»Hiergeblieben. tut mir leid, ich hatte vergessen, dass du Sirenen vorher noch nie gehört hast. Warte.« Er kam auf mich zu und strich kurz über meine Ohren. Auf einmal legte sich der Drang, zu den Sirenen zu gelangen und ich konnte nur noch diese wunderschönen Klänge genießen. Ich schaute ihn verwundert an. Er lächelte formte lautlos mit den Lippen: »Magie« und zwinkerte mir zu.

Dann trat ich ins Freie. Die Szenerie überwältigte mich. Das, was ich gestern gesehen hatte, konnte man nur als Auftakt dessen bezeichnen, was sich heute vor mir erstreckte. Die riesige Seeterrasse war mit weißen, hellblauen und -grünen Stoffbahnen ausgekleidet, die sich sanft in der lauen Sommerbrise bewegten. Überall standen runde Tische, die mit hellblauen Tischläufern dekoriert waren. Über den Boden zog sich eine dünne, helle Nebelschicht, die aussah, als ob sie geradewegs vom Morgennebel nach einer Sturmnacht auf See kam. Die Sirenen, die ich gerade noch zu verführerisch gehört hatte, wiegten sich im Takt ihrer Gesänge auf der bühnenähnlichen Muschel. Auf jedem der runden Tische waren auf riesigen Meeresschneckengehäusen allerlei Köstlichkeiten drapiert. Seile spannten sich quer über der Tanzfläche und über die Köpfen der Gäste. An ihnen hingen schummerig leuchtende Lampions in blau, grün und fluoreszierendem Weiß, die das gesamte Ballareal aussehen ließen, als befände man sich unter Wasser. Es war atemberaubend schön.

Sobald wir die Terrasse betraten, kam ein Mann mittleren Alters auf uns zu. Er hatte einen Stab in der Hand, auf dem oben ein vergoldeter, mit hellblauen Steinen besetzter Nautilus thronte. Kurz vor uns blieb er stehen, klopfte dreimal laut auf den Fußboden und verkündete mit lauter Stimme: »Göttersohn Nereus vom Neptun mit seiner Begleitung Minerva Sterling von der Erde.« Er neigte leicht seinen Kopf und bot uns mit seiner Hand den Weg zur Terrasse dar.

Ich hakte mich bei Nereus unter und er führte mich zu einem der runden Tische. Viele neugierige Blicke folgten uns. Ich fühlte mich etwas unwohl bei all der Aufmerksamkeit. In meinem Vorlesungssaal war ich es ja gewohnt, von vielen Augenpaaren beobachtet zu werden, aber da war ich ja auch in meinem Element. Doch hier, wo alles fremd und unwirklich schien, machte es mir doch zu schaffen.

Noch bevor wir uns setzen konnten, sah ich eine wunderschöne Frau auf uns zukommen. Sie hatte hellblondes Haar, so hell, dass es fast durchscheinend wirkte. Ihre Haut war ebenfalls von einem Alabasterton, der wie Porzellan wirkte. Sie trug ein feuerrotes Kleid, das aber nicht wirklich zu ihr passte, denn es erschien viel zu grell auf ihrer hellen Haut. Ihre katzengleichen Augen, die in einem hellen Grün strahlten, rundeten ihr schönes, wenn auch hartes, Gesicht ab.

»Nereus, mein Schatz«, kam es aus ihrem Mund und ich versteifte mich augenblicklich. Ich hatte sie bisher noch nicht am Hofe gesehen, geschweige denn mitbekommen, dass Nereus sich schon mal mit ihr unterhalten hätte. Und am schönsten war, dass sie mich weder eines Blickes würdigte noch Anstalten machte, mich zu begrüßen.

»Discordia, du hast es dir natürlich nicht nehmen lassen, deinen Vater zu begleiten.«

Diese Feststellung von Nereus rief irgendetwas in mir wach, aber ich konnte es noch nicht zuordnen. Nereus sprach weiter. »Darf ich dir Mina vorstellen? Ihr beide habt euch noch nicht kennengelernt.«

Wie ein Gentleman legte er mir sanft seine Hand auf den unteren Rücken und präsentierte mich.

Ich streckte die Hand aus und sagte: »Es freut mich, dich kennenzulernen.«

Mit gerümpfter Nase und leicht entsetztem Blick sah sie erst mich, dann meine Hand und dann Nereus an. »Was soll das, Nereus? Seit wann bringst du zu offiziellen Anlässen eine deiner Gespielinnen mit?«

Wie bitte? Hatte sie sie noch alle? Ich schnappte hörbar nach Luft und starrte sie zornig an. Ich spürte, wie meine Wut mir den Rücken hochkroch.

In dem Moment gesellte sich noch jemand zu dieser illustren Runde. Ein junger, blonder Mann mit wunderschönen braunen Augen hatte gesprochen. Er könnte dem Cover einer ›Men‘s Health‹ entsprungen sein. Er war fast so groß wie Nereus, aber breitschultriger und muskulöser. Er glich Brad Pitt in Troja. Ich war fasziniert davon, welch sympathische Ausstrahlung er hatte.

»Discordia«, er legte der Giftnatter einen Arm um die Hüfte, »Nereus. Schön, euch wiederzusehen. Oh, und wer ist diese bezaubernde Person?«

»Heros«, sagte Nereus, «Schön, dich zu sehen. Deine Verlobte hatte gerade vor, sich bei unserem Ehrengast zu entschuldigen. War es nicht so, Discordia?«

Discordia schaute pikiert zu Nereus, reckte das Kinn in die Höhe, machte auf dem Absatz kehrt und ging. O Mann, was für eine blasierte Kuh. Na ja, eher eine blasierte, wunderschöne Waldelfe, das musste ich an dieser Stelle eingestehen.

Heros stieß einen theatralischen Seufzer aus. Ihm schien das Verhalten seiner Verlobten genauso wenig zu gefallen wie mir.

»Sie hat mich eine Gespielin genannt, eine deiner Gespielinnen«, sagte ich empört.

Der schüttelte leicht den Kopf, sah mich an und meinte: »Du bist doch wohl nicht eifersüchtig, Mina? Lass solche Worte gar nicht an dich ran. Discordia ist … anders.«

Er hatte leicht reden, ihn hatte ja auch niemand ein Betthäschen genannt.

Heros stand immer noch neben uns und beobachtete uns aufmerksam. »Ja«, sagte Heros, »meine Verlobte ist anders, aber sie hat auch … ihre guten Seiten.« Er klang nicht gerade überzeugend.

Ich schnaubte und konnte mir ein »Ja, klar« gerade noch verkneifen.

»Mina«, unterbrach Nereus, »würdest du mich für einen Moment entschuldigen? Da drüben ist Sinja. Ich muss noch eine Sache mit ihr besprechen. Es geht um Urbs Aquae.« Dann beugte er sich zu mir herunter und flüsterte in mein Ohr: »Und du bleibst genauso bezaubernd, wie du gerade bist. Ich freue mich auf unsere Tänze.« Dann sagte er zu Heros: »Könntest du dich ein wenig um Mina kümmern?«

Heros setzte eine hocherfreute Miene auf und erwiderte: »Mit dem größten Vergnügen.«

Nereus drehte sich zu mir um, neigte leicht den Kopf und strich mit seiner Hand kurz über meinen Oberarm, bevor ich ihn in der Menge verloren hatte. Ich versuchte, mir die Enttäuschung über sein Verschwinden nicht anmerken zu lassen.

Heros beugte sich nah an mein rechtes Ohr und flüsterte: »Nereus hat dir hoffentlich gesagt, dass du die schönste Erscheinung heute Abend bist?«

Verdutzt macht ich einen Schritt von ihm weg. Ein ehrliches, sympathisches Grinsen zierte sein ohnehin schon bezauberndes Gesicht. Nun streckte er mir die Hand hin. »Ich bin Heros, Sohn des Jupiter. Schön, dich kennenzulernen.« Jupiter? Der Göttervater Jupiter? Er war der Sohn vom Oberboss? Au Backe.

»Ähm, ja«, ich nahm seine Hand, »auch schön, dich kennenzulernen.« Leicht verlegen und durch den Wind blickte ich zu den Sirenen, die ihre wunderschönen Gesänge jetzt einem tanzbaren Rhythmus angepasst hatten. »Wie ist er so? Also, Jupiter?«, platzte es aus mir heraus.

Heros lachte leise und gab zurück: »Wie Göttervater so sind. Streng, liebevoll, mächtig, witzig, die ganze Palette. Allerdings trete ich in große Fußstapfen, das kann einem schon etwas Angst machen.«

»In große Fußstapfen treten? Ich meine, Jupiter ist Jupiter, oder? Er war, ist und bleibt der Göttervater.«

Heros' Blick huschte zu mir. Ich konnte nicht sagen, was gerade in ihm vorging. »Verzeih, du bist noch nicht lange hier und mit unserer Geschichte nicht vertraut. Ich kläre dich auf.«

Ja, bitte.

»Ich bin 24 Jahre alt, genauso wie Nereus, Discordia und alle anderen der acht Götterkinder. Im nächsten Jahr, wenn wir 25 werden, danken unsere Eltern ab und wir werden die Planeten übernehmen. Unsere Eltern werden sich dann auf einem kleinen, schnuckeligen Mond in der Umlaufbahn des Jupiters zur Ruhe setzen. Sie hatten sich vor rund 2000 Jahren zwar dazu entschieden, die Erde zu verlassen und allein über ihre Planeten zu herrschen, aber sie vermissen ihre Gemeinschaft sehr. Die Geschäfte auf den Planeten laufen gut, die einzelnen Kulturen haben sich hervorragend entwickelt und es herrscht Frieden. Eine gute Ausgangslage, um abzudanken.«

Mir klappte die Kinnlade runter. Die Götter wollten sich zurückziehen und ihre Kinder sollten die Amtsgeschäfte übernehmen? Aber … aber das hieß ja, Nereus würde auf dem Neptun bleiben müssen und ich … ich würde zum Mars gehen. Mars. Moment, hatte Nereus nicht gesagt, dass Mars eine Tochter hatte?

»Ähm, Heros«, fand ich meine Stimme wieder, »woher kommt Discordia?«

Er blickte mich schnell an, seufzte und zog die Augenbrauen zusammen. »Sie ist die Tochter von Mars. Auch wenn es kaum Ähnlichkeiten zwischen den beiden gibt.«

Mir rutschte mein Herz in die nicht vorhandene Hose. Oh nein. Das war meine Schwester!

Heros, der mein verzweifeltes Gesicht falsch deutete, fügte hastig hinzu: »Sie ist nicht immer so. Sie hat wirklich auch ihre guten Seiten.«

Das war mir herzlich egal. »Heros, hast du Geschwister?«

Er lachte abermals kurz auf. »Nein, Mina. Alle Götterkinder sind Einzelkinder. Unsere Eltern wollten nicht, dass Streitigkeiten entstehen. Es kann sein, dass der eine oder die andere noch Bastardgeschwister hat, aber diese haben keinen Anspruch auf das Göttererbe. Nur Kinder, die von zwei verbundenen Göttern gezeugt wurden, haben Anspruch darauf, das Erbe anzutreten.«

Mir wurde flau im Magen. Wenn ich Mars wahre Tochter war, wer war dann Discordia?

»Schau.« Er deutete auf zwei Frauen, die sich an der wundervoll dekorierten Bar gegenüber von uns unterhielten. Die eine der beiden konnten man nur als ›Victoria's Secret‹Engel beschreiben. Beinahe bodenlanges, goldblondes Haar rahmte den zierlichen, goldbraunen Körper ein. Ein mit zarten Trägern versehener, roségolden schimmernder Hauch von Nichts kleidete sie. Mir klappte die Kinnlade runter, aber nicht wegen Gigi Hadid, sondern weil die Frau, die eben noch neben Gigi gestanden hatte, auf einmal ein Mann war und ich hatte die Verwandlung live miterlebt.

Neben mir stupste mich Heros an und raunte mir zu: »Das sind Harmonia und Faunus. Faunus ist ein Hermaphrodit. Er wandelt gerne seine Gestalt. Meistens legt er sich fest. Aber vielleicht hat Harmonia gerade den Wunsch geäußert, ihn in seiner ursprünglichen Gestalt an ihrer Seite haben zu wollen.«

Aus der eben noch dagewesenen Frau war ein Hüne von einem Mann geworden. Dieser überragte Harmonia um drei Köpfe, hatte halblange schwarze Haare und bot somit das perfekte Gegenbild zu der zierlichen Blondine.

»Harmonia ist die Tochter der Venus und Faunus, das Kind von Merkur.«

Ich musste schmunzeln. Faunus gefiel mir auf Anhieb. In einer so perfekten Götterwelt ganz man selbst zu sein, erschien mir erstrebenswert.

»Harmonia wird sich mit Faunus verbinden. Ihre Zuneigung beruht auf Gegenseitigkeit.«

Wieso betonte er das so sehr? War das eine Seltenheit? Wurde man etwa verheiratet? Ich hoffte inständig, dass es nicht zu rückständig zwischen Gottheiten zuging.

Gespannt hielt ich Ausschau nach den anderen Götterkindern. Ich hatte bisher Nereus, Heros, Discordia, Harmonia und Faunus kennengelernt, blieben also noch drei übrig. Es waren allerdings so viele verschiedene Wesen auf dem Ball, dass ich kein anderes Götterkind mehr ausmachen konnte.

»Sind die Götter auch schon auf dem Ball?«

»Nein. Heute war Ratssitzung. Einmal im Jahr halten die Götter einen Rat, der immer auf einem anderen Planeten stattfindet. Sie tauschen sich über ihre Erfolge und Schwierigkeiten aus und unterstützen sich gegenseitig.«

»Wow. Das klingt sehr … harmonisch. Wenn man den menschlichen Geschichtsschreibungen Glauben schenkt, dann haben die Götter sich doch in einer Tour gezankt und hintergangen.«

»Ja, das stimmt. Das war auch so, aber ob du es glaubst oder nicht, die meisten haben dazugelernt. Letztendlich hat ihnen diese Zerrissenheit nichts als Ärger gebracht.«

»Du hast gesagt, die meisten. Wer ist denn immer noch ein selbstverliebter Gockel und schmiedet eigene Pläne?«

»Eigene Pläne schmiedet meines Wissens nach niemand, aber Pluto war und ist ein eigensinniger Sturkopf. Wenn es jemanden gibt, der unzufrieden ist oder meckert, ist er es.«

Interessant, so einem Göttergossip zuzuhören. Ich musste grinsen und kommentierte amüsiert: »Ah, also der böse Pluto.« Heros war mir wirklich sympathisch und erinnerte mich ein wenig an Clint. Außer, dass er natürlich der Sohn des Göttervaters persönlich war und wahrscheinlich auch Blitze schleudern konnte und so etwas. Kühner, als es sonst meine Art war, knuffte ich ihn immer noch grinsend in die Seite und wartete seine Reaktion ab.

»Aua, junge Dame! Ich muss doch bitten, einfach ein Götterkind zu verletzen, das schreit nach Hochverrat.» Diesmal war es an ihm, mir in die Seite zu knuffen.

Ich kicherte. Okay, er verstand auf jeden Fall Spaß und schien nicht auf einem hohen Götterprinzenthron zu sitzen. Ich fühlte mich bei Heros sehr wohl, zwar hätte ich lieber Nereus an meiner Seite gehabt, aber der war ja leider gerade anderweitig beschäftigt.

Ich ließ meinen Blick über die Tanzfläche gleiten und stockte kurz. Auf der gegenüberliegenden Seite, neben einem der tragenden Pfeiler der Terrasse, standen Nereus und Sinja etwas zu eng zusammen für meinen Geschmack. Zwar blickte Nereus Sinja nicht so an wie mich, aber das schien ihr völlig egal zu sein. Gerade legte sie vertraut eine Hand auf seinen Oberarm und beugte sich zu ihm. Mein Blut fing an zu kochen. Dieses Biest. In Gedanken schickte ich ihr lodernde Pfeile, die ihre Hände treffen sollten. In dem Moment sah Nereus auf und unsere Blicke trafen sich. Er strahlte mich mit einem ehrlichen Lächeln an, hob sein Glas und prostete mir zu. Seine Augen nahmen die Intensität von schmelzenden Gletschern an und gaben mir ein Versprechen. Heute Abend gehörst du mir. Zufrieden erwiderte ich sein strahlendes Lächeln und wandte mich wieder Heros zu, der mich die ganze Zeit über beobachtet hatte. Ertappt merkte ich, wie ich rot wurde.

»Du hast Nereus gern, stimmt's?«

Ich wusste nicht, wie ich reagieren sollte. War das mit Nereus spruchreif, würde er in Schwierigkeiten kommen, wenn ich zu viel sagte? Wir hatten noch keine Zeit gehabt, das was zwischen uns war zu benennen. Waren wir ein Paar? Durfte Nereus sich überhaupt binden? Ich war so unbedarft in diese ganze Sache reingeraten, dass ich nicht einen einzigen Gedanken daran verschwendet hatte, dass man unsere Beziehung nicht nach irdischen Maßstäben beurteilen durfte. Noch ein Punkt auf meiner Klaps-auf-die-Stirn-Liste, die ich gerade eröffnet hatte. Am besten, ich blieb größtenteils bei der Wahrheit. Ich war ohnehin schlecht im Lügen.

»Ja, Nereus ist sehr nett und zuvorkommend mir gegenüber.«

Mit erhobenen Augenbrauen sah Heros mich an. Das war anscheinend nicht die Antwort, auf die er gehofft hatte. Etwas hinter Heros Schulter ließ mich zusammenzucken. Aus dem Augenwinkel hatte ich eine vermummte Gestalt ganz in Schwarz gesehen. Sofort kehrte meine Erinnerung an den Kampf gegen diese merkwürdigen Sekten-Typen im Wald zurück. Hatte mir mein Unterbewusstsein diese Gestalt eben nur vorgegaukelt, weil ich die Geschehnisse noch nicht abschließend verarbeitet hatte?

Heros bemerkte mein Starren und folgte meinem Blick. »Was ist los?«

Ich versuchte, den Ort, an dem ich die Gestalt gesehen hatte, zu fokussieren, aber die Lichtverhältnisse waren zu schlecht. »Ich dachte, ich hätte jemanden am Strand gesehen, die Gestalt trug eine Kutte, ich weiß nicht … ich … Wahrscheinlich spielen mir meine Sinne einen Streich.«

Heros lächelte mich aufmunternd an. Dann änderte sich sein Blick und ein verschmitztes Lächeln trat auf seine Lippen. »Oder du hast einen der Novensiles gesehen, unsere bösen Götter, die kleine Kinder heimsuchen und sich geifernd über das Blut ihrer Opfer hermachen.«

»Nett … Von denen habe ich schon mal gehört. Ist das eins eurer Ammenmärchen, um eure Kinder abends zu Tode zu erschrecken?«

Wieder grinste er mich an. »Nein, die Novensiles gibt es tatsächlich. Damals in Rom, als die Menschen begannen, sich von den Göttern abzuwenden, wurden alle bösen Gottheiten zusammengefasst. Die Menschen hatten ihre stärkste Waffe uns gegenüber, also ihren Glauben, einem anderen Gott geschenkt. Die unbedeutenden Götter wie Terminus, Volturnus, Strenia und Robigus, die nicht oft verehrt wurden, verschwanden zuerst. Als der Rat der Zwölf entschied, die Erde zu verlassen, erstarkten die Novensiles kurz. Dir sagt das sogenannte ›düstere Mittelalter‹ etwas?»

Ich nickte kurz.

»Du musst wissen, sie nähren sich von den negativen Emotionen aller Wesen und Menschen. Angst, Neid, Missgunst, Eifersucht, Hass, Wut, Selbstzweifel und Ekel, all diese Gefühle sind ein Festessen für sie. Die Hexenjagd? Die Novensiles. Die barbarische Völkerwanderung? Hungersnöte? Ungerechtigkeiten? Krankheiten? Das habt ihr alles den bösen Gottheiten zu verdanken. Allerdings können die Menschen auch ganz gut allein für ihr Unglück sorgen. Die Novensiles versuchten, die Vorherrschaft der Götter zu erlangen. Doch eine Gottheit war noch auf der Erde zurückgeblieben.«

»Kybele«, sagte ich geistesabwesend.

Seine Augenbrauen schnellten in die Höhe und er schaute mich an. »Ja, genau. Woher weißt du das?«

»Ich bin ihr begegnet.« Ich lächelte ihn an und forderte ihn mit einem kurzen Nicken auf, weiter zu erzählen.

«Jedenfalls hatte Kybele die Lapides erschaffen und so konnten die Götter zwischen den Planeten springen. Der damalige Vermittler für die Erde war Neptun.«

Oh ja, nicht nur der Vermittler.

»Gemeinsam setzten sie Jupiter von den Geschehnissen in Kenntnis. Ein letztes Mal taten sich die Götter zusammen und besuchten die Erde. Entsetzt darüber, was die Novensiles angerichtet hatten, beschlossen sie, den Menschen zu helfen, ohne viel Aufsehen zu erregen und besiegten schlussendlich die gefallenen Götter. Das war Ende des 15. Jahrhunderts eurer Zeitrechnung. Kybele war sehr dankbar, blieb aber nach wie vor auf der Erde zurück.

Jupiter ordnete an, dass die Novensiles fortan in einer Art Kolonie, unweit des Oriongürtels, ihre neue Heimat beziehen sollten. Sie bekamen aber natürlich keinen Lapid. Das war und ist ihre Strafe. Leider gibt es auch auf den Hauptplaneten immer wieder verlorene Seelen, die sich die Herrschaft der Schatten zurückwünschen.«

Ich hing die ganze Zeit gebannt an seinen Lippen. »Warum sollte sich jemand die Rückkehr von bösen Göttern wünschen?«

Traurig blickte Heros zur Seite, dann verzog sich sein rechter Mundwinkel leicht spöttisch. »Tja, auch auf unseren Planeten ist nicht alles Gold, was glänzt. Auch die Götter machen Fehler. Jede Gottheit erschuf nach ihren Vorstellungen die Planeten und bevölkerte sie. Leider taten sie es damals mit dem Stand und dem Wissen des Römischen Reiches. Unsere Väter und Mütter sind sehr traditionsgebunden. Neuerungen sehen sie eher skeptisch.«

Das schien bei ihm ein wunder Punkt zu sein. Ich konnte mir lebhaft vorstellen, wie Heros versuchte, mit neuen Ideen bei Jupiter zu punkten und von diesem abgebügelt wurde.

»Versteh mich nicht falsch, sie haben versucht, alles so zu erschaffen, dass es allen gut geht und jeder zufrieden ist, aber schnell haben auch unsere Kreaturen angefangen, neidisch aufeinander zu sein. Irgendwie scheint das in der Natur von Menschen und Lebewesen zu liegen. Jeder Planet hat Vorteile, die ein anderer nicht besitzt.« Er strich sich mit der Hand übers Gesicht. »Ich bin wirklich eine erheiternde Gesellschaft, was? Erst rede ich wie ein Wasserfall und dann erzähle ich dir auch noch von den Novensiles. Verzeih mir bitte.«

Ich schenkte ihm ein Lächeln und beteuerte: »Ich fand deine Erzählungen sehr spannend. Es gibt nichts, weswegen du dich entschuldigen müsstest.«

»Danke, Mina, das ist nett von dir. Aber nun lass uns doch von dir reden, ich weiß gar nichts über dich. Woher kennst du Nereus eigentlich? Und was macht ein Menschenkind auf dem Neptun?«

Ich wollte gerade etwas erwidern, da klopfte der Herold mit seinem Nautilusstab dreimal laut auf den Boden. »Neptun, Gott des Neptuns.«

Oh Daddy, Oh

Mein Herz machte einen Satz. Jetzt wurde es ernst. Ich spürte vertraute Hände an meinem Rücken und schaute über meine Schulter, um in Nereus‘ wunderschöne Augen zu sehen. Er bedachte mich mit einem Blick, der mich dahinschmelzen ließ. Ich fühlte mich geborgen und bestärkt. Nereus beugte sich zu Heros und bedankte sich fürs Aufpassen. Innerlich verdrehte ich die Augen, auch wenn ich es insgeheim ein klitzekleines bisschen süß fand. Ich schmunzelte.

»Meine lieben Gäste, meine teuren Freunde. Es freut mich, dass ihr alle heute zusammengekommen seid, um unser Ratstreffen mit uns zu feiern. Ich möchte zunächst Jupiter und seine Gemahlin Juno mit ihrem Sohn Heros begrüßen.«

Nun sah ich das erste Mal den Vater der Götter. Jupiter war eine beeindruckende Gestalt. Sein weißes Haar und weißer Bart konnten nicht das Glitzern und den Schalk in seinen Augen trüben. Erhaben und voller Selbstbewusstsein trat er einen Schritt vor und neigte leicht den Kopf. Liebevoll nahm er seine Frau Juno in den Arm und reihte sich neben Heros ein.

Die anderen Götter wurden vorgestellt. Merkur mit seiner Frau Dryope und Kind Faunus, Saturn mit Maja und Tochter Lua, Venus mit Vulcanus und Harmonia. Als Uranus begrüßt wurde, zuckte ich zusammen.

Er war das Abbild eines Sugar Daddys. Smart lächelte er in die Menge. Sein noch volles und dunkles Haar war an den Schläfen klischeehaft von grauen Strähnen durchzogen. Seine gebräunte Haut, die wirklich nach Solarium schrie, auch wenn das sehr unwahrscheinlich war, schien golden zu glitzern. Aber das alles war nicht der Grund, der mich hatte zusammenfahren lassen.

Neben seiner schönen Frau Gaia stand ein riesiger Zyklop. Mit seinem Auge schaute er grimmig in die Menge.

»… mit ihrem Sohn Arges.«

Die Menge verstummte. Anscheinend war es auch für andere Wesen nicht alltäglich, einen Zyklopen zu sehen. Mit seinen gut zwei Meter fünfzig schaute er über die Menge hinweg. Sein Körper wirkte deformiert. Er hatte überproportional viele Muskeln, bei denen jeder Profi-Bodybuilder vor Neid erblassen würde. Es war fast schon grotesk. Er verzog den Mund zu einem Lächeln, das erstaunlicherweise eine Reihe von strahlenden Zähnen zum Vorschein brachte. Das ließ ihn schon etwas weniger gefährlich aussehen. Irgendwie war das Lächeln sogar richtig sympathisch.

Nereus raunte mir ins Ohr, als hätte er meine Gedanken gelesen: »Uranus demonstriert gerne seine Macht. Auf seinem Planeten leben neben Arges viele Zyklopen. Er hat sich quasi gewünscht, dass sein Sohn auch einer wird.«

Mir kam ein Gedanke. »Hat Kybele keine Kinder?«, flüsterte ich an Nereus gewandt.

Er schüttelte nur den Kopf. Eigentlich auch überflüssig, die Frage. Sie wollte die Erde ja nicht verlassen, deshalb brauchte sie auch keinen Nachfolger.

»Und nun, meine lieben Freunde, lasst uns Pluto mit Proserpina und Janus begrüßen.«

Ein hagerer Mann mit sehr heller Haut und schütteren Haaren trat vor. Sein Mund bildete eine gerade Linie, keinerlei Gefühlsregung war zu sehen. Seine wässrigen Augen blickten allerdings wachsam in die Runde und blieben einen kurzen Moment an mir hängen. Er kam ins Stocken, seine Augen weiteten sich leicht, aber nur so kurz, dass ich mich auch getäuscht haben könnte. Dann wandte er seinen Blick ab. Der war ja ,ne richtige Spaßkanone.

Was hatte Heros noch gesagt? Pluto war das Rumpelstilzchen, der Sand im Getriebe. So sah er auch aus. Die wohl wichtigere Frage war, was, bei den Sternen, seine wunderschöne Frau von ihm wollte. Sie schien das blühende Leben zu sein. Dunkel erinnerte ich mich an meine Mythologie-Studien.

»Nereus? Diese Proserpina – wurde die von Pluto entführt?«

Er schmunzelte und meinte: »Ganz so kann man das nicht sagen, aber es gab eine Zeit, da waren sich die beiden alles andere als grün.«

Sehr informativ. Männer. Von einer Frau hätte ich jetzt jedes schmutzige Detail erfahren.

»Und nun bitte ich meine Gemahlin und meinen Sohn zu mir.«

»Sorry, Liebes, da muss ich jetzt hin. Bis gleich.«

Er strich mir sanft über meinen Arm und schenkte mir ein Lächeln, das mein Herz vor Freude einen doppelten Salto schlagen ließ. Meine Güte, ein pubertierender Groupie war nichts gegen mich.

»Salacia, Nereus, bitte geleitet unsere Gäste an ihre Tische.«

Jupiter blieb kurz stehen und sagte zu Neptun: »Wo bleibt denn Mars?«

»Ach, du kennst ihn doch«, antwortete Neptun gespielt genervt, »Er lässt es sich natürlich nicht nehmen, meinen Soldaten einen Besuch abzustatten. Bestimmt bekomme ich danach wieder einen Bestandsbericht, was bei mir alles nicht rund läuft.« Das löste ein allgemeines Gelächter aus. »Aber bitte fangt an, er bat mich darum, nicht auf ihn zu warten. Ich heiße euch alle im Namen meiner Familie und meines Planeten willkommen und hoffe, dass ihr euch wohl fühlt.«

Applaus setzte ein und danach suchten alle ihre Plätze auf.

Mars war also noch bei den Truppen. O Mann, konnte mich dieser Abend noch mehr auf die Folter spannen?

Nereus kam wieder zu mir und geleitete mich zu unserem Platz. »Tut mir leid, dass Mars noch nicht da ist. Vielleicht ist es auch besser, ihr lernt euch ohne so viele Augen erst mal persönlich kennen, man weiß ja nicht, wie er reagiert.« Na, schönen Dank auch. Aber wo er recht hatte …

»Ja, ich bin nur so unfassbar gespannt darauf, ihn kennenzulernen.«

Der Abend verging wie im Fluge. Nereus und ich tanzten diverse Male, wobei ich immer abwechselnd giftige Blicke von Sinja und Discordia erntete.

Tanzende Paare zogen an uns vorbei. Neben uns schwebte erstaunlicherweise ein Wassermann auf dem Nebel und tanzte mit einer Vila. Sein Fischschwanz glitt durch den Dunst wie durch fließendes Wasser. Andere Kreaturen waren mir unbekannt. So tanzte zum Beispiel ein Wesen, das man nur als krakenähnlich bezeichnen konnte, mit einer drallen Blondine, die ihre Scherenhände klackernd um dessen Hals geschwungen hatte.

Je mehr Zeit ich mit Nereus unter dem Sternenhimmel, der berauschenden Kulisse und der verzauberten Atmosphäre verbrachte, desto klarer wurde mir, dass ich mich bis über beide Ohren, hoffnungslos und ohne Rettungsring, in ihn verliebt hatte. Aber dieses Gefühl machte mir keine Angst, nein, im Gegenteil – es ließ mich schweben. Ich fühlte mich genau richtig an seiner Seite. Dort sollte ich sein und dort gehörte ich hin. Gerade als ich ihm im Überschwang meiner Gefühle dies mitteilen wollte, wurde es am Eingang unruhig und die Sirenen hörten auf zu singen.

Nanu? Was war da los?

Leider stand Arges gerade vor mir, so dass ich nichts sehen konnte. Ich hörte nur den Herold dreimal mit seinem Stab klopfen. »Gott Mars vom Mars mit seinem Seneschall Zagreus und Tochter Discordia.«

Er war da. Mein Herz rutschte eine Etage tiefer. Ich schielte an Arges vorbei und sah das erste Mal meinen leiblichen Vater. Ich schluckte.

Groß, schwarzes Haar, breite Schultern, ein athletisch definierter Körper, der geborenen Kämpfer. So stand mein Vater neben einem Mann, der sein Seneschall sein musste. Daneben stand Discordia und lächelte liebreizend in die Menge. Aber man sah, dass dieses Lächeln ihre Augen nicht erreichte. Mein Vater war in eine machtvolle Aura gehüllt. Seine Präsenz zog alle Blicke auf sich.

»Entschuldige, Neptun, dass ich zu spät bin, aber gerade nach den jüngsten Ereignissen musste ich deine Armee inspizieren. Wir wissen nicht, wie schnell wir sie benötigen.«

Jüngste Ereignisse? Das klang sich besorgniserregend. Neben mir versteifte sich Nereus. Wusste er etwas von diesen Ereignissen? Warum hatte er mir nichts erzählt? Durfte er das nicht?

Neptuns Gesicht versteinerte sich nach Mars Worten kurz zu einer Maske. »Bruder, heute ist ein Tag zum Feiern, in vielerlei

Hinsicht. Wir sind alle hier, unsere Kinder sind versammelt und es ist Zeit, dir deine Überraschung zu präsentieren.»

Innerlich feuerte ich eine Konfettikanone ab. Die Überraschung war ich. Dieser Moment hätte aber für mich nicht unpassender sein können. Was hatte sich Neptun dabei gedacht? Ich hätte ein VierAugenGespräch, meinetwegen mit Neptun und Nereus, diesem Spektakel vorgezogen.

Mars runzelte die Stirn; er schien auch nicht so der Typ für Überraschungen zu sein. »Meine Überraschung? Ich hoffe, es handelt sich um eine mächtige Waffe, die ich gegen unsere Feinde einsetzen kann.«

Neptun grinste nun über das ganze Gesicht. »Viel besser. Minerva? Kommst du bitte zu uns?«

Alle Blicke hefteten sich auf mich, als ich hinter Arges hervortrat.

Mars war sichtlich ergriffen, als ich auf ihn zuging. Seine dunkelroten Augen brannten sich in meine. Er war mir sehr ähnlich, das Haar, die Wangenknochen, eine athletische Statur.

Ein paar Meter vor ihm blieb ich stehen, immer noch meinen Blick mit seinem verkeilt, donnerte er los: »Was hat das zu bedeuten, Neptun? Was ist das hier für ein Spiel?«

»Das ist deine Tochter. Darf ich vorstellen? Minerva Sterling von der Erde.«

Um uns herum herrschte Totenstille, man hätte eine Stecknadel fallen hören.

Mars sah mich wieder an. »Das ist unmöglich, meine Tochter ist hier an meiner Seite.«

Discordia sah aus, als würde sie gleich in Ohnmacht fallen, allerdings hatte sie noch so viel Energie, dass sie mich mit ihrem Blick töten wollte. Ich räusperte mich. Ich musste etwas sagen, irgendetwas.

»Verzeihung, wenn ich auch etwas dazu sagen dürfte?«

In der Menge hörte ich jemanden raunen: »Sie hat sogar ihre Stimme.«

Mars schluckte, nickte aber.

»Ich weiß, dass das jetzt alles sehr überraschend kommt und glaub mir, ich hätte mir unsere erste Begegnung auch anders vorgestellt«, an dieser Stelle funkelte ich zornig zu Neptun, der nur entschuldigend mit den Schultern zuckte, »aber hier sind wir nun. Ich weiß, es muss wie ein Schock für dich sein, für mich ist es einer. Bis vor ein paar Tagen war ich noch auf der Erde und habe Studenten in Astronomie unterrichtet, dann habe ich Nereus getroffen und …«

»Schweig!«, donnerte Mars. »Minerva, oder wie dein Name auch immer ist, du siehst meiner verstorbenen Frau zum Verwechseln ähnlich und der Schmerz, den du mir damit zufügst, ist unbeschreiblich, aber Götter können nur ein Kind bekommen.» Mit dieser Aussage sah er Discordia an, die sich immer kleiner machte und an Mars klammerte. Er runzelte die Stirn. Anscheinend fand er dieses Verhalten auch komisch.

Nun trat Neptun vor. »Mein Bruder, ich wollte es erst auch nicht glauben, aber sie ist 24 Jahre alt, sie sieht genauso aus wie Rhea und wenn du noch einen Beweis brauchst, dann schau auf ihren Rücken.«

Unbewusst fasste ich mir in den Nacken. Mein Rücken fing schwach an zu glühen, diese Aufregung machte mich noch ganz irre. Mars war in zwei großen Schritten bei mir und drehte mich um. Erstaunlich sanft schob den oberen Teil meines Kleides aus dem Weg.

Ich ließ ihn gewähren.

Er sog scharf die Luft ein und flüsterte: »Das kann nicht wahr sein.« Dann drehte er mich wieder zu sich. Den Cocktail aus verschiedenen Emotionen konnte ich nicht wirklich deuten und meine Augen huschten zwischen seinen immer hin und her. Dann schloss er die seinen und atmete tief ein. Am liebsten hätte ich es ihm gleichgetan. Diese Geste berührte mich zutiefst, erinnerte sie mich doch so sehr an mich selbst.

Als er seine Lider wieder aufschlug, brannte sein Blick lichterloh. Heiliges Kanonenrohr, wenn ich genauso aussah, dann war mir klar, warum Nereus nach unserem Da-Vinci-Glow-Kuss geflohen war.

Er hob seinen Kopf und blickte wutentbrannt über mich hinweghinweg zu Discordia.

»Wer bist du?« Oh, oh. Ich wollte gerade nicht in Discordias Haut stecken.

»Vater, ich …«, kam es aus ihrem Mund. »Ich bin deine Tochter. Sie ist die Hochstaplerin. Du kennst mich seit meiner Geburt.« Pure Verzweiflung stand ihr in Gesicht geschrieben. Dicke Tränen rollten ihre Wangen herab.

Mars zuckte kurz bei ihren Worten zusammen, fing sich jedoch sofort wieder. So leise wie ein bevorstehendes Gewitter sagte er: »Nein, Discordia. Sie ist nicht die Hochstaplerin. Minerva ist meine Tochter, sie trägt mein Zeichen auf dem Rücken, sie sieht aus wie Rhea und spricht wie sie und …«, er sah mich an und sein Blick wurde weich, »…sie hat ihre Augen.« Auf einmal schien er unendlich erschöpft und seine gerade noch so aufrechte Haltung fiel in sich zusammen.

Discordia gab noch nicht auf. »Aber Vater, ich … ich liebe dich, ich verstehe das hier alles nicht. Wie kannst du mich so behandeln?«

Da meldete sich auf einmal dieser Zagreus zu Wort: »Verzeiht meine Einmischung, mein Gebieter, aber Discordia hat recht. Ich kenne sie ebenfalls seit ihrer Geburt. Ich unterrichtete sie, ich lehrte sie, das Schwert zu führen. Wie könnte sie etwas mit diesem Missverständnis zu tun haben?«

Missverständnis? Mein Kopf zuckte in Mars' Richtung.

»Darauf habe ich noch keine Antwort, aber es muss mit der Hebamme zu tun haben, diesem Scheusal, welches mir meine geliebte Rhea genommen hat. Meine Verfolgungsjagd endete damals im Nichts, aber nun habe ich einen neuen Anhaltspunkt: die Erde. Sie muss mit meinem Kind dorthin geflohen sein.« Nun drehte er sich zu mir um, seine Augen blickten mich mit unendlicher Wärme und Zuneigung an. »Meine Tochter. Ich kann mir gar nicht vorstellen, welche Qualen du erlitten haben musst deshalb, nicht zu wissen, wer deine Eltern sind. Ich konnte dich nicht beschützen und doch stehst du heute vor mir. Es tut mir so leid.«

Mit diesen Worten schloss er mich in eine herzliche Umarmung. Ich wusste leider nicht so genau, wie ich mich verhalten sollte. Bei diesen vielen Gefühlen und Widersprüchen kam ich nicht hinterher. Also klopfte ich ihm leicht auf den Rücken und versuchte, mich zu entspannen.

Seine Worte kamen von Herzen, nur waren sie noch nicht in meinem angekommen. An ihm vorbei blickte ich in Salacias grimmiges Gesicht. Ihr sowieso schon schmaler Mund war zu einer wütenden Linie zusammengepresst.

Ich räusperte mich. Sofort versteifte sich Mars und ließ von mir ab.

»Ähm, also, ist es nicht möglich, dass Discordia meine Schwester ist? Ich meine, sie kann doch bestimmt auch das mit dem Flammenschwert und der Rüstung und dem Ganzen.«

Mars zog eine Augenbraue hoch, dann schüttelte er den Kopf, seufzte und erwiderte: »Nein … nein, das kann sie leider nicht. Jedes Jahr habe ich aufs Neue darauf gewartet, dass sich ihre Fähigkeiten zeigen, aber vergebens. Jetzt weiß ich auch, warum. Sie ist nicht meine Tochter, auch wenn ich sie großgezogen habe wie die meinige. Zagreus, schaff mir Discordia aus den Augen. Ich kann ihren Anblick gerade nicht ertragen.«

Ein Raunen ging durch die Menge und eine Gestalt machte einen kleinen Schritt nach vorne. Pluto war noch bleicher, wenn das überhaupt möglich war. Seltsamerweise starrte er nicht mich oder meinen Vater an, sondern Zagreus. Dieser machte eine kaum merkliche Handbewegung. Pluto schluckte, reckte sein Kinn und trat unauffällig wieder zurück. Ich runzelte die Stirn. Dieser Abend wurde immer komplizierter, aber dass mein Vater seine Wie-auch-immer-Tochter bestrafen wollte, das ging nun wirklich nicht. Wo war ich nur gelandet, bei ›Conan, der Barbar‹?

»Mars, ich möchte dich um etwas bitten. Genauso wie ich ist Discordia doch auch anscheinend ohne ihre richtigen Eltern aufgewachsen. Sie kann nichts damit zu tun haben, dass ich auf der Erde aufgezogen worden bin und sie hier. Wenn es wirklich diese Hebamme, von der du gesprochen hast, war, dann gebührt ihr diese Strafe. Warum kannst du nicht zwei Töchter haben?«

Discordia blickte mich ungläubig an, allerdings blieb diesmal ein spöttischer Blick aus, sondern eher so etwas wie Verwunderung huschte über ihr Gesicht. Mars fasste sich an die Nasenwurzel, was mir ein leichtes Schmunzeln entlockte. Diese Geste ließ ihn wie einen Teenager-Papa wirken, der gerade dem Willen seiner Tochter nachgab.

»Also gut. Aber merke dir eins, wenn ich das nächste Mal eine Anweisung gebe, dann erwarte ich Gehorsam und keinen Widerspruch. Dieses eine Mal lasse ich es dir durchgehen, da du es nicht besser wusstest, aber nur dieses eine Mal.« Er machte eine lange Pause und schloss dann mit den Worten: »Ich werde mich jetzt zurückziehen, ich muss über einiges nachdenken.«

Der Seneschall setzte sich in Bewegung, aber Mars gebot ihm mit einer kraftvollen Geste Einhalt. »Allein!«

»Jawohl, mein Herr.«

Und damit drehte sich Mars kurz zu mir um, beugte sich herunter und sagte: »Ich erwarte dich morgen am späten Vormittag im blauen Salon.« Mit diesen Worten verließ er den Ball.

Allein stand ich nun auf der Tanzfläche und alle starrten mich an. Auf einmal roch ich den vertrauten Duft einer Sommerbrise über einer Meereslagune. Ich drehte mich um und Nereus stand vor mir.

»Komm, ich bring dich auf dein Zimmer. Ich denke, du brauchst jetzt auch ein bisschen Zeit für dich.« Ich nickte. Nichts lieber als das. Der Abend war aufregend und anstrengend gewesen.

Neptun meldete sich zu Wort: »Meine lieben Gäste, trotz dieser großen Überraschung sehe ich keinen Anlass, nicht noch ausgiebig zu feiern, denn wir haben gerade ein Wunder erlebt. Minerva, das Götterkind des Mars, hat dank meines Sohnes endlich wieder nach Hause zurückgefunden!«

Begeistertes Klatschen setzte ein. Nereus' Kieferknochen mahlten. Er fand dieses ganze Spektakel wohl genauso unangenehm wie ich. Leider war nach Neptuns Ansage mein Abgang Richtung Zimmer ausgeschlossen. Ich wurde von einer Hand zur anderen weitergereicht und alle wollten mich willkommen heißen. Ich war sehr dankbar dafür, dass Nereus an meiner Seite blieb.

Discordia hingegen rauschte an mir vorbei und würdigte mich keines Blickes, dafür aber dieser Seneschall Zagreus. Irgendetwas an ihm gefiel mir nicht, aber vielleicht fantasierte ich inzwischen. Es war so ein Gefühl, ihm schon mal begegnet zu sein, aber das konnte ich weder begründen noch genau benennen, denn sein Gesicht kannte ich nicht.

Er starrte mich einen langen Moment mit seinen hellgrünen, blassen Augen an. Seine Miene war unergründlich. Trotz der harten Gesichtszüge war er ein sehr attraktiver Mann. Zagreus löste seinen Blick und geleitete Discordia von der Terrasse. Ich wurde fast neidisch, dass sie gehen durfte.

Als ich bei Pluto, Proserpina und ihrem Sohn Janus angelangt war, zuckte ich innerlich zusammen. Pluto war wirklich keine Augenweide, aber mit einem Lächeln hier und da hätte man noch was machen können, allerdings bot sich mir hier nur das Schauspiel ›Eiszeit‹, was mir eine Gänsehaut verursachte.

»So«, sagte er, »du bist also die neue Tochter meines Bruders. Es ist doch erstaunlich, wie sich die Ereignisse heute zugespitzt haben. Man könnte fast meinen, wir sind wieder auf der Erde.«

Er lachte ein freudloses Lachen. Seine Frau schoss auf mich zu und zog mich in eine herzliche Umarmung. Dabei flüsterte sie mir ins Ohr: »Hör nicht auf den alten Griesgram, er ist heute mit dem falschen Bein aufgestanden.«

Heute? Ich glaubte, das war eher ein Dauerzustand.

Etwas lauter fügte sie dann hinzu: »Willkommen in unserer Mitte, Minerva. Mögen Freude und Leid, Glück und Schmerz, Liebe und Tod immer in unserer Gemeinschaft mit dir geteilt sein.«

Dieser Segen schien hier Standard zu sein, denn fast alle Götter und Götterkinder hatten mich so begrüßt. Ich bedankte mich und blickte kurz Janus an. Er war ein sehr stiller, in sich gekehrter junger Mann, der mir nicht in die Augen schauen konnte. Kein Wunder bei dem Vater. Er hatte Plutos helles, schütteres Haar, aber die Mundpartie seiner Mutter. Ich fasste mir ein Herz.

»Hallo Janus.« Schüchtern hob er seinen Blick und wässrige Augen trafen meine. »Schön, dich kennenzulernen.«

Pluto schnaubte missbilligend und Proserpina legte aufmunternd den Arm um ihren Sohn.

»Danke …«, er räusperte sich, »… Danke. Das ist sehr freundlich.«

Neben mir machte sich Nereus bemerkbar. »Es tut mir leid, aber ich werde Mina jetzt zu ihrem Zimmer geleiten, es war ein langer Tag.« Damit nickte er Pluto und seiner Frau zu und ich hakte mich bei ihm unter.

Erst als ich von der Seeterrasse zurück im kühlen Dunkel des Palastes war, holte ich wieder Luft.

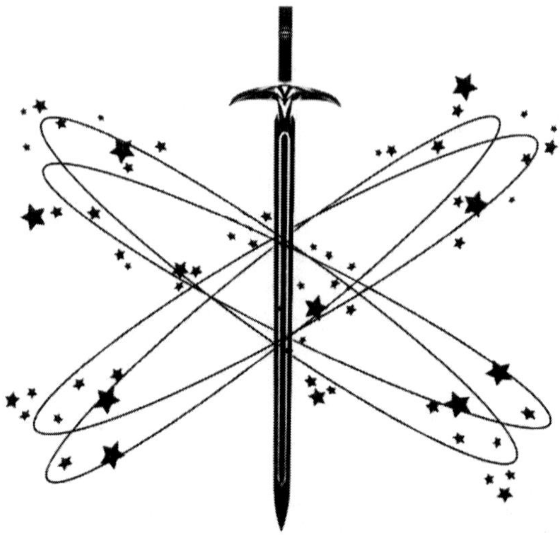

Und sie ist weg, weg …

Genüsslich räkelte ich mich auf meiner Matratze, die so weich war, dass ich das Gefühl hatte, ich würde auf einer Wolke liegen. In der vergangenen Nacht hatte ich dennoch unruhig geschlafen. Die Ereignisse des Balls hatten mich bis in meine Träume verfolgt.

Ich rollte mich auf den Rücken und sah durch die große Fensteröffnung hinaus. Strahlend blauer Himmel, der durch kein einziges Wölkchen verunziert wurde, lächelte auf mich herab und weit entfernt, fast schon am Horizont, konnte ich die typische Silhouette eines Fischgreifs ausmachen.

Seufzend betrachtete ich das Spiel von Licht und Schatten auf den Mosaiken der Säulen. Der gestrige Abend gab mir allerhand zu denken. Es waren so viele Gesichter und Geschichten gewesen, dass ich Mühe hatte, alle einander zuzuordnen. Sie zogen in einer schier endlosen Parade an meinem Geist vorüber, als ich meine Gedanken zurück auf den Ball lenkte.

Da war Discordia. Offensichtlich ein arrogantes Biest, das, warum auch immer, an meiner Stelle, als Tochter des Mars aufgezogen worden war. Ihr Verlobter, Heros, schien mir freundlich und gütig zu sein, hatte er mir doch ohne Vorbehalte Gesellschaft geleistet, als er noch glaubte, ich wäre bloß ein Mensch.

Faunus und Harmonia waren auf dem besten Wege, mein Lieblingspärchen zu werden.

Ich sah den farblosen Pluto, der fast geisterhaft wirkte und mich schauderte es. So ein bärbeißiger Gott. Ihm würde lieber nicht in die Quere kommen.

Auch Arges, der hünenhafte Zyklop mit den Muskelbergen und dem so strahlenden Lächeln zog an meinem inneren Auge vorbei.

Ich wusste, sie alle waren nur eine Ablenkung. In immer enger werdenden Kreisen näherten sich meine Gedanken den beiden Schlüsselfiguren des gestrigen Abends: Nereus und Mars. Ich seufzte wieder, richtete mich auf und griff nach der Teetasse, die, wie jeden Morgen, auf dem Tischchen neben meinem Bett erschienen war. Leise schlürfend näherte ich mich ernsteren Gedanken.

Ich hatte meinen leiblichen Vater kennengelernt. Na ja, kennengelernt war deutlich übertrieben, aber zumindest hatte ich einen ersten Eindruck gewonnen. Er erschien mir stark, befehlsgewohnt und sehr dominant. Später am Vormittag würden wir hoffentlich mehr miteinander sprechen können, wenn sich auf beiden Seiten der Schock dieser ersten Begegnung gelegt hatte. Ich fühlte in mich hinein und stellte fest, dass ich mich zwar darauf freute, aber etwas anderes immer wieder an meinem Herzen zupfte: Nereus.

Mein dritter Seufzer dieses Morgens war deutlich schwärmerischer als die vorangegangenen. Ich musste nur an seinen Namen denken und schon hatte ich ein wohliges Lächeln auf den Lippen.

Es waren nicht seine großen Gesten, mit denen er mein Herz gewonnen hatte. Seine liebevolle Art mich anzusehen, die warme Hand auf meinem Rücken, wann immer ich mich unsicher fühlte oder »unser Moment« während des Ausritts. Auch seine Vergangenheit beeindruckte mich. Er hatte seine große Liebe verloren, gelitten, war verzweifelt und hatte doch nie aufgegeben. Nereus war mutig genug gewesen, sich seiner Trauer zu stellen. Trotz allem hat er nicht kleinbeigegeben.

Mein Herz schlug schneller und alles in mir sehnte sich nach seiner Nähe. Ich fühlte mich im wahrsten Sinne des Wortes zu ihm hingezogen und mir schmerzte die Brust, wenn ich nicht bei ihm war.

Ich wollte all diese Gefühle leben, wollte mit ihm zusammen sein, wollte es in die ganze Welt hinausschreien: Nereus und Mina. Mina und Nereus. Eine unzertrennbare Einheit, die nichts wieder auseinanderbringen konnte. Bevor ich mich jedoch auf das höchste Dach des Planeten begeben konnte, um meine Liebe der ganzen Welt zu verkünden, musste ich mit ihm sprechen und ihm meine Gefühle gestehen. Ich wusste, wenn ich es tat, würde Leidenschaft in seinen Augen auflodern, er mich fest in seine Arme schließen und unsere Liebe mit einem Kuss besiegeln.

Sorgfältig wählte ich meine Kleidung aus. Eine grüne Tunika, die meine Figur umschmeichelte und, die Nereus so gern an mir sah, da sie meine Augen in einen tiefen Wald verwandelten. Dazu wählte ich eine enge schwarze Hose, in der er meinen Hintern immer so appetitlich fand. Schuhe aus ebenfalls schwarzem Leder mit einer samtweichen Sohle rundeten das Bild ab, von dem ich mir sicher war, es würde ihm gefallen.

Mit vor Freude klopfendem Herzen machte ich mich auf zu Nereus' Gemächern. Auch wenn ich ihn dort noch nie besucht hatte, wusste ich, wo sie lagen, denn die Familie lebte gemeinsam im Südturm, während die Gäste im Osten untergebracht waren. Vor ein paar Tagen hatte Nereus mir den Grundriss dieses wunderschönen Palastes erklärt.

Während ich durch die langen Gänge streifte, malte ich mir unser zukünftiges Leben aus. Wir würden gemeinsam die Planeten bereisen und ich würde all diese faszinierenden Kreaturen kennenlernen, die in den verschiedenen Welten zu Hause waren. Ich bog um die letzte Ecke mit dem Gedanken daran, wie ich Nereus meinen Eltern vorstellen würde. Dad wäre bestimmt erst einmal reserviert, aber Mom würde ihn von Anfang an lieben. Clint und Molly waren sowieso schon begeistert. Und mit dem kleinen Indy würde er genauso ausgelassen spielen wie mit den Kindern am Strand. Kurz vor der Tür zu seinen Zimmern dachte ich daran, wie wohl unsere Kinder aussehen könnten. Okay, Mina, eins nach dem anderen.

Ich blieb vor der Tür stehen und sammelte mich. Tief durchatmend, legte ich die Hand auf das reich verzierte Holz und strich über einen der Seesterne, die dort eingearbeitet waren. Unter dem Druck meiner Berührung schwang die Tür lautlos auf und durch den dämmrigen Flur, der dahinterlag, drangen Männerstimmen an meine Ohren.

Unschlüssig, ob ich bleiben sollte oder wieder gehen, erstarrte ich auf der Schwelle. Als ich jedoch meinte, meinen Namen gehört zu haben, trat ich neugierig näher. Nach ein paar Schritten wurde die Stimme, die gerade sprach, so deutlich, dass ich erkannte, dass es Neptun war. Seine Stimme klang fremd. Sie war so kalt. Ich konnte nichts von dem freundlichen Mann, den ich in den letzten Tagen kennengelernt hatte, darin wiedererkennen.

»Wer hätte gedacht, dass du dich noch als so nützlich erweisen würdest. Ich habe bereits alles in die Wege geleitet. Ohne die Bodenschätze des Mars können wir unsere Waffen nicht schmieden.

Du weißt, wie wichtig die Kampfbereitschaft unseres Volkes ist. Gefühle können wir uns nicht erlauben, hier geht es einzig und allein um das Wohl aller. Deine hirnverbrannte Weigerung, dich mit Discordia zu verbinden, hat sich nun als unser größtes Glück herausgestellt.

Spiele weiterhin der lieben Minerva vor, dass sie dein Ein und Alles ist. Sie frisst dir bereits aus der Hand. Wegen Sinja müssen wir uns noch etwas einfallen lassen. Nachdem du verbannt wurdest, hatte deine Mutter ihr eigentlich die geteilte Nachfolge in Aussicht gestellt, aber wer hätte schon ahnen können, dass du mit ausgerechnet mit Mars' wahrer Tochter wiederkommst?«

»Vater.« Jetzt meldet sich die zweite Person zu Wort und mein Herz rutschte eine Etage tiefer. Nereus würde jetzt widersprechen, er würde Neptun in die Schranken weisen, er würde sagen, dass er mich aufrichtig liebte.

»Mina braucht noch Zeit …«

Mir wurde übel und ich schlug mir eine Hand vor den Mund, um nicht an Ort und Stelle laut aufzukeuchen. Mina braucht noch Zeit … Ich … ich hatte mich verhört. Nereus, er … er konnte mich nicht so hintergangen haben. Ich lauschte wieder dem Gespräch, das inzwischen weiter vorangeschritten war.

»… Sinja und ich sind auf einem guten Weg, die Wassermänner, Selkies, Vilas und Melusine zu vereinen. Sinja ist eine ausgezeichnete Verbündete. Sie weiß, welchen Ton sie bei wem anschlagen muss, um zu ihrem Ziel zu kommen.«

»Gut, gut, mein Sohn. Dann verbleiben wir so, dass dein Projekt Minerva heißt und Sinja sich auf die Verhandlungen mit der Wasserwelt konzentriert.«

Projekt Minerva. Ich war ein Projekt.

Meine Welt zerbrach in tausend Scherben.

Ich presste mir beide Hände auf den Mund, um die heranbrandenden Schluchzer zu unterdrücken, drehte mich um und rannte aus diesem verfluchten Flur hinaus. Rannte die Gänge entlang mit dem Gefühl, ich müsste mich gleich übergeben, weil mir mit voller Wucht in den Magen geschlagen worden war. Bog um eine Ecke und lehnte mich in einer Nische an die Wand. Mir zitterten die Knie und so rutschte ich langsam zu Boden und schlang meine Arme um die angewinkelten Beine. Mein Atem kam stoßweise, aber nicht, weil ich gerannt war, sondern weil mich der Schmerz keine Luft holen ließ. Ich kauerte mich zusammen und legte den Kopf auf meine Knie, heiße Tränen rannen aus meinen Augen und immer wieder hörte ich das Echo von Neptuns Stimme, die sagte: »Projekt Minerva«.

Alles, jeder Blick, jede Berührung, jedes Lächeln war nie echt gewesen. Eine einzige hinterhältige Lüge, um mich zu manipulieren. Es war nie um mich gegangen, die naive Mina von der Erde, sondern einzig und allein um Politik, um ihren Vorteil. Ich war nur das Mittel zum Zweck, um die Macht von Neptun und Nereus zu stärken.

Projekt Minerva. Da war keine Liebe gewesen. Als dieser Gedanke auf dem Grunde meines Herzens angekommen war, glühte er heiß auf und ließ es in Kaskaden von Splittern zerbersten. Nachdem sich die Explosion in meinem Inneren gelegt hatte, krümmte ich mich zusammen. Dort, wo eben noch ein hoffnungsvolles Herz im Vertrauen auf die Liebe geschlagen hatte, war nichts mehr. Nur noch ein schwarzer Abgrund, randvoll mit Schmerz.

Taumelnd kam ich wieder auf die Beine. Csilla. Ich brauchte jetzt unbedingt meine Csilla. Ich sehnte mich danach, von ihr in den Arm genommen zu werden und sie leise tröstende Worte murmeln zu hören, auch wenn nichts auf der Welt mich je wieder trösten könnte.

Ich hämmerte an die Tür. Auf dem Weg hierher hatte ich kaum Luft bekommen. Tränen verschleierten ständig meine Sicht. Auf der anderen Seite der Tür hörte ich einen saftigen Fluch und hastige Schritte. Sekunden später öffnete Csilla mit grimmiger Miene die Tür.

»Was zum …? O Gott, Mina! Was ist passiert?« Sie trat von der Tür weg und ließ mich eintreten.

»Nereus …« Ich holte tief Luft, was mir mehr als schwerfiel, da ich das Gefühl hatte, etwas hätte seine Klauen um meine Lungenflügel geschlungen. Dann brach es wie ein Wasserfall aus mir heraus: »… er, er liebt mich nicht. Ich habe gerade ein Gespräch zwischen ihm und Neptun belauscht.« Verzweifelt raufte ich mir die Haare. »Ich … ich wollte sie nicht belauschen, ich war auf der Suche nach Nereus, um ihm meine Liebe zu gestehen, dann hörte ich meinen Namen. Er, es … es war alles nur eine große Lüge. Er hat mich nur umworben, um an Mars' Bodenschätze zu kommen.« Dicke Tränen liefen mir links und rechts über die Wangen. »Er ist genau da, wo er sein will, hat er gesagt. Ich dachte er liebt mich. Ich krieg keine Luft mehr … ich …«

Ich sah an mir herunter und meine Trauer schwang auf einmal in etwas anderes um. Der wohlbekannte Schauer der Wut kroch wieder meinen Rücken hoch. Ein Grollen bahnte sich seinen Weg aus meinen Stimmbändern, als ich sagte: »Ich habe mich extra appetitlich für ihn angezogen. Ich bin so eine unfassbar dumme Nuss.« Ich zerrte an meiner Tunika. »Was hab ich mir nur dabei gedacht? Ich bin so lächerlich!« Ich schrie laut auf, meine Kleidung ging in Flammen auf und viele, kleine Ascheflocken fielen langsam zu Boden.

Csilla riss weit die Augen auf und starrte mich an. Wortlos ging sie zu ihrem Kleiderschrank und holte mir etwas zum Anziehen.

»Mina, beruhig dich bitte. Es gibt bestimmt eine Erklärung für das alles. Nereus steht auf dich, das sieht ein Blinder …«

»Stopp. Versuch es gar nicht erst. Du warst nicht dabei. Neptun hat jedes Wort so gemeint, wie er es gesagt hat und Nereus hat ihm nicht widersprochen. Projekt Minerva. ICH BIN EIN PROJEKT!«, schrie ich aus voller Kehle, so dass Csillas Augen sich wieder weiteten.

Ich war so voller Wut, Trauer und Scham, dass ich das Gefühl hatte zu zerplatzen. Ich schnappte mir die nächstbeste Vase und schlug sie mit voller Wucht auf den Boden. »Dieses manipulative Arschloch! Und ich … ich bin sehenden Auges in seine Falle getappt. Das wird mir nicht noch mal passieren. Wir verlassen heute noch den Neptun. Pack deine Sachen. Wir werden meinen Vater zum Mars begleiten.«

»Ich halte das für keine gute Idee, du überstürzt die Dinge. Nimm dir bitte noch mal die Zeit und stell Nereus zur Rede.«

»Ganz sicher nicht, was soll er denn bitte darauf sagen? ›Mina, das hast du falsch verstanden. Mina, du musst dich verhört haben. Mina, du kleines naives Dummchen, was hast du denn gedacht? Dass ich mich in dich verliebt hätte? Ha, ha, ha.‹«

Csilla sah mich total entgeistert an. »Du musst dich jetzt beruhigen. Dein Rücken glüht schon wieder und deine Augen verwandeln sich gerade in flüssige Lava.« Csilla streichelte mir mit ihrer Hand vorsichtig über den Rücken.

Meine Wut bäumte sich ein letztes Mal auf und fiel dann in sich zusammen wie ein prallgefüllter Luftballon, dem man die Luft rauslässt. Ich gab auf, hatte einfach keine Kraft mehr. Schwermut setzte wieder ein. Ich sackte in mich zusammen und lehnte mich an Csilla.

»Mein Leben ist ein Scherbenhaufen. Ich wollte ihm sagen, dass ich ihn liebe. Ich habe es mir gestern selbst erst eingestanden. Und jetzt? Jetzt hat er mich und uns, wenn es das überhaupt jemals gab, verraten. Ich will ihn nicht mehr sehen. Ich brauche Abstand. Und da ich keinen Lapid habe, um wieder zurück zur Erde zu kommen, muss ich Mars bitten, heute mit uns abzureisen. Ich kann dich hier ja wohl kaum allein lassen.«

Csilla wand sich sichtlich. Irgendetwas stimmte hier nicht. »Csilla? Was ist los?«

Sie wich meinem Blick aus. Jegliche Farbe war aus ihrem Gesicht gewichen. Hatte sie sich etwa in diesen Wächter, wie war noch sein Name … Eras … verliebt? Und ich wollte sie hier jetzt Hals über Kopf wegzerren? Das schlechte Gewissen überkam mich.

Sie seufzte. »Es … ich … ich kann dich nicht auf den Mars begleiten.«

»Doch, klar. Mars wird schon nichts dagegen haben.« Ich runzelte die Stirn, denn Csilla schien sich weiter anzuspannen.

»Nein, du verstehst mich nicht. Ich kann nicht auf den Mars zurück.«

Zurück. Dieses kleine, unschuldige Wort bahnte sich seinen Weg direkt in mein bereits geschundenes Herz. Reue, Trauer, Schwermut standen ihr ins Gesicht geschrieben. »Csilla, was erzählst du denn da? Ich verstehe nicht …«

»Nein, natürlich nicht, wie solltest du auch?« Ihr Blick wandelte sich in pure Zuneigung. Sie nahm meine Hand und holte tief Luft. »Mina, ich kenne dich dein ganzes Leben.« Sie machte eine Pause, als ob sie all ihren Mut zusammennehmen müsste. »Ich war diejenige, die dich damals zur Erde gebracht hat. Ich war die engste Vertraute deiner Mutter. Ich habe sie bei deiner Geburt begleitet.«

Mein Atem ging immer schneller. Nein, das durfte doch nicht wahr sein. Nicht Csilla, oh, bitte nicht auch noch Csilla … und da machte es klick.

»Du.« Ich funkelte sie entsetzt und zornig zugleich an. »Du bist die Hebamme, von der Mars gesprochen hat. Du hast meine Mutter auf dem Gewissen! Wie kannst du es wagen? Steckst du mit Neptun unter einer Decke?!« Ich riss mich los. Meine Gefühle fuhren Achterbahn. Der Verrat, der Verlust und die Scham übermannten mich.

Csilla erhob sich und wollte nach mir greifen. »Mina, es ist nicht so, wie du denkst. Lass mich dir bitte alles in Ruhe erklären«, flehte sie mich an.

Das brachte das Fass zum Überlaufen.

»In Ruhe erklären? In Ruhe erklären?!« Meine Stimme schraubte sich in ungeahnte Höhen. »Einen Scheiß werde ich tun. Wie konntest du mich so belügen? All die Jahre wusstest du, wer ich bin, wohin ich gehöre. Warum jetzt? Warum bist du jetzt erst in mein Leben getreten?«

»Ich war dein ganzes Leben bei dir. Ich habe immer auf dich achtgegeben. Deine Kindergärtnerin Mrs. Thomsen, deine Lehrerin Mrs. Ashford, deine …«

Ich schüttelte den Kopf. »Wer bist du eigentlich wirklich? Nein, was bist du? Ich kenne dich nicht. Du bist eine Fremde.« Ich holte tief Luft. Ich musste hier weg. Jetzt. Entschlossen drehte ich mich zur Tür.

Csilla war schneller und versperrte mir den Weg.

»Lass. Mich. Durch.«, knurrte ich sie mit zusammengebissenen Zähnen an.

»Mina, bitte hör mir zu. Bitte!«, flehte Csilla mich an.

»Mach Platz oder ich vergesse mich.« Mein Schwerttattoo wurde heiß und begann bereits, sich zu materialisieren.

Csillas Augen weiteten sich.

»Ich meine es ernst. Ich gehe zu meinem Vater und du wirst mich nicht aufhalten. Ich verlasse jetzt diesen gottverdammten

Planeten, die Lügen und Intrigen. Wage es nicht, mir zu folgen. Ich will dich nie mehr wiedersehen!« Die letzten Worte schrie ich ihr entgegen. Ich ging an ihr vorbei, wobei ich sie ordentlich anrempelte, öffnete die Tür und verschwand.

Sie folgte mir nicht.

Ich ging in mein Zimmer, packte meine Sachen, schloss die Tür und schaute mich nicht noch mal um. Entschlossen ging ich zum vereinbarten Treffpunkt.

Mars wartete bereits auf mich. Der kleine, hellblaue Saal mit Blick aufs Wasser wäre ein wunderschöner Ort gewesen, wenn nicht alle Fisch- und Mythologie-Motive auf einmal wie höhnische Fratzen gewirkt hätten, die mich verspotten wollten.

Dadurch, dass sich die Ereignisse heute Morgen überschlagen hatten, hatte ich gar nicht darüber nachgedacht, wie dieses Treffen jetzt ablaufen würde. Meine Schritte wurden langsamer, je näher ich Mars kam.

Er saß an einer gedeckten Tafel und beobachtete mich neugierig. Sein Blick fiel auf die bereits gepackte Tasche. »Guten Morgen, Minerva.«

Ich zuckte zusammen. Seine Stimme hatte einen sanften Ton angenommen, ganz im Gegensatz zu gestern Abend, als er mich im Befehlston in meine Schranken gewiesen hatte. Diese Sanftheit konnte ich gerade aber nicht ertragen. Außerdem musste ich ein erbärmliches Bild abgeben. Mein Gesicht war bestimmt ein Abbild meiner Gefühle, und die waren düster, traurig, jämmerlich und zornig. Keine schöne Mischung. Trotzdem reckte ich das Kinn und sah Mars in die Augen. »Guten Morgen.«

»Gut, du hast schon gepackt. Ich dachte, es würde größerer Überredungskünste bedürfen, dich zu einem schnellen Aufbruch zu bewegen.«

»Nein, wir können gehen. Je schneller, desto besser.«

Nun verengten sich Mars' Augen. »Was ist los mit dir? Ich denke, du weißt selbst, wie du aussiehst.« Er hielt kurz inne. »Hat dir jemand etwas angetan?« Seine Augen bekamen ein gefährliches Glitzern.

Ja. Ich wollte ihm dieses Wort entgegenschreien. Ich holte tief Luft. Was sollte ich ihm nur sagen? Die Hebamme, die du suchst, die Mörderin meiner Mutter, sitzt im zweiten Stock? Csilla, falls das wirklich ihr Name war, hat mich die ganzen Jahre belogen und manipuliert, und Nereus hat mir das Herz aus der Brust gerissen. Die Liste der Dinge, die ich ihm sagen wollte, war lang.

Trotz dieser Offenbarung sagte mir eine kleine Stimme am Rande meines momentanen Wahnsinns, dass ich Csilla noch nicht ganz aufgeben konnte. Also hielt ich diese Information zurück, eine andere aber nicht.

»Ich will hier weg, weil ich gerade belauscht habe, wie Neptun und Nereus sich unterhalten haben. Nur, damit du Bescheid weißt: Nereus hat mich die ganze Zeit benutzt, um für seinen Vater bessere Handelsbeziehungen mit dem Mars zu schließen. Sie wollten dich nur dazu bringen, ihnen deine Bodenschätze zur Verfügung zu stellen, und zwar, indem du mich an Nereus verschacherst. Aber das wird das Letzte sein, was ich tue. Ich werde Nereus nicht heiraten.«

Mars sah mich für einen Moment stumm an. Dann reckte er sein Kinn und ich erkannte meine Geste zur Begrüßung darin wieder. »Du wirst Nereus heiraten. Ich habe gerade den Vertrag unterzeichnet.«

Nach diesen Worten öffnete sich die Tür und Zagreus betrat den Raum.

Fassungslos schüttelte ich den Kopf und schrie: »Niemals!«

Ich spürte einen Luftzug hinter mir und dann wurde alles schwarz.

Danksagung

Bevor wir mit der eigentlichen Danksagung starten können, müssen wir uns zunächst entschuldigen.

Liebe römische Göttinnen und Götter, bitte verzeiht, dass Mina eure wahre Geschichte verraten hat und weiterhin auch nicht aufhören wird, von euch zu erzählen.

Liebe Historiker und mythologisch Interessierte, wir sind uns vollkommen bewusst, dass wir die Götterwelt in einen Topf geworfen, umgerührt und mit spitzen Fingern wieder herausgezogen haben. Wir mussten sie teilweise von ihren Liebsten trennen, ihnen neue Partner und Kinder geben, von denen sie vorher nicht zu träumen gewagt hätten. Nur so konnte unsere Minerva ihre Geschichte erzählen.

Zunächst einmal möchte ich Gesa danken, der anderen Hälfte von Poppy A. Robin. Liebe Gesa, ohne deinen magischen Anruf und deiner Frage, ob wir zusammen ein Buch schreiben wollen, würde es diese Zeilen nicht geben. Ich danke dir für deinen Mut, für deine Fantasie und deine unermüdliche Energie. Du hast mir geholfen, meinen Traum wahr werden zu lassen.

Lieber Sören, lieber Ehemann, du hast nicht nur mir, sondern auch Poppy den Rücken gestärkt. Danke, dass du in unserem Haus Platz geschaffen hast, damit Gesa und ich Welten bauen konnten. Ich habe es geliebt, dich immer als ersten dorthin mitzunehmen.

Jetzt übernehme ich das Ruder.

Liebe Katja, tja, was soll ich sagen? Ohne dein „Ja, ich will!", hätten wir uns nie auf Minas Reise begeben, wären nie zu anderen Planeten gesprungen und das letzte Jahr wäre um so Vieles ärmer gewesen. Danke, dass du mutig genug warst dich darauf einzulassen und meine Ungeduld, meine hüpfenden Gedanken und den wabernden Kreativfluss in gerade Bahnen zu lenken. Ohne deine Ideen, deine wundervollen Beschreibungen und deine ruhige Art, gäbe es das Alles hier nicht. Danke, dass du bist, wie du bist: Einfach wundervoll!

Liebe Mama, lieber Papa, wie könnte ich euch je genug für das Alles danken, was ihr mir gegeben habt. Ich habe das große Glück in einer liebenden, intakten Familie großgeworden zu sein und das fühle ich jeden Tag. Du, Papa, hast es dir natürlich nicht nehmen lassen unser Buch als Testleser zu inhalieren. Den größten Dank dafür, auch wenn „es doch eher was für Frauen ist", du bist der Beste! Und Mama, tausend Worte können nicht beschreiben, wie sehr ich euch liebe!

Lieber Marco, lieber Johann und meine liebe Frieda, ihr seid der Grund, warum mein Leben voller Leuchten, Liebe und Zuhause ist. Marco, du hältst mir den Rücken frei, wenn ich gerade wieder auf so eine aberwitzige Idee komme, wie ein Buch zu schreiben. Dann kommt ein „Machen wir!", und ich weiß, dass du das zu hundert Prozent meinst, nicht nur dafür liebe ich dich einfach von Herzen! Frieda und Johann könnten keinen tolleren Papa haben als dich!

Liebe Anni, wo wäre ich nur ohne dich? Du bist so ein wundervoller Mensch und bereicherst mein Leben, seitdem ich dich kenne und das ist schon seeehr lange! Dass du dich als Testleserin zur Verfügung gestellt hast, obwohl Fantasy nicht so deins ist, hat mich überwältigt und dafür und für noch so vieles mehr, danke ich dir von Herzen.

Lieber Helge, mein Brudiherz, dir danke ich einfach dafür, dass du so bist wie du bist. Ich hab´ dich lieb!

Liebe Leitsterne, Anna und Lisa, wir danken euch von Herzen für euer Vertrauen in uns und dass ihr alles darangesetzt habt, dass Mina ihre Geschichte erzählen darf. Dir Lisa, danken wir für dein begeistertes und begeisterndes Lektorat, dass uns schmunzeln, nachdenken und mit neuem Elan hat weiterschreiben lassen.

Liebe Nadine von Coverfunken, uns kamen vor Freude Tränen, als wir dein Covervorschlag das erste Mal sahen. Es ist dir wahrhaftig gelungen, Mina in ihrem Moment des Aufbruchs einzufangen.

Liebe Katrin von lektorat_heimathafen, obwohl das Korrektorat fast ganz zum Schluss kommt, hast du uns schon zu Beginn unserer Reise, Rat und Hilfe angeboten. Liebsten Dank dafür.

Lieber Ivo, wie du es geschafft hast, uns ins rechte Licht zu rücken, kann nur mit magischem Können einher gehen. Danke, dass du uns jederzeit fotografisch unterstützt. Du bist ein Schatz! Apropos Schatz, lieber Björn, danke für deine Geduld, wenn wir uns wieder einmal deinen Mann ausborgen müssen. Außerdem, was wäre so ein Fotoshooting, ohne deine Scherze?

Liebe Ellen, wir können dir gar nicht genug danken, dass du, trotz des Schreibens deiner Doktorarbeit, die Zeit gefunden hast, Mina und ihre Geschichte mit Adleraugen zu prüfen. Es war eine Freude, deine Anmerkungen zu lesen.

An dieser Stelle möchten wir unseren Testleserinnen von Herzen für ihren Mut und ihre unfassbar tollen Rückmeldungen danken, ihr habt uns so viel Freude bereitet.

Liebe Johanna, Kerstin, Lillith, Susanne, Sabine, Urda, Anni, Mareike, Antje, Margret, Wiebi, Ännchen, Michi, Nadine und Rita, danke, danke, danke! Ihr habt das Buch zu dem gemacht, was es ist.

Liebe Leserinnen und Leser, was es uns bedeutet, dass ihr dieses Buch gelesen habt, ist nicht in Worte zu fassen und doch werden wir es versuchen.

Wir schreiben Geschichten, mit dem Wunsch, dass sie gelesen werden. Da wir selbst begeisterte Leserinnen sind, wissen wir, wie es sich anfühlt, in andere Welten einzutauchen, mit den Helden mitzufiebern und unser Herz zu verschenken. Wenn uns das bei euch auch gelungen ist, sind wir überglücklich und nehmen euch gerne weiter mit auf Minas Reise in Band 2:

Es war das tiefste Schwarz, das ich je gesehen hatte und erzählte mir von Verzweiflung und Hoffnungslosigkeit, Trauer und Angst. Wut, Hass und Neid umwirbelten und lockten mich. Es war einfach alles verzehrend, bedrohlich und doch so anziehend…

Eure Poppy(s)

Auflistung der genannten Musik, Filme, Serien, Literatur bzw. Zeitschriften und Personen

Obwohl in dieser Geschichte reelle Personen eine Rolle spielen oder genannt werden, sind alle ihre Handlungen, Aussagen oder Theorien nur unserer Fantasie entsprungen.

Folgende Musiktitel werden in diesem Buch genannt (Titel, Künstler:in bzw. Band, Album, Erscheinungsjahr):
»Sexbomb«, Tom Jones feat. Mousse T, Album »Reload«, 1999
»Eye Of The Tiger«, Survivor, Album »Eye Of The Tiger«, 1982
»Get The Party Started«, Pink, Album »Missundaztood«, 2001
»Sie ist weg«, Fantastische Vier, Album »Lauschgift«, 1995
»You're Simply The Best«, Tina Turner, Album »Foreign Affair«, 1989
»Just The Way You Are«, Bruno Mars, Album »Doo-Wops & Hooligans«, 2010

Folgende TV-Serie wird erwähnt (Titel, produzierendes Unternehmen, Ausstrahlungszeitraum, Regie):
»Sex And The City«, HBO, 1998–2004, Michael Patrick King

Folgende Filme werden erwähnt (Titel, produzierendes Unternehmen, Erscheinungsjahr, Regie):
»Die Eiskönigin: Völlig Unverfroren«, Walt Disney Pictures, 2013, Chris Buck und Jennifer Lee
»Cinderella«, Walt Disney Productions, 1950, Clyde Geronimi, Wilfred Jackson, Hamilton Luske

»Schneewittchen und die sieben Zwerge«, Walt Disney Productions, 1937, David Hand, Wilfred Jackson, Larry Morey, Perce Pearce, Ben Sharpsteen
»Conan, der Barbar«, Dino de Laurentiis Corporation, 1982, John Milius
»Bram Stoker's Dracula« (Film-Adaption des Buches »Dracula« von Bram Stoker aus dem Jahr 1897), Francis Ford Coppola (Produzent und Regie), 1992

Folgende Bücher und Magazine werden erwähnt (Titel, Autor bzw. Herausgeber, Erscheinungsjahr):
»Codex Leicester«, Leonardo da Vinci, 1510
»Men's Health«, Hearst, 1986– (monatlich erscheinendes Magazin)